予備校空間のドストエフスキイ

―学びと創造の場、その伝達のドラマ―

芦川進一

死の家から出てきた男

本書には、著者（芦川）の恩師である哲学者・小出次雄先生の描かれたデッサンが二十点近く掲載されています。本文とは別に、また本文と呼応させる形で、読者の皆さんがこれらのデッサンと向き合い、小出先生が求められた「絶対のリアリティ」について考えていただければと思います。ここに描かれたのは十年にわたるシベリア流刑から解き放たれたドストエフスキイであり、「死の家から出てきた男」と題されています。「死の家」から出た後、この世界でドストエフスキイは何を見たのか？ これを小出先生から投げかけられた問いとして受け止め、本書と取り組んでいただくのもよいのではないでしょうか。

まえがき

ドストエフスキイと取り組んで半世紀以上、この世界の奥深さは究め難く、今もなお向き合い続けている。彼の作品構成や思想との取り組みについては、今まで上梓した著作や論文で発表してきたのだが、この年齢になって初めて見えてくることも多く、改めて溜息が出ると共に、この世界に向かう意欲を掻き立てられる日々である。

数年前、私は所属する河合文化教育研究所のＨＰに「予備校graffiti《グラフィーティ》―私が出会った青春―」というタイトルで、私の許でドストエフスキイを学んだ若者たちを中心に、その思い出を六回にわたって記したのだが、これは連載中から好評をもって迎えられ、三十余年にわたる若者たちと私のドストエフスキイとの取り組みが決して無ではなかったことを知らされたのだった。

そして今年になり、河合文化教育研究所の事務局の皆さんが、この「予備校graffiti《グラフィーティ》」を当研究所の活動の一報告書として出版することを決めて下さった。その際ドストエフスキイと若者たちとの出会いの記録に加えて、私自身が青春時代にこの作家と如何に出会い、また如何なる問題と取り組んで来たかについても掲載することを勧めて下さった。私はこの記録を「様々な問いとの出会い」というタイトルで、研究所のＨＰに発表してあったのだが、このことでドストエフスキイと日本の若者との出会いの二世代にわたる記録が一冊の内に纏めて残せることになった。

この「様々な問いとの出会い」で記したことだが、私をドストエフスキイと聖書世界に導いて下さった小出次雄先生は、西田幾多郎・波多野精一両師の許で学び、文学・芸術・哲学・宗教に於ける「絶対のリアリティ」探求に生涯を捧げた方であった。斯くして百年近くの時間の巾で、日本に於けるドストエフスキイとキリスト教受容の歴史が、そしてそこから浮かび出る日本と世界の現実が、たとえその一部にせよ、奥行きを持った記録として残せる可能性が出てきたように思われたのである。

本書の構成について簡単に記しておきたい。

本書はまず河合文化教育研究所に於いて私が主宰してきた「ドストエフスキイ研究会」の位置づけと歴史を確認し、第一部では「予備校graffiti《グラフィーティ》」を、そして第二部では私自身のドストエフスキイとの出会いに至る経緯と、恩師の許での修業時代について記したいと思う。これら本文の各所には関連した資料や恩師のデッサンや写真も掲載し、本文に関するより活きた理解を図りたい。出版にあたっては、本来別々に書かれた第一部と第二部の統一を図るため、一部省略や加筆修正をしたことをお断りしておく。

もう少し内容について具体的に記しておきたい。本書では第一部と第二部とにわたり、様々な角度からドストエフスキイと日本の若者との出会いのエピソードが記されている。まずは第一部のエピソードで、延べ六十人近くにわたる若者たちのドラマを味わっていただければと思う。各章の終わりには「余録」欄を設け、取り上げたエピソードについて私自身の考察を記した。このことによって、日本の若者たちが如何にドストエフスキイと出会い、また如何にその世界を理解して行ったかが具体的に知られると共に、ドストエフスキイが如何なる問題を扱い、その作品構造と内容が如何なるものであるかについても、ある程度浮き彫りになるのではないかと思う。

ドストエフスキイの作品についてだが、本書では私がこの作家世界の中核をなすと考え、河合文化教育研究所で取り上げてきた三つの作品（『夏象冬記』（１８６３）・『罪と罰』（１８６６）・『カラマーゾフの兄弟』（１８８０））を中心に言及がなされている。中でも『夏象冬記』に関する言及が多いが、これは本文で繰り返し記すように、ドストエフスキイの作品と思想を理解する上で、この旅行記がこの上なく重要性を持つと思われるからである。

これらを基に第二部に進み、私自身が人生について如何なる問いを持つに至ったのか、そしてこれらの問いに対して師の小出次雄先生から生への如何なる方向性を与えられ、ドストエフスキイと聖書世界と出会うに至ったのか、またこの師の許で如何なる修業時代を送ったのか、そしてこれらの遠い源には、小出先生と西田先生との如何なる師弟関係があったのかについて読んでいただくことで、第一部に記されたことがより奥行きと統一性をもって理解されるのではないだろうか。

筆者は読者の皆さんに、ドストエフスキイ世界が日本と世界の現実と如何に深く切り結ぶものであるかを理解していただき、加えて日本に於けるドストエフスキイ受容の歴史と課題も知っていただくことで、ますます厳しくなる現実の中で、ドストエフスキイを導き手として思索を試みる若者たち、豊かな文化創造を目指す若者たちに声援を送っていただくことを切に願うものである。

２０２２年　夏

芦川進一

凡　例

★ドストエフスキイの作品からの引用は、アカデミア版三十巻本全集（１９７２〜１９９０）を用い、筆者が訳出した。

★ドストエフスキイの作品について言及・引用する時は、例えば「『カラマーゾフの兄弟』第十一篇第９章」のように漢・算用数字で記した。但し文脈から明らかな場合は、ただ（十一９）のように示した。

★「ドストエフスキイ」の表記は、「ドストエフスキー」や「ドストエーフスキイ」等、ロシア語の発音表記の捉え方により様々なものがあり得る。本論では「ドストエフスキイ」と記す。

★ロシア語の重要語・概念については、例えば「憂愁《タスカ》」「地下室《パドポーリエ》」というようにカタカナでルビを付すか、「憂愁（タスカ）」「地下室（パドポーリエ）」のようにカタカナを（括弧）内に付した。

★聖書は、ネストレ・アーラント編の『ギリシャ語新約聖書』（二十七版、１９９３）、ロシア聖書協会の『我らが主イエスキリスト新約聖書』（１８２３）を土台とし、引用は日本聖書協会の文語訳『舊約新約聖書』（１９６７）を用いさせていただいた。

★聖書について言及・引用する時、例えば「マルコ福音書第五章第23節」の場合は、括弧を用いて（マルコ五23）のように記した。文脈上明らかな場合には、ただ（五23）と記した。

★本論自体の内容について言及する時、例えば「第五章[3]」の場合は、括弧を用いて（第五章[3]）、文脈上明らかな場合には（五－[3]）、或いはただ（[3]）のように記した。

★本文中の語句・名称・概念で説明が必要なものは（括弧）内に記した。やや長いものについては文中に（※）を付け、改めて段落を下げて説明を加えた。

★数字については、年月の場合は１９８３年４月のように算用数字で表わすが、その他の数字は基本的に三十余年とか五百年のように漢用数字で表わす。二桁の数字は「三27」のように纏めて算用数字で表わすこともある。

★本文中で言及する生徒さんの氏名は原則としてＡ〜Ｚの頭文字で表わすが、既に上梓されている関連の著書・論文については、そのままの題名を記す場合もある。

目次

第一部は六章に分かれている。それらの「目次」については、各章の初めに具体的に記しているので、左記のページ数に従って確認していただきたい。

予備校空間に於けるドストエフスキイ

河合文化教育研究所は二十年にわたり、毎年八月の末、京都に於いて合同研究会を開催してきたのだが、2021年度は新型コロナウイルスの蔓延によって開催不可能となり、それに代わって『河合塾における「予備校文化」とは何だったのか』というテーマで各研究員に執筆が依頼され、その結果が2022年2月に出版された。以下に挙げる文章は、この課題に対して私がドストエフスキイ研究会の主宰者として、「予備校空間に於けるドストエフスキイ —— 若者たちに託す夢」というタイトルの下に記したものである。河合文化教育研究所設立の理想、研究所に於けるドストエフスキイ研究会の位置と活動、現在河合塾と研究所が置かれた状況等々、ここに記したことが本書を理解する上で少なからぬ助けとなると思われるので、まずはこれを一読されてから次の一部や二部に進んでいただければと思う。なおドストエフスキイ研究会については、河合文化教育研究所のHP「ドストエフスキイ研究会便り」の一回目と二回目に詳しい説明があるので、こちらも御覧いただきたい。

予備校空間に於けるドストエフスキイ
――若者たちに託す夢

ドストエフスキイ研究会主宰　芦川進一

［1］「河合文化教育研究所」設立の理想

五年前、河合文化教育研究所のＨＰに「ドストエフスキイ研究会便り」の掲載を始めるにあたり、私は研究所設立（１９８４）の理想について再確認を試みました。ここにその冒頭部分を紹介させていただきます。今回与えられたテーマを考える際に、これが私の出発点となり、また結論ともなると思うからです。

河合文化教育研究所が設立されたのは、バブル経済が最盛期を迎えた１９８０年代の半ばでした。この研究所設立の出発点となったのは、物質的経済的繁栄のみを追う日本社会を向こうに、予備校「教育」の現場から初めて可能となる「文化」を生み出そうではないかという理想でした。

その理想を実現すべく研究所に関わる全員が土台としたのは、予備校という教育空間の独自性であり、そこから自らに課したのは、浪人という極めて不安定な状況に置かれた若者たちに受験勉強に真剣に取り組ませるという、まずは予備校として当然の課題でした。これに加えて課されたのは、彼らの揺れ動く鋭敏な感性と知性に対し、この時期にこそ世界の一級の知的巨人たちとの対峙を迫るという課題でした。

これら二本の柱によって、二十歳前後の若者たちに人生を貫く知的探究への基本的意欲と姿勢とを身につけさせよう、その上で彼らを大学に送り出そう、このような「教育」の課題と理想を追求することから、予備校独自の「文化」を生み出す土壌も育まれるはずだ、以上のような展望の下に河合文化教育研究所が生まれたのでした。今思い起こしても、それは地に足の着いた「文化」への展望であり理想、そして「教育」への姿勢であったと思われます。

当然のことですが、それと同時にこの文化教育研究所に集った全員が、予備校「教育」の現場でする努力と表裏一体の形で、各自それぞれの専門分野において「文化」に向けた地道で誤魔化しのない努力を自らに課したのでした。若者たちとの対決と、世界の一級の先哲・知性との対決、そして自分自身との対決。――少々青臭い表現が続きますが、これら三層にわたる緊張感こそが、歩み始めた研究所の事務局員と研究員とを支え、そして衝き動かす目に見えない力であり絆であったと私は理解しています。

（「ドストエフスキイ研究会便り」（一））

予備校に於ける「文化」と「教育」の可能性を見つめての「河合文化教育研究所」（以下「文教研」と記します）設立の理想。そこを貫いていた三本の柱について、私の思いは今も変わりません。今回「予備校教育」の在り方について論じることは、それ故私にとって、この研究会での三十余年を通して見えてきた、ドストエフスキイ研究会と文教研の理想と現実について、改めて確認し報告することに他なりません。

［２］ドストエフスキイが担う問題、そして予備校

以前、文教研の合同研究会でもお話したのですが、ドストエフスキイを語る時どうしても最初に確認しておく必要があるのは、四十歳を過ぎて初めて訪れた西欧社会について、翌年彼が記した報告記『夏象冬記』（１８６３）のことです。

彼が英仏両国で目撃したのは、ヴィクトリア女王の治下、産業革命の最先端を驀進するロンドンの街で繰り広げられる人間疎外と神疎外の壮絶な光景と、ナポレオン三世の下、相対的な安定期を迎えた社会で、フランス革命の理念を忘れ去った小市民たち、精神を「縮こまらせ」つつあるパリっ子たちの満ち足りた姿でした。前者を支配するのは「異教神」バアル、後者を支配するのは「小銭の神」マモンであると断じ、これらサタンに対する「何世紀にもわたる精神的抵抗と否定」の必要を記した上で、ドストエフスキイが提示したのは、ヨハネ福音書第十一章の「ラザロの復活」でした。死して四日、既に墓の中で死臭を放つラザロに向かい、イエスが叫びます――「ラザロよ、出《い》で来《き》たれ」。

この後『罪と罰』（１８６６）から『カラマーゾフの兄弟』（１８８０）に至るまで、彼が一貫して取り組んだのは、近代西欧に手を引かれて陥った墓場から、人類は果たして抜け出ることが可能か？　可能であるとすれば如何にして？――この問題でした。「ラザロの復活」の問題が、現代世界を舞台として繰り返しドラマ化されてゆくのです。些か乱暴な要約ですが、私はこれがドストエフスキイ世界の基本的骨組みであると考えています。

ところが大学でドストエフスキイとの取り組みを始めて

以来、私が出会ってきたのは、ドストエフスキイ文学を愛する数多くの読者たちにせよ、専門家たちにせよ、この作家への関心の高さと反比例して、彼らが示す聖書世界への驚くほどの無関心さでした。ドストエフスキイ世界の豊かさと奥行きは計り知れず、この世界へのアプローチの仕方も様々にあることは言うまでもありません。しかしドストエフスキイ世界に足を踏み入れるや、そこに展開するのは、先に確認したように、正に「ラザロの復活」を核とする聖書的磁場でのドラマであり、聖書世界の理解なくして、この文学世界が孕む問題について本質的思索を試みることはまず不可能なのです。明治以来、「和魂洋才」の名の下に西洋文明・文化を採り入れてきた我々日本人は、その基盤をなすキリスト教との取り組みを怠ったまま今に至ったのですが、ドストエフスキイ受容に於いてもまた、全く同じ轍を踏んだのです。

最終的に私が選んだ道は、アカデミズムの場でのドストエフスキイ研究は捨て、一人でドストエフスキイ世界と聖書世界と対し、『夏象冬記』以来この作家が取り組んだキリスト教的磁場の問題について、一言で言えば「ラザロの復活」について考えることでした。小さな学習塾を始めた延長線上で、またある縁で、私は丹羽理事に河合塾に招いていただき、「予備校」の教室で英語を教えつつ、文教研でドストエフスキイ研究を続けることになりました。冒頭に挙げた文教研設立の理想に対する熱い思いには、このような背景があることを、まずは確認させていただきました。

以後「文教研」での三十余年間、私が続けてきたのは、自分自身のドストエフスキイとの取り組みと、大学入学後予備校の文教研に集まった若者たちとドストエフスキイと聖書テキストを読み進めること――これら二つの作業です。前者については、ライフワークたる『罪と罰』論（２００７）と『カラマーゾフの兄弟』論（２０１６）とを、事務局の加藤さんの編集で文教研から出版していただきました。後者については、予備校生たちとの『夏象冬記』講読の報告書である『隕《お》ちた「苦艾《にがよもぎ》」の星』（１９９７）の出版（文教研）がありますが、今回は殊に以下の[3]と[4]で、若者たちと続けた勉強についてその経緯を二段階に分けて報告することで、「予備校における本来的教育とは何か」という問題への私の解答とさせていただきます。

[3] ドストエフスキイ空間としての予備校

研究会を開始してまず私が驚かされたことは、予備校生活を経験した若者たちがドストエフスキイ世界に極めてスムーズに入ってゆくという事実でした。（勿論それは全員ではなく、直ちに拒否反応を示し、会を去る若者も少なくなかったことは記しておかなければなりません）。周知の如く浪人生は、それまでの公教育の軌道から逸れ、いくら勉強をしても合格するという保証がないまま、予備校で普通一年か二年の受験生活を送ることを強いられます。ここで彼らは、人生には必ずしも定められた道が用意されているわけではないこと、自分自身で切り拓かねばならない道があることを知り、自らが選んだ道に至り着くまで、何らの保証もないまま不安の内に日々を送らざるを得ません。この浪人経験がドストエフスキイ世界への道を開いてくれるのでしょう。『罪と罰』に触れた若者たちは、作品が始まって間もなく、酒で身を持ち崩し娘をも売春婦の身に追い込んだマルメラードフと出会います。そしてなお娘から酒代をせびるこの卑劣漢が酔い潰れて「もうどこにも行き場がない」と呻いても、若者たちは決して他人事と思いません。マルメラードフの呻きは彼らの胸に沁み、ドストエフスキイ世界に更に踏み入ってゆく導き手となるのです。このようなドストエフスキイと若者たちとの出会いを私は数限りなく目撃させられてきました。

ドストエフスキイと若者たちとが如何に出会い、この作家を通して彼らが如何なる青春の足跡を刻んだかについては、文教研のＨＰ内に、事務局の相京さんの協力で「ドストエフスキイ研究会便り」を掲載し、そこに二年前「予備校graffiti《グラフィーティ》―私が出会った青春―」というサイトを設け、延べ六十人ほどの例を報告してあります。

［４］ドストエフスキイを介した学びの永遠性

次に私が驚いたこと、と言うよりはドストエフスキイ研究会で突き当たった現実は、「時間」という大きな壁でした。つまり私は、予備校での浪人経験の下地が若者たちのドストエフスキイ理解にそのまま繋がることへの感動と共に、その若者たちが更にこの作家と取り組み、彼が提示する様々な問題を正面から考えようとする時、限りない「時間」を必要とするという、当然と言えば当然の現実とぶつかったのです。上に記したようにドストエフスキイ世界とは、近代世界が陥った人間疎外と神疎外の問題を聖書的磁場の中で複雑な人間ドラマを通して考察してゆくという、人間学的にも思想的にも宗教的にも実に困難で高度な問題性を抱える世界です。いざ若者たちがこの世界と本格的に取り組み始めると、マルメラードフの「もうどこにも行き場がない」という言葉に感動するだけではなかなか先に進めなくなるのです。研究会の開始から十年が経ち五百人ほどが学んだ時点で大きく立ち現われてきたのは、ここで学んだ若者たちが大学を卒業してからドストエフスキイとの取り組みを如何に続けてゆくかという問題でした。彼らが衝き当たったのは、この作家が『夏象冬記』の旅で出会った現実でした。即ち彼らは、バアルとマモンによる人間疎外と神疎外の現実が、西洋に倣い近代化を押し進め、恐るべき戦争に踏み込んだ末に敗戦まで体験した日本社会を、更に根底から侵食するに至った現実とぶつかったのです。文教研はその活動の場を予備校から、自ずと社会の中に広げて行ったと言えるでしょう。予備校「教育」の現場から「文化」を生み出そうという理想が実は如何に遠くにあるか、私は思い知らされました。

十年ほどの試行錯誤の末に、私はそれまでの一年単位で研究会を回転させ、希望者には大学卒業時か大学院までの継続を認めるという体制を廃止し、原則として新規の募集も中止することにしました。代わって、研究会で学んだ後に社会でそれぞれの専門の仕事に就くか大学院に進み、その中で改めてドストエフスキイを学ぶ必要を感じるに至り、かつ私の許で学びたいと「自ら」やって来た若者たちと新たにドストエフスキイと聖書テキストと取り組むことにしました。この試みにも様々な問題はありましたが、ここでその詳細を報告する余裕はありません。その後十五年、この若者たちが社会の中で如何にドストエフスキイと聖書と向き合い続け、如何に思索を深め、各自の専門に生かしてきたかについては、先に記した「予備校graffiti《グラフィーティ》」に多数の例を報告してあります。これを本論の「付説」としてお読みいただければと思います。

おわりに

予備校を土台とする文教研に籍を置き、ドストエフスキイと向き合ってきた自分にとり、「予備校における本来的教育」とは、あらゆる面で末期的相貌を示すこの日本社会で、自分自身がなおドストエフスキイを学び続け、「ラザロの復活」の問題を始めとして、彼が担った問題を若者たちと共通の課題とし、それへの解答を探り続けることだと思っています。予備校「教育」の現場から「文化」を生み出そうという文教研の理想は依然遥か遠くのものでしかありませんが、この理想が見失われない限り、また冒頭で確認した「三層にわたる緊張感」が失われない限り、如何なる困難の中でも予備校も文教研も共に生き続けると私は信じています。

《第一部》

「予備校graffiti《グラフィーティ》」―私が出会った青春―

はじめに

「予備校graffiti《グラフィーティ》―私が出会った青春―」――ここでは、この三十余年間、東京河合塾の本科と河合文化教育研究所のドストエフスキイ研究会で私が出会った若者たちの中から、何らかの形でキラッと光ったものを与えてくれた延べ六十人について報告をしてゆきたいと思います。

日本のバブルの絶頂期からリーマンショックを経て現在に至る三十年間、日本が確実に衰退の道を歩む中、その一方で若者たちがドストエフスキイと如何に出会い、また如何にその出会いを自分自身の現実に生かしていったか、プライヴァシーの問題や私自身の主観や記憶力の壁もあり、記述が舌足らずになるところや曖昧になるところもあるかと思いますが、出来る限り正確で多様にその証言を残しておくつもりです。

私の夢は、日本の若者たちを始めとして全ての日本人がドストエフスキイに親しみ、人間と世界と歴史について彼が展開した誤魔化しのない本質的思索を学び、この不条理と不正に満ちた世界の中で、各人がそれぞれの人生を誤魔化さずに深く豊かに生き、その生を輝かせ、更には出来る限りこの世界を良い方向に変えていってくれることです。

ここに紹介する延べ六十人の若者たちは、当然のことですが、今それぞれの人生を現在進行形で生きていて、一番年上の人は既に五十代に達しています。その過程で大きな挫折を体験した人もいれば、たとえ未だ遠くではあれ、夢や目標が視野の内に入ってきたという人もいますが、大部分の人たちはなお暗中模索、苦闘中というのが現実です。しかし夢と目標に向かって苦闘する人は皆、正に青春を生きているのです。

ここに取り上げられた人たちは、かつて私がその内に見出して心を動かされたものを改めて思い起こし、新たに生への励みとしてもらいたいと思います。加えてこれは、これを読んで下さる苦闘中の方々全てに送る励ましの言葉だと受け取っていただければ幸いです。

私の師小出次雄先生が、私の青春時代、残して下さった言葉を紹介します。

「若者よ、人生に惚れ抜け。
人生はやはり素晴らしかった」

「予備校graffiti《グラフィーティ》」を手に、人生の素晴らしさを摑み取って下さい！

（2019年3月）

予備校graffiti《グラフィーティ》

私が出会った青春（一）

予備校graffiti①

Kさんの「行き場」

三十余年にわたるドストエフスキイ研究会で出会った若者たちの中から、まず初めにKさんについて紹介をしたいと思います。Kさんは或る国立大で学ぶ在日朝鮮人三世の女性で、彼女が最初に私の度肝を抜いたのは研究会が始まって間もなく、『罪と罰』をテキストとして講読していた頃のことです。毎回一人ずつ担当者を決めて、最初にその回のポイントを提示してもらっていたのですが、その日の担当は哲学専攻のY君でした。しかし日頃真摯で勤勉な彼の発表はこの時ダラダラとしていて、テキストの解釈以前に、そもそもテキストの検討を十分にした形跡が見えません。これは一つ叱ってやらなければならない、こう私が思っていた矢先です。Kさんが激しい口調でY君に喰ってかかりました。

「何よ、それ！ 私ね、そんな軟弱なレポートを聞きにここへ来ているんじゃないの。いい加減にしてよ！」

Y君は完膚無き迄に遣り込められてしまいました。他のメンバーも暫くは呆然としていました。

この時の打撃からか、翌月の研究会にY君は顔を出しません。しかし彼の欠席を知ったKさんは言いました。

「フン！ 私の言葉程度で、ここに出席が出来なくなるような軟弱な人だったんなら、初めから来る必要などなかったのよ！」

私は再び度肝を抜かれました。

Kさんは、同じ在日の人たちが日本での辛い体験から、どうしても心を祖国に傾けがちになることを嫌い、祖国回帰のメンタリティを自ら強く拒否する人でした。それは逃げでしかないと言うのです。ではKさんの心はどこに向かったのでしょうか？ ――二つの方向、二つの国。つまり一つは中国、他の一つはロシアです。

まず中国。この国の文化は日本民族と朝鮮民族の文化の共通の根と言うべきものであり、中国文化を深く知ることで、自分は日本と祖国とを共に客観化し相対化が出来る視点が与えられるだろう。もう一つのロシア。これはドストエフスキイを生んだ国であり、この作家にぶつかり学ぶことで、日本民族も朝鮮民族も中国の諸民族も、共に自分の狭さと小ささを離れ、より大きな精神の場に出ることが可能なはずだ。これが彼女の直観と確信でした。これには私は度肝を抜かれるというより、感動させられ学ばされました。

Kさんは『罪と罰』に出てくるマルメラードフという酔漢が言う「もうどこにも行き場がない」という言葉が好きでした。自らが立つ場を「行き場のない」場と捉え、その上で真の「行き場」を求め、具体的には中国とロシア、二つの方向に積極的に越え出てゆくこと、また過去を見据えた上で、先へ先へ、未来へ未来へと進んでゆくことを目指したのです。ドストエフスキイ研究会に参加し、毎回彼女が見せた激しい気迫と鋭い眼光、そして周到な準備。それらは皆、彼女の人生へのこのような姿勢から出たものだったのです。

私はそれから後に書き上げた『罪と罰』論を、是非Kさんに読んでもらいたいと思っています。この本が、最近書き上げた『カラマーゾフの兄弟』論と共に自分のライフワークであり、ドストエフスキイへの私の応答であり、またKさんへの応えでもあると思っているのです。しかしその後、彼女とは長い間連絡がとれていません。彼女は中国の大学への留学を終えた後、その経験を生かして中国語の通訳として活躍しているとの噂で、実際には何も心配してはいないのですが……

何回か後に紹介するU君（「予備校 graffiti ㉗」）と共に、Kさんは日本に侵略され支配された民族の辛さを背負い、「もうどこにも行き場がない」窮境の中で、決して否定的な方向に答えを出さず、ひたすら肯定の方向に積極的に新しい人生を切り拓いてきた人たちの一人です。彼女の弟さんも、姉に劣らず激しい生を生きる青年で、彼は日本での生に飽き足らず、新しい映画製作の可能性を求めてアメリカに渡りました。

私は二人の先生でしたが、頭を下げて学ぶべきは自分の方だと思っています。そしてドストエフスキイという作家がこのような形で、「もうどこにも行き場のない」人々に真の「行き場」を与える人であること、切り離された民族と民族とを再び繋ぎ合わせる力を持つこと、そしてまた彼の文学が、愚かな日本の政治家たちや軍人たちが、そしてそれに引っ張られた国民、或いは迎合した国民が、アジアに撒き散らした大変な負の遺産を贖い癒す可能性を持つ文学であること、これらを教えられたことに心から感謝をしています。

なおY君のことですが、ここに紹介しただけのY君では、彼の立つ瀬がありませんね。真摯な彼がドストエフスキイに対して示した姿勢については、やがて記録に残しておくつもりですが、ここでは浪人時代に『カラマーゾフの兄弟』を読了した彼が、夜帰宅する私の前に立ち、闇の中で目を輝かせながらこの作品の素晴らしさを報告してくれたこと、そしてこの時彼の目の輝きが素晴らしく美しかったことを報告しておきます。

予備校 graffiti ②

自転車で乗り越えた挫折と、運命からの「招待状」

M君は信州のリンゴ林に囲まれて育ち、河合塾での浪人の後、早稲田大学の社会科学部に入学しました。当時の早大の社会科学部は二部（夜間）の学部で「社学」と呼ばれていて（2009年に昼間の学部に移行）、ユニークで素晴らしい先生たちや生徒たちが集まる場であるにもかかわらず、他の学部を失敗して駆け込む生徒も多く、早大の中で挫折感を抱える生徒が多い学部だと言われていました。M君よりも数年前に「社学」に入ったS君は、暫くして私を訪ねて来て、「社学」で歌われているという「おもちゃのチャチャチャ」の替え歌を、大きな声で自虐的に歌ってくれたりもしました。S君は持ち前の明るさで、「でも、俺、お陰様で、人の辛さが分かる力も身につきつつあるような気がするな」と語り、やがて逞しく勉強に打ち込む早大生になりました。M君も入学当初は、その挫折感に強くとらわれた一人でした。しかし彼もまた、その挫折感をユニークに乗り越えたのです。

M君は挫折感を克服するために、また自らの青春を証するためにも、暫く大好きな「自転車」に徹底的に乗って乗りまくろうと決めました。故郷の信州と東京との往復は言うまでもなく、夏休みになると九州の最南端にまで自転車を走らせ、自転車に青春の情熱全てをぶつけたのです。（九州行きは、想いを寄せる女性への「告白」のためでもあったということは、ずっと後に聞かされました。その成否については、残念ながら私は覚えていません）。

やがて彼は自転車の目線から、信州ばかりか日本という国が持つ美しさに目覚めさせられると同時に、どんどん進行してゆく日本の自然環境破壊の凄まじさにも気づかされてゆきました。日本が高度経済成長期からバブル期へと突入する頃だったのです。ある時、某新聞の懸賞論文で「自然環境破壊をどうするか」という趣旨のテーマが出され、彼は日頃自転車で培った視点から論文を書き上げて応募し、入賞者の一人に選ばれました。

入賞者の何人かはイギリスへの旅と、来日中のサッチャー英国首相と対談する機会を与えられました。そしてこの対談の場で、他の入賞者たちが「世界の情勢は?」とか、「チェルノブイリ原発事故の後、ソビエトの未来は?」とか、「日英の関係は?」というような政治上の問題を専ら質問する中で、この雰囲気に飽き足らなくなったM君は、自分が書いた論文の延長線上で、サッチャー首相に日本の自然の美しさと危機とを語り、最後に「サッチャーさん、僕の家は信州の片田舎ですけれど、日本の美しさが残った素晴らしい所です。一度ここへ遊びに来て、リンゴを食べて下さい!」と語りかけたのだそうです。

来日以来、政治・経済の話ばかりで少々辟易していたサッチャー首相にとり、信州のリンゴ畑への招待は、思いもかけない新鮮な驚きだったようです。自転車という角度からM君が見続けた日本の現実、そこには世界の現実もそのまま映し出される鋭い洞察があったのでしょう。感動したサッチャー首相は、残念ながら今の私はあまりにも多忙で、あなたの故郷信州を訪問することは出来ないが、あなたが今度ロンドンにおいでの際には、是非私を尋ねて来なさいと言ってくれたのだそうです。真偽を計りかねている内に、実際にサッチャー首相からの「招待状」が届きました。それを鷲摑みにし、予備校の講師室に飛び込んできた時のM君の弾んだ息と、輝いた顔が忘れられません。(その招待状を私はコピーさせてもらい、今も大切に持っています)。彼の「社学」の挫折は克服され、代わって彼の青春は、この「招待状」によって一つの見事な花を咲かせたと言うべきでしょう。

卒業後、M君はある放送局の記者になりました。ところが彼はその後、アメリカで大変な悲劇を体験することになります。その悲劇についてはここに記すことは出来ませんが、運命は彼に新たに残酷な「招待状」を送り付けてきたのです。長い音信不通の後、彼は再び私の許を訪ねてくれ、その挫折から立ち直りつつある姿を見せてくれました。この悲劇をも完全に乗り越え、更に大きな活躍をするようにとの新たな「招待状」を、運命はきっと彼に送ってくれるに違いありません。

その後私は、早大の「社学」に入ったある生徒さんから、この学部の理想像は「心に地球儀を持った学生」を育てることだと聞きました。素晴らしい理想像です。しかしその心の地球儀に、ただ世界各国の観光地やグルメの有名店やブランド店などが記されているだけでは、依然バブルの病に侵された能天気な心の地球儀でしかないでしょう。私がロンドンに滞在中のことです。大学とそのサークル名を記した貸し切りバスで有名店に乗り付け、恐らくは親に作ってもらったカードを持って、歓声を上げながら買い物をする学生たちをよく見かけました。M君の場合、彼の心の地球儀には日本と世界の自然環境破壊が刻まれ、サッチャー首相との会話やイギリスでの体験が記され、更にはアメリカで体験した大変な悲劇が刻印されていることは容易に想像がつきます。彼はこの地球儀に刻まれた光と闇の中から、彼自身の光を見出し、彼自身の新たな地球儀を創り出すに違いありません。M君の健闘を祈り、改めて声援を送ります。

私はM君に改めてドストエフスキイを読むことを勧めました。M君が体験した、そして体験しつつあることの全てが、正に「ドストエフスキイ体験」に他ならないと感じられたからです（「ドストエフスキイ体験」については、河合文化教育研究所のHP「ドストエフスキイ研究会便り」の一コーナー、「ドストエフスキイの肖像画・肖像写真」の冒頭を御覧下さい）。ドストエフスキイとは、人間と世界と歴史を覆う深く耐え難い「闇」の向こうに、真の「光」を見出すことを求め続け、『罪と罰』や『カラマーゾフの兄弟』に於いて見事にそれを成し遂げた作家です。この作家からM君はきっと「何か」を学び取ることでしょう。彼に私は、このロシアの作家からのもう一つの「招待状」を届けたのだと思っています。

予備校graffiti ③

海外に向かう心

毎回中間部では、あるテーマの下に数人の若者を取りあげてゆきます。今回は三人の若者、U君・F君・K君と「海外」というテーマを軽いタッチで記したいと思います。

(A) ひまわり畑とU君

U君は浪人二年目で、スペイン語学科志望でした。ある日彼は講師室で質問を終えると、改まった調子で語りかけてきました。

「先生、俺、いつか写真で見たスペインのひまわり畑を実際にこの目で見てきたいんです。見渡す限りのひまわりの前に立った時、俺の人生が始まるって思い込んでいるんです。俺キザかな？」

キザどころか！　私はこういう夢のある青年や、目先のことにとらわれない大学志望の仕方が大好きです。スペインと言えば、ドストエフスキイは人類が地上から滅び去る時、神の前に差し出すべき本が一つあるとすれば、それはスペインのセルバンテスの『ドン・キホーテ』だと書いています。私にもスペイン人の友人がいますが、彼も夢に生きるドン・キホーテが大好きで、しかもドストエフスキイの専門家であり、子供の頃から日本のアニメが大好きで、アニメを介して日本語の単語も相当多く知っているため、私のドストエフスキイ論も日本語で読みたいので、出版ごとに彼の許に送るよう言ってきます。この明るく心の広い彼一人を介しても、スペイン民族が大民族の一つであることを強く感じさせられます。個人的にも、世界の町々の中で私が最も感動した町の一つはトレドです。

誰かU君に続いて、大学時代スペインを訪れ、広大なひまわり畑の真中に横たわって、『ドン・キホーテ』を読もうという人はいないでしょうか?!

(B) エベレストとF君

ある時、新宿駅の地下通路で声をかけられました。日に焼けた優しそうな顔をしたF君でした。

「先生、僕、アジアを中心に旅をしています。色々な山にも登っていて、大学生活の最後は、エベレストです」

「エッ、君、そこまでやるの?」

「いいえ、登攀はさすがに無理だから、出来るだけエベレスト近くの、出来るだけ高い所まで行って、あの山を見てきます。僕の青春、それを一つの転換点にしようと思っています」

これもキザどころか、私は驚かされ、そして感動させられました。ひまわり畑、エベレスト——二十代、皆さんはどのような「夢」を持ち、実現させるでしょうか?

(C) トランペットとK君

ジャズ好きのK君は、日頃青春の情熱を公園などに行きトランペットにぶつけていました。友人との卒業旅行でドイツへ行った時のことです。ある町を流れるライン川のほとりで、彼は持参した愛器を吹き鳴らしていました。するとある市民から(警察ではなく)新聞社に通報され、写真入りで取り上げられることになりました。この市民は彼のトランペットに感動したのです。この時のカラー写真入りのドイツ語新聞を、私にお土産として渡してくれた時のK君の、はにかんだような嬉しそうな顔が忘れられません。

二十代、K君が情熱をぶつけた対象はもう一つ、ドストエフスキイです。ドストエフスキイ研究会に十年間も出席し続けた彼は、『罪と罰』のほぼ全場面・全データを頭に入れてしまいました。私がどこから質問をしても、彼は即座にその質問に対する何らかの答えを返すまでになりました。『罪と罰』に関する、また聖書に関する詳細かつ正確な知識は、恐らく今の日本のどのロシア文学者、ドストエフスキイ研究者にも劣らぬものと思われます。

世にドストエフスキイ好きの人は多いのですが、どちらかと言うと、ドストエフスキイに託して自分の情熱を語りたいという人が多いように思われます。このことも不可欠なことですが、ドストエフスキイ研究会では「主観性を支える客観性」ということ、つまり対象を前にして、まずは自分自身を消すことが出来る精神を大切にしています。どのメンバーもテキストそのものの正確な把握を要求されるのです。最初の①で紹介したKさんも、そしてこの③のK君も、『罪と罰』のテキストを前にして自分を消し、まずはドストエフスキイが表現することを正確に受け止める訓練を厳しく続けたために、大きく成長したのだと思います。

K君はIT関係の仕事をしながら、今度は『カラマーゾフの兄弟』に的を絞っています。しかし三十代も終わり近くの働き盛り。彼の専門分野の仕事は厳しく、また奥さんやお子さんたちにも恵まれた彼は、仕事上の闘いと家庭の幸福の中で、果たしてどこまで二十代の『罪と罰』と同じレベルで、これよりも更に巨大なカラマーゾフの世界を自分のものと出来るのか、大きな壁の前に立たされているように見えます。しかし私は、結局彼がやり遂げてくれると信じています。そして四十代になって、彼が新たにどの作品と取り組むのか、今から楽しみにしています。

予備校graffiti④

暗記・暗唱の努力が開いたもの

予備校の授業で私は「暗記・暗唱」ということの大切さを常に強調してきました。ただの「丸暗記」・「棒暗記」ということではありません。学習し理解したことを頭の中にキチッと収め、その上で自在に使いこなせて初めて知識は力となるのです。「暗記・暗唱」は、まずは自分を無にして対象を自分のものとしようとする点で、先の③で述べたドストエフスキイのテキストに向かう客観的姿勢と同じ働きを持つように思われます。

そんなわけで私は生徒さんたちに、知識が頭に整然と入ったかどうかを自覚的にチェックするためにも、絶えず「暗記・暗唱」を試みるべきだと言っています。ところが予備校に来るまで、このような作業をせずに、ただ「丸暗記」はいけないということだけを「丸暗記」している生徒さんが多いのです。そういう人は何かを学んだ場合でも、学んだという事実のみで満足してしまい、それを正確に頭の中に刻み込み、自分のものとするという努力を疎かにしてしまいがちです。そういう中で、浪人時代の徹底的な「暗記・暗唱」の努力が、入試ばかりか人生の突破口をも開いた典型例が、H君です。

H君が私の前に現われたのは、五月初めの頃だったと思います。「先生、授業は進んでゆくのですが、テキストはきつく、英語は相変わらず苦手で、焦りばかりが募ってきます」。このような嘆きを語ったH君と私との間に交わされた会話は、以下のようなものでした。

「先生は、授業の復習をして理解が出来たら、その後はテキストを白文で繰り返し速読し、暗記・暗唱にまで持ってゆくとよいと言われます。でも具体的には何回読んだらよいのですか?」

「君自身は何回だと思う?」

「五〜六回というところでしょうか?」

「甘い! その十倍は読みなさい!」

「はい、わかりました。やってみます!」

H君は礼儀正しくお辞儀をして帰ってゆきました。ひと月ほどが経って、H君が再び現われました。

「先生、さすがの鈍い僕も何十回と読んでいる内に、いつの間にか文章が頭の中に入ってくるようです。僕がここで言ってみますから、すみませんがチェックをしていただけますか?」

講師室で、大声での、たどたどしい暗唱が始まりました。他の先生たちや質問に来る生徒さんたちも、何が始まったのかと見つめる中でのことです。

どんどん難しく長くなるテキスト。毎週の暗記・暗唱という作業は大変だったに違いありません。しかしひとたび私に「宣言」をしてしまい、講師室で暗唱を始めてしまった以上、もう引くに引けません。H君は懸命に暗記と暗唱を続けました。「習うより、慣れろ」。たどたどしい大声での暗唱は、やがて明快な力強い声での暗唱に変わり、彼の暗唱は講師室の名物となりました。英語の実力も確実に増してゆきました。

H君はその後、苦手だった英語を得意科目としてしまい、大学では英語を専攻し、私のドストエフスキイ研究会でも四年間休まずに学び続け、卒論も見事に英語で書き上げて大学院にも進んだのでした（今は英文科でも、大学生に英文で卒論を書くことを要求する先生は少なくなり、またここまで出来る大学生もごく少数になってしまいました）。H君は家庭の不幸にもじっと耐え、アルバイトを黙々と続け、全て自分で貯めたお金でイギリスへの留学も果たし、イギリスの良いところを頭と心に一杯に詰めて帰って来ました。そして今は或る高校で英語を教えています。皆さんの中にも彼に学んだ人がいるかもしれません。彼はきっと暗記・暗唱を強く勧めていることでしょう。「五文型」の重要さを深く理解しているのも彼です。私もいつか、是非、彼の授業を見学させてもらいたいと思っています。

その後H君と食事をしながら話をした時のことです。驚いたことに、彼は予備校時代のこと、イギリスでの勉強のこと、ドストエフスキイ研究会のこと、そして私が語ったことなどを（幼い娘と私がした些細な喧嘩のことまでも！）、実に詳細かつ正確に覚えているのです。私は、これは「丸暗記」などとは全く違う類の、正確かつ良質な「記憶」だと思います。物事を正確に把握して頭の中に収めるということ、「客観性に立つ」ことの大切さと素晴らしさを、H君は私に改めて教えてくれました。そこにあるのはただ機械的な正確さではなく、人間に対する誠意、そして生きることに対する真摯さと好奇心でしょう。

私は英語専攻のH君に、人間観察の鋭さと人間に対する好奇心と愛の作家であるディケンズと、この作家を愛するドストエフスキイを学ぶように勧めました。彼はこの大変な課題も確実に心に受け止めてくれていて、いつかその成果を報告してくれるに違いありません。この「予備校graffiti」が生まれたのも、私の口述をH君が根気よく正確に書き留めてくれたことが一つの契機となっています。

受験生に私はいつも次のようなアドバイスをしています——その日テキストで出会った表現、或いは人の言葉、或いは新聞やテレビで目にしたことで、「これは！」と心を打たれることがあったならば、それを一語でも、一センテンスでも正確に暗記してしまおう！　それを寝る前に思い出してみて、もしそれが正確に蘇らなかったならば、もう一度起き上がって暗記をし直し、暗唱を試みよう——さもなければ、その日は「無」ですよ！（少々「脅し」も交えています）。私が恩師から散歩のたびに迫られた芭蕉俳句の暗記・暗唱については、本書の第二部でお話します。

予備校 graffiti ⑤

Tさんの転身のドラマ

Tさんの子供の頃からの夢はスチュワーデスになって国際線に配属され、世界の空を飛び回ることでした。ところが実際に夢がかなうや否や、彼女の心に湧きあがったのは、なんと「辞めよう！」という思いでした。人間の心の不思議さと面白さです。

退職の直接的な原因は人間関係、特に乗務員間の上下関係の理不尽さに嫌気がさしたこと、また国際線に乗る日本人の精神的レベルの低さに絶望したこと、この二つだったようです。殊にファーストクラスやクラブクラスに乗る人たちがチラッと見せるエリート意識が、彼女には田舎者根性そのものに思え、このような連中に愛想を振りまいてサービスをし続けることなど、自分の本来の「夢」ではなかったと言うのです。「もういい！」。大雨後のセーヌ河の濁流を見つめながら、彼女は最後の決心をしたそうです。

辞表を出したTさんは、アメリカのシカゴ大学に入学します。彼女自身の回想によれば、数枚のTシャツしか持たず、覚悟一つの渡米だったとのこと。アメリカ留学というと、日本経済の高度成長期からバブル期にかけて、日本の若者たちは十分な英語力を身につけずに出かけてゆき、結局は仲間で群れて終わることが実に多かったのでした。政治家の多くも海外留学を経歴の飾りとしていますが、どこまで英語を身につけ、どこまで海外の文化を自分のものとしたかは疑問です。このような若者たちを傍目に、Tさんは必死に勉強を続けます。予備校で学んだ「五文型」や「分離動詞句」や「基礎動詞」についての知識が、実は英語の習得の上で如何に大切かをここで実感出来ると報告してくれたのもこの頃です。そして大学から大学院へ、英語が深く身につけばつくほど、アメリカを知れば知るほど、彼女にますます切実に感じられてきたこととは、自分は実は日本のことは殆ど何も知らない、日本をもっとよく知る必要があるということでした。

祖国についての無知。これは祖国を離れ外国に深く触れれば触れるほど、誰もが持つ実感です。この実感をどう生かすか、ここにその人の外国体験の質や、更にはその後の人生の奥行きまでをも左右してしまう決定的な分かれ道があります。この時Tさんが心に決めたことは、以前から好きだった遠藤周作を改めて本格的に読み、この作家がキリスト教を巡って日本と西洋世界との出会いをどのように捉えたのか、自分自身の身に引きつけて考えてゆこうということでした。

大学院の卒業後もアメリカに留まったTさんは、シカゴの或る金融系の会社で自分の個室オフィスまで与えられ、バリバリと働き続けます。そのままいけば恐らくは、アメリカのビジネス界の最前線で最も活躍する日本人女性の一人となっていたことでしょう。一時帰国の後これから再びアメリカへ戻ろうとするTさんと、たまたま私は成田空港で出会ったことがあります。この時一人空港のラウンジに立つTさんの姿が、ビジネスウーマンとしての厳しい、怖いくらいのオーラを発していたことを思い出します。

しかし日本について、そして人間について考えるという新たな課題を持つに至った彼女は、パリでの決断に続いて、またもアメリカで一つの決断に至ります。シカゴでの仕事を整理し、次のステップを日本で踏み出そうと決めたのです。

十年余のアメリカ生活に終止符を打ち、Tさんは日本に帰ります。三十代後半からの日本。彼女が自らに課した新しい課題は、今までの体験を土台に、改めて正面から人間の心に目を向け、人間の心の内で進行する喜びや悲しみや悩みに寄り添い、そこから新たに日本と世界との接点を見出してゆこうというものでした。その具体的な方法として遠藤周作と取り組み、心理学を学ぼうと決めた彼女は、或る専門学校で心理学関係の勉強を積み、結婚後の今は地方に暮らしています（私の故郷の町近くです！）。日本の小都市で家庭という場を土台に、また英語力を生かして学習塾を開き、新しい挑戦が始まったのです。最近も遠藤周作関係の映画を観たと言って、その感想を伝えてくれました。遠藤とドストエフスキイは多くの点で重なる問題を抱えています。やがてTさんは、これら二人の作家と正面から取り組むことになるのではないでしょうか。私は日本の地方の小都市の小さな学習塾に、このような先生が増えてゆくことこそ、日本の文化が真に底を広げ、深みを増す一歩になると信じています。多くの子供が学びにゆくといいですね。

予備校 graffiti

余録①

この「余録」欄では、毎回紹介する一人ひとりのユニークなエピソードを土台に、そこに通底する問題とは何か、更にそれがドストエフスキイの作品や思想と如何に関わるかについて考えてゆきます。

「海外体験」と「行き場」の問題

第一回目を記して改めて注目させられたのは、紹介した人たちに共通する「海外体験」ということでした。「海外体験」と言っても、この人たちのそれは決して能天気なバブル的「海外旅行」ではありません。①のKさん、②のM君、③の三人、④のH君、⑤のTさん、全てが各人の個性の表現された、敢えて言えばそれぞれの人生と激しく切り結ぶ「旅」、その人生が決定されるような「海外体験」です。それだけ明治の開国以来、日本が広く世界の中に組み込まれ、殊にここ数十年は今までにない激しい国際化の波が押し寄せ、若者たちがその波の中で自己形成を迫られるようになったということでしょう。バブル崩壊以来の「失われた三十年」ということが言われますが、実はこの間に若者たちは逆説的豊穣とも言うべき状況の内に投げ込まれていたのだと言えるでしょう。次回以降紹介する人たちの多くも、それぞれの生で「海外体験」が大きな役割を占めています。この「予備校graffiti」を参考にして、皆さんも自分自身の生に於いて、自分自身の「旅」・「海外体験」を積極的に構成し創り出してゆく覚悟と意欲を強く持って欲しいと思います。

今回注目したもう一つのことは「もうどこにも行き場がない」人間の問題、より正確には「もうどこにも行き場がない」「行き場」の問題です。そしてこの問題は、「海外体験」の問題とも表裏一体の形で深く結びついていると思われます。ここに挙げた人たちの「海外体験」はどれもが皆、自分の真の「行き場」を求めての、そして自分の新たな「行き場」が見出される、或いは自分本来の「行き場」が失われてしまう厳しい「海外体験」でした。ドストエフスキイが『罪と罰』で提示した「もうどこにも行き場がない」人間の問題は、現代では在日三世のKさんの場合ばかりか広く日本人の誰もが直面させられ、厳しく自覚を迫られる問題となっていると考えるべきでしょう。

明治以来の国際化の流れということで、Kさんとの関係で一言付け加えておかなければなりません。

福沢諭吉はその啓蒙の総決算の書とも言うべき『文明論之概略』（1875）で、日本が西洋列強の海外進出、否、海外侵略の荒波に巻き込まれた事実を指して「国際交際の病」と表現しました。彼は国際間で繰り広げられつつある激烈な弱肉強食の戦いの現実を「病」とまで呼ぶことで、強く日本人に注意を促して「富国強兵」を唱え、万人の啓蒙という土台の上に、まずは日本を不動の強国に作り上げることを説いたのでした。「一身独立して一国独立する」――しかし「国際交際の病」の過酷な現実を前に「一身独立」の課題は後に置かれ、明治政府の国体神話創作と呼応する形で、まずは「一国独立」の必要が最優先とされ、結局は日本をアジアへの侵略・支配という悪魔道に導くことになってしまったのです。その流れの延長線上にKさんたちの悲劇があり、更には「第二の開国」以来の「海外体験」があることを我々は忘れてはならないと思います。

我々は「どこにも行き場のない」Kさんが、この日本という場でロシアのドストエフスキイと出会い、彼女自らが選び取るに至った人生の「旅」について、その歴史的背景から出来るだけ理解をするように努めるべきでしょう。日本の若者の「海外体験」が人間と世界が持つ歴史への意識も知識も欠いたままで、ただ国際世界への空間的広がりの体験だけで終わるとするならば残念なことです。この「海外体験」の問題については、「国際交際の病」の問題との関係で、更にはドストエフスキイの「行き場」の問題との関係で、なお繰り返し考えてゆきたいと思います。※

※１９６２年、福沢諭吉の「西洋事情探索」の旅と重なるドストエフスキイの西欧への旅とその報告書『夏象冬記』については既に言及し、これからも何度か言及しますが、これら二人の旅についての纏まった考察としては次の二つを参照して下さい。

『隕《お》ちた「苦艾《にがよもぎ》」の星――ドストエフスキイと福沢諭吉』

（河合文化教育研究所、１９９７）

「ドストエフスキイと福沢諭吉、二つの旅」

（ドストエフスキイ研究会便り（１５）、２０２０）

河合文化教育研究所ＨＰ

最後にKさんとTさん二人の女性のこと、そしてH君の暗記・暗唱のことですが、「予備校graffiti」に取り上げる人たちには、生の「行き場」を積極的に求めて努力を続ける女性や、暗記・暗唱と本気で取り組んだ人が実に多いことに注目したいと思います。人間としての真の「行き場」の問題と共に、学びの上での、また我々の世界認識に於ける暗記・暗唱という基礎作業の重要性は、本書で一貫して取り上げてゆくテーマとなります。

小出次雄 画

毎回「予備校 graffiti」の最終ページに、「もう一つの「青春」」と題して、恩師小出次雄先生のデッサン・絵画を付します。（今回はモジリアーニの作品を基にしたデッサンです）。全部で六枚紹介する予定ですが、若い頃私は、それぞれが青春の持つ独自な相貌を激しく鋭利に表現するものとして、心を切り裂かれる思いがしました。本文の文章と重ねて、或いは全く違った角度から、これら六枚を皆さんの青春と突き合わせて鑑賞し、青春を考える素材として下さい。

予備校graffiti《グラフィーティ》

私が出会った青春（二）

予備校graffiti⑥

Mさんの二つの口癖

Mさんの「特技」は、授業後私への質問を待つ間に、質問者が多くても少なくても、その日のテキスト全文を暗記し、暗唱までしてしまうということでした。数行百語程度どころか、毎回最低その五倍はある英語長文の暗記・暗唱です。これには他の生徒さんたちばかりか私も驚かされ、ある時私の方から質問をしてみました。

「毎回凄いですね。どうやって覚えてしまうんですか?」

「私、馬鹿だから、覚えるしかないですから」

Mさんの口調は淡々とした、しかも毅然としたもので、私が普段生徒さんたちの中で耳にするものとは異質な、どちらかというと硬質な響きを持つものでした。当時彼女が常に口にしていた言葉、口癖が二つありました。

「私、馬鹿だから」
「私の家、貧乏だから」

謙虚で猛烈な頑張り屋さんだったのです。

パソコンメーカー・アップル社の創業者スティーブ・ジョブズが、スタンフォード大学卒業式の式辞で次のような言葉を語っています（２００５）。

"Stay hungry, 「常に飢えてあれ」
Stay foolish." 「常に愚かであれ」

私はよく授業でこの言葉を紹介するのですが、Mさんは、ジョブズのこの言葉が世に広く知られる前から、既にこの言葉を日常に生きていたのです。

大学は理科系でした。平日は実験やレポートで忙しかったため、Mさんは日曜日になると、丸一日をアルバイトに充てていました（効率《ペイ》が良い「コンパ系」の飲み屋のバイトです）。それで蓄えたお金で、寸暇を惜しんで培った語学の成果を試すために、春、イギリスやフランスでホームステイをするのです。私の知る限り、残念なことですが、春休みに大学生の大部分がすることとは、旅行やサークルで「青春をエンジョイ」することで、何かまとまった勉強や研究に二ヵ月ほどを費やすことはまずありません。

「私、貧乏だから」――Mさんはお金のかかる、また日本人が群れるロンドンやパリなどは避けて、語学の研修先に選ぶのは決まって田舎町でした。アルバイトばかりか、奨学金をとるためにも、彼女は一所懸命に勉強に打ち込み続け、大学院に進むと、その努力はフランスの名門大学への二年間の留学となって実を結びます。フランスだからと言って、ファッションやワインなどへの関心を示すことはなく、日本からやって来る友人などに、大好きなC.C.レモンを差し入れてもらい、それを至上の喜びとして楽しんでいたようです。この種のエピソードは尽きません。たゆまぬ努力で実力を蓄えたMさんは、三十代の半ばで某国立大学に教職を得ることになります。

理科系とはいえ、Mさんはドストエフスキイ研究会に大学院時代まで出席を続け、ドストエフスキイと聖書とを共に熱心に読み続けました。日本においてはドストエフスキイの愛読者でも専門家でも、ドストエフスキイ世界の根底をなすのが聖書世界であることを知りながら、それと正面から向き合うことをまずしないのが現実です。しかしMさんは、聖書理解がドストエフスキイ理解に不可欠だと知ると、聖書にも取り組むことを当然とする新しい「ドストエフスキイ世代」の先駆けの一人だと言えるでしょう。得意のコンピューターで聖書の様々な情報の計数的処理をし、私の友人で新約聖書学を専門とするS君の授業に出席をさせてもらい、またパレスチナの考古学発掘調査団にも加えてもらうなど、ひとたび関心を持った対象には、そして必要と思うことには、好奇心と探求心とをフルに発揮してぶつかってゆく若者なのです。

大学進学についても、今では自身が大学で教える立場にいるのですが、実にリアルで厳しい考えを持っています。以前河合塾の「エンリッチ講座」※で、Mさんに話をしてもらったことがあります。この時彼女は、大学というものが社会の決めた「階段」であり、皆が行くから、そして親がお金を出してくれるからというだけで進学する人が多い。このような目的意識も持たずに大学生になる人たちは、サークル活動やアルバイトやコンパに熱中する能天気な遊び人となり、また就職だけを気にする小さな人間になり、結局は専門の勉強もろくろくしないで四年間を無駄に過ごして終わってしまう。大学に行くのは止めた方がいい。また専ら偏差値を基準として「有名大学」や「医学部」への進学を指導する高校の先生たちや、それを有り難がる親たちをも厳しく批判したのでした。遠慮のない彼女の話は、河合塾生に強いインパクトを与えました。

※「エンリッチ講座」とは、河合塾生を対象として河合文化教育研究所が主宰してきた教養講座です。毎年全国の校舎で数十の講座が持たれ、様々な分野での専門家や先輩に話をしていただき、事務局からその報告書も出されています。「エンリッチ講座」については、「ドストエフスキイ研究会便り（1）（2）」も参照して下さい。

Mさんの二十代は、大学とドストエフスキイとアルバイトと海外での勉強に全力投球の十年間でした。このように記すと、Mさんが何かあまりにも冷徹で非人間的な女性のように思われる人がいるかもしれません。逆です。彼女は激しい恋愛もし、大変な弟思いであり、三十代前半はご両親の様々な病気とも辛抱強く付き合い、遂には愛するお母さんを失ってしまうのですが、海外での学会に出席している時にも、そこから病床のお母さんに常にメールを打ち続ける優しい娘さんでした。

　フェルメールの絵画も大好きで、海外の学会に出かけると、その地にある美術館を時間の許す限り訪れ、そこにフェルメールの作品があれば私に絵ハガキを送ってくれ、複製画をお土産に持って来てくれたこともありました。ドストエフスキイ研究会では、日頃ドストエフスキイとの取り組みと並行して、聖書や様々な絵画や音楽などの芸術作品とも取り組んでもらい、若者に芸術的・哲学的・宗教的認識力を一体で深化させる訓練を課しているのですが、Mさんはこの趣旨も正面から理解し実践する人でした。

　フェルメールについては、多くの人がその最高傑作を「デルフトの眺望」としていますが、Mさんも長い間この作品を課題としていました。或る時研究会で、この絵画の中に描かれた幾つかの単純な直線や曲線を指しながら、そこにある「永遠感」を指摘する彼女の自然な語りぶりに、私は彼女の鑑識眼の深まりと人間としての成長を実感させられたのでした。

　これを記しながら私は、Mさんの原点が「私、馬鹿だから」「私の家、貧乏だから」、これら二つの口癖にあることを改めて実感させられます。また言葉の真の意味で、Mさんが「庶民」であることも。つまり彼女は、我々人間が誰でも本来内に蔵しながら眠らせてしまっている資質、「高きに向かう精神」を開花させようと自発的に本気で努力をする人であり、このことが庶民という言葉を私に自然に思い起こさせ、庶民であることの本来の意味について考えさせてくれるのです。皆さんには、ドストエフスキイの『カラマーゾフの兄弟』の主人公であるアリョーシャが真の意味での庶民であると念頭に置き、Mさんのことも思い出しながら、いつかこの作品に触れて欲しいと思います。

　最後に再びスティーブ・ジョブズに戻ります。"Stay hungry. Stay foolish."（常に飢えてあれ、常に愚かであれ）——私は彼が、Mさんのような若者・庶民が出来るだけ多く育ってくれることを願って、パソコン創りに命を捧げたのではないかと思っています。

予備校 graffiti ⑦

「じゃあ、オレ、家を出るよ」

　K君は小学校から中学校にかけて、お父さんの仕事の関係でメキシコでの生活を送り、ここで辛い体験を味わいました。メキシコの子供たちが彼の前で、目の両端を引っ張り上げてからかうのです。

「チーノ！」　（「中国人！」）

「ハポネーゼ！」　（「日本人！」）

アジア系の私たちは上瞼が膨れていて、目の両端が切れ長なことが特徴ですが、これをメキシコに限らず欧米の人たちの多くはunfamiliar, strangeなもの、時にはuglyとさえ感じ、特に良い意味でも悪い意味でも遠慮や加減というものを知らない子供たちは、平気で"Japanese! Korean! Chinese!"と囃し立てて、からかいの対象とするのです。これに対してアジア系の人たちは、最近は整形手術で目鼻立ちを変えようとする人が多いと聞きますが、全くの的外れと言うほかありません。

K君はこの時、幼な心に「お互いのことを理解し合わないから、このような差別やからかいが生まれるのだ」と直観したのだそうです。日本に帰って大学受験の時が来ると、彼はこの体験を胸に、まずは徹底的に日本文化を知ることを志し、そのためにはどこの大学で学んだらよいのかを調べたと言います。そして河合塾での浪人生活を経て、早稲田大学・第一文学部に入学をしたのでした。

世界と人間の心の底に潜む差別意識に目を据え、その克服という大きな目的を持って大学入学を果たしたK君にとり、早稲田大学の多くの学生たちの勉強への姿勢は甘く映ったようです。これは痛烈なショックだったようで、彼は私に訴えました。

「先生、学生の多くが、サークルだとか、合コンだとか、バイトなどにばかり精力を集中させて、ここは僕が思っていたような勉強の場ではありません！」

「僕も自分が大学生の頃から、大学というものはどこも遊び人が多いな、半分は遊び人ではないかと思ってきました。ところで君の基準からすると、今の早大・一文で本気で勉強をしている人は何割くらいだと思うかな？」

「僕には、ここの九割以上の学生が学生だとは思えません！」

この答えは私にも衝撃でした（後に彼は「九割」を「九割七分」だと「訂正」さえしました）。

残念ながらK君にとって、学生ばかりか大学の授業自体も大部分は、彼のメキシコでの辛い体験への解答となるような質のものではなかったようです。大学に殆ど行かなくなった彼は、家の近くの多摩川の堤防で読書をし、大学院への進学準備を進めます。

K君が本当に早稲田大学で勉強をしているとの実感を得られたのは、大学院へ進んでからのことだったようです。水を得た魚のように大学院修士課程での研究に打ち込んだK君は、難関と言われる博士課程入試にもパスをし、ここで或る有名な詩人の全集の編纂助手にも選ばれ、見事にその職責を果たしました。Mさんと同じく、三十代半ばで某大学の准教授となった彼は、教壇に立ちつつ学生さんたちの生活指導にも打ち込み、夜遅くまで研究を続けた結果は、見事な博士論文となって出版されました。

K君についてはもう一つ、プライヴァシーに関わることですが、大学時代にお父さんと猛烈な喧嘩をして、家を飛び出してしまった事実を記すことを、これを読む若い人たちのために許してもらいたいと思います。喧嘩の原因は、彼が熱く語ることをお父さんが批判したことでした。

「そんなのは若者の空論であり、親の脛をかじっているから言えることだ！」

皆さんにも覚えがあるでしょう。どこにもよくある親子喧嘩です。ところがこの時、なんとK君はお父さんにこう言い返したのです。

「じゃあ、オレ、家を出るよ」

それ以降大学院の頃まで、彼は再びお父さんの前に顔を出すことはなかったようです。お父さんもお母さんもさぞ辛かったことでしょう。しかしお二人は、息子さんの本当の成長というものを目撃されたのではないでしょうか。最近彼は、お母さんの最期を誠心誠意看取ってあげたのでした。

K君は日本の近代詩を専門として、殊にその日本語の韻律、言葉の響きの美しさに焦点を絞っています。メキシコで聞いた、あの「チーノ！」「ハポネーゼ！」という異国語の響きと、それが持つ残酷さを乗り越えて、彼は日本語の美しさの探求を、ただ日本文学の専門研究の領域に留めず、国を超えた魂と魂の響き合いに、また異文化間の真の理解と交流のために生かしてゆこうとしています。その課題に向けて、彼は二十代に一所懸命に読んだドストエフスキイをどう生かすのか？——自分の大学とも親とも、そして何事とも安易に慣れ合うことを拒否してきたK君は、この大きく困難な課題を、持ち前の反骨精神と彼独自の方法とで、きっとやり遂げてくれるに違いありません。

予備校 graffiti ⑧

様々な「病」

予備校で教えていると、実に様々な「病」と出会います。文字通り「死に至る病」という悲痛な場合もあれば、この後の⑩で紹介するW君の場合のように、人生の夢の変更を迫られる恐ろしい病もあり、また冬には鼻水の垂れ流しと絶え間ない咳と倦怠感で、浪人生たちを悩ませる鬱陶しいインフルエンザもあります。今回はまず、私の心に残るCさんとNさんの病のことを記し、その後でS君に話を進めようと思います。

これら三人の内、CさんとNさんの病については、人間の心の不思議さと奥深さと懼ろしさを示す例として挙げさせていただきますが、決して面白半分の話題としてではありません。プライヴァシーには最大の配慮をし、他の人たちを紹介する場合よりも、その具体的な事実・状況については曖昧に記します。

(A) Cさんの「病」

予備校に於いて、講師としての私が触れることが多く、また胸を痛めるのは、やはり心の病です。Cさんの場合、生来の几帳面さと真面目さとが、浪人生活の絶えざる緊張感とプレッシャーとによって煮詰まってしまったようです。夏近くになり、時々軽い幻視・幻覚症状が現われるようになりました。そしてなんと私までも、Cさんの幻視・幻覚の中に登場する人物の一人となって、時に私は彼女が勉強をする図書館に押しかけて行って猛勉強を迫る「鬼講師」になったり、時にその図書館で勉強をする彼女の周りを徘徊する「ストーカー」になったりしたようでした。このために私が遭わされた酷い目のことは、今では笑い話でしかありませんが、ここでは省きましょう。

二学期半ばになると、Cさんは医師の適切な治療の効果が出て健康を取り戻し、授業にも通常通り出席するようになりました。また大きな模試で好成績を上げたことを機に気分は上昇の一途を辿り、受験も順調で全戦全勝、見事志望校への入学を果たしたのでした。その後私はCさんが通っていた河合塾の校舎がある町で、何回も彼女とすれ違ったのですが、大学生になった彼女は私のことなど全く知らない人間として通り過ぎてゆくのです。決して「知らんふり」をしているのではないこと、彼女の心に最早私が存在していないことは直観で分かります。私は正直ホッとすると共に、不思議な感覚にもとらわれたのでした。

　私が取り組むドストエフスキイの世界とは、人間の心を舞台として繰り広げられる人格分裂や人格崩壊を正面から扱う、正に「百鬼夜行《ひゃっきやこう》」・「魑魅魍魎《ちみもうりょう》」の世界であり、時にそれは大袈裟な絵空事とか悪夢とさえ思わせるものです。しかしこの作家が提示する世界とは我々の身近な現実そのものであること、人間の心の底知れなさと不思議さと懼ろしさをそのまま描くリアリズムの世界であること――このことを私は予備校空間の三十余年で、様々な生徒さんたちの例と共に痛感させられたのでした。Cさんの例はhappy endを迎えたこともあり、今となっては微笑ましく思い起こせる病だと言えるのかもしれません。しかしドストエフスキイの世界には、そしてこの現実には容易に解き難い心の病も多く、次に記すNさんは今も私の心を刺し続けています。

（B）Nさんの「城」

　Nさんは教室で、いつも最前列の真中に座席を確保する生徒さんでした。しかし顔を上にあげて講師の方に目を向けることは決してしません。目をひたすらテキストとノートに落とし、常にメモを取り続けているのです。

　私の授業は生徒さんたちに様々な質問や問いを投げかけつつ進めるという型なので、Nさんは私が質問をしそうな気配を察するや、サッと頭を更に深く下げ、まるで落下物から身を守ろうとするかのように完全防御の姿勢を取ってしまいます。しかし私は生来好奇心の強い方で（意地も悪いのでしょう）、このように頑なに自分の城に閉じ籠ってしまう生徒さんのことは無視し切れないのです。ある時Nさんがふと視線を上げました。すかさず私は彼女に向かい、その時自分が語っていたことに対して意見を求めました。決してヘビーな問題ではなかったのですが、再び下を向いてしまったNさんから、暫くの沈黙の後に返ってきたのは次の一語でした。

「別に」

　冷たく胸を刺す一語でした。答えが返ってきたこと自体は嬉しかったのですが……

　間もなく職員チューターさんから、Nさんのご両親と出身高校の両者から、授業中にNさんに声をかけることは止めてくれるよう依頼が来ていることを告げられました。Nさんのことを心配して、授業中に声をかける先生が私以外にも何人かおいでで、これに対して彼女がご両親に、絶対に止めさせてくれるよう、さもなければもう河合塾には行かないと泣いて訴えたらしいのです。私は複雑な思いで、この（間接的な）「直訴」を受け入れたのでした。

二学期が始まり、教室の雰囲気もピリピリとし始め、自然私もNさんのことに気を配る余裕がなくなってゆきました。秋が進むと、緊張と焦燥とで授業中に涙を流し続ける女生徒さんも出てきます。Nさんが泣くことはありませんでしたが、授業に出ても、ひたすらノートを取り続け、ひたすらノートを取り続けているのでした。

秋の深まりと共に、彼女の姿が教室から消えてしまいました。間もなく担当の職員チューターさんから、彼女が入院をしたことを知らされました。そして年が明け、センター試験前後のことです。Nさんが故郷のご両親によって田舎に引き取られたことを知らされました。その後のNさんのことは、学校にも、担当のチューターさんにも知らせがなかったようです。辛い幕切れでした。

Nさんがひたすら下を向き続ける姿勢。それが私には、何故か常に「城」を守る姿のように感じられたのでした。しかし彼女が必死で守ろうとしていたその城とは何であったのか？　何があの城を作らせたのか？　何が彼女にその城をあれほどまで必死で守ろうとさせたのか？「別に」と冷たく人を拒絶する壁を越えるべく、自分は何が出来たのか？　浪人生活のプレッシャーだと言えば説明のつくことが多いとはいえ、説明だけで済ませてよい問題なのか？　Nさんは今もなお病の内に、堅い城の壁の内に閉じ籠り続けているのか？　故郷のご両親はその壁を崩してあげられたのか？――これらの問いに対して、今も私には何ら答えは見出せていません。

再びドストエフスキイの世界に戻ります。ドストエフスキイという作家は、このような問題を切り口として人間の心の深淵にどこまでも切り込み、遂には主人公たちの存在そのものを悲劇的没落にまで追い込み、更にその没落の底から再生・復活への道を探るという激しくラディカルな探究者であり思索家であり創作者です。没落と再生、死と復活――しかしいざ現実となると、これらドストエフスキイ的ドラマを展開させる力など、我々人間の内に容易には見出せません。CさんやNさんの病のリアリティそのもの、そしてまたNさんの他人を寄せ付けないあの城の冷たい壁の感覚、これらは、ドストエフスキイを真似ての安易な試みなど決して許しはしないのです。

このような私の認識は「事なかれ主義」でしかないのか？　高みから見下ろす評論家的視線でしかないのか？　これは精神医学の専門家や宗教者のみが専ら扱い得る、また扱うべき問題なのか？　ドストエフスキイを学ぶことで、自分は現実に対して何が出来るのか？……ドストエフスキイが描くラディカルな存在論的ドラマを前に、更にはドストエフスキイが絶えず見つめるイエス、十字架上で磔殺されるまで自らを他者に投げ出したイエスの生を前に、予備校で私が出会った様々な生徒さんたちの病の問題は、今の日本と世界に満ち溢れる様々な病と重なり、今も私の胸を刺し続けています。

(C)S君の「ゲップ」

今回最初の⑥で取り上げたMさんは、私への質問を待つ間に、その日学んだ英文の全てを暗記し暗唱までしてしまう努力の人でした。ここで紹介するS君が、Mさんのように暗記・暗唱に秀でた生徒さんだったとか、思いもしなかった角度から私に鋭い質問を浴びせる生徒さんだったとかいうような、特別な思い出で私の心に座を占めているということはありません。しかしS君は、私が決して忘れられない質問をしたのです。

S君について、今も私の記憶に残るのは、彼が鼻先に脂汗を滲ませながら、恥ずかしそうに質問を続ける姿であり、その場面です。ある日、既に彼は大方の質問は終えて、最後のところに差し掛かっている時でした。以下に、その時の問答を再現してみます。

「じゃあ、先生、やっぱり復習は必要なんでしょうかね？」

「そう、時間があれば、復習はする方がいいと思いますよ」

「じゃあ、先生、予習はどうでしょう？　これも必要なんでしょうかね？」

「そう、むしろ予習こそ必要ですよ」

「それじゃあ、先生、予習と復習は両方した方がいいですよね？」

「そう、両方共にするのが理想的ですね」

ここまできて、S君はもう私に聞くことがなくなってしまいました。

暫くの間もじもじしていた彼は、再び口を開きました。

「先生、最近ちょっと僕、ゲップが出過ぎるようなんですが……」

この瞬間です。彼の後ろで質問の順番を待っていた生徒さんが叫びました。

「オイ、ゲップのことなら、オマエ、病院に行けよ！」

毎日多くの質問者が並ぶ中で、生徒さんたちは皆静かに自分の勉強をしながら（⑥のMさんは暗唱をしながら）、或いは本を読んだり、当時はウォークマンやCDを聴いたりしながら待つのが普通でした。ところがS君の次の人も、その次の人も、さすがにS君の長引く質問には耐えられなかったようです。すごすごとS君は帰ってゆきました。その後、彼がサッと質問をして帰ってゆくようになったのか、いつも通りに長い質問を続けたのか、或いはもう質問には来なくなったのか、私にはどうしても思い出せません。

それから四〜五年が経ってからのことです。突然、S君が講師室に現われました。

気の弱そうな顔と鼻先の脂汗とで、私には直ぐにS君であることが分かりました。正直のところ私は、あの「ゲップ事件」の後、（勿論自分の内でだけですが）S君のことを「ゲップ・S君」と呼んで思い出し笑いをすることや、あまりにも多い質問で疲れた日には、質問者の代表として彼のことを恨みがましく思い出すこともあったのです。要するに彼は印象深い、忘れ難い生徒さんの一人だったのです。

四〜五年が経っての再会。二人の間で交わされた会話は以下のようなものでした。

「久しぶりだね。S君だろう？　その後どうしてた？」

「先生、僕の名前、憶えていてくれたんですね！」

「どうした？　元気でいたかな？」

「先生、僕、前にしつこい質問をしたでしょう？　すみませんでした。あの頃、父が癌で死にそうで、僕、落ち着いていられなかったんです。馬鹿な質問をしてしまって……本当にすみませんでした」

私は愕然としました。S君のゲップの奥にあったのは、お父さんを失おうとする息子のいたたまれない心、遣り切れない心、そしてこの上なく優しい心だったのです。その優しい心は、お父さんを失った心の傷が些かでも癒えたいま、彼を私のところに導いて昔の失礼を詫びさせている……

予備校という場は、そしてドストエフスキイ研究会という場も、ある意味では通過点でしかありません。ここでの一年或いは数年の間に、若者たちと私とがそれぞれの人生の軌跡を交差させ、「受験勉強」或いは「ドストエフスキイ」という交点を束の間共有した後は、再びそれぞれの道を歩んでゆくのです。私の立場は、常に様々な若者たちを迎え、そして暫くすると彼らを送り出す役割でしかなく、その若者たちの背後にある生活と生の詳細までを知ることはまず不可能です。しかしS君がその「ゲップ」と共に教えてくれたことは、その一瞬与えられた交点には、互いの生の一切が込められているのだということです。この事実と認識は私の心に強く重く刻印されました。ここからゆけば、私はNさんの「城」にも切り込むべきだったのでしょう。しかし恐らくそれは、先に記したように、自分の力を無視した自己満足的な行為に終わったに違いないのです。

ドストエフスキイは遺作『カラマーゾフの兄弟』において、主人公アリョーシャをして、師ゾシマ長老の死後「実行的な愛」の生に踏み出させます。自らの没落を恐れず、他人との出会いの一瞬を「実行的な愛」をもって永遠化してゆく青年。他人の病を見て見ぬふりをせず、どんなに堅い心の壁をも踏み越えてゆこうとする青年――人類へのドストエフスキイの遺言とも言うべき『カラマーゾフの兄弟』とその主人公アリョーシャ。私は生涯この作品と青年に釘付けにされ続けてきました。先のMさんとの関係では、彼女と彼のことを真の「庶民」だと記しました。皆さんも、是非、青年アリョーシャと向き合ってみて下さい。

予備校 graffiti ⑨

Y君の海外修業と一年越しの暗記・暗唱

私が担当していた公開単科・基礎貫徹英語ゼミ※で、もう二十年ほど前のこと、アメリカ留学のために二学期を途中で終了したのがY君でした。最後に私が皆の前で挨拶をするようにと促すと、Y君は自分が高校の頃に実に不甲斐ない生活を送り、多浪となってしまったこと、その「けじめ」をつけるためにも、親の協力もあってアメリカの大学に留学をすることになったこと、そして出発まで「キ・ソ・カ・ン」の授業と「ドストエフスキイ研究会」に入れてもらい頑張っていたこと、これらのことを短く熱く語り、皆に別れを告げて出発をしてゆきました。

※「公開単科（講座・ゼミ）」とは河合塾本科の授業以外に、講師が自分自身でテキストを作り、自由に授業を展開することを任されたゼミで、ここには河合塾以外に代ゼミや駿台等からも数多くの生徒さんが集まり、独特の雰囲気と熱気が渦巻く場となっていました。私が担当するゼミは

「基礎貫徹英語ゼミ」、略して「キ・ソ・カ・ン」と呼ばれていました。ここに紹介する人たちの多くが、このゼミで学んでいます。私は応募にあたり、偏差値などの制限は一切設けず、ヤル気一つで来ること、そして基礎から応用まで誤魔化しなく「貫徹」することを求めました。この公開単科ゼミのことは、予備校の歴史の一断面として別の機会にお話するつもりですが、「予備校graffiti㉙」でも改めて記す予定です。

翌年Y君が一時帰国をし、池袋校舎に私を訪ねて来ました。寸時を惜しんで勉強をした一年間、ジャンクフードを食べ続けての一年間、相当体重を増やし貫録をつけての登場でした。しかし何よりも私をハッとさせたのは、キッと結んだ唇と眼力の強さでした。色々な報告をしてくれた最後に、Y君は私に暗唱チェックをして欲しいと切り出しました。彼はキ・ソ・カ・ンの授業を最後の三回ほど受けずにアメリカに発ったため、まだそれらのチェックをしてもらっていないと言うのです。

早速、近くの西口公園でチェックが始まりました。折しも冷たい雨が降り始めたため、私を大きな木の下に立たせてくれ、自らは雨の中に恰幅の良い体で仁王立ちになったY君は、一講分それぞれ五十行ほどの長文を大きな声で暗唱し始めました。近くを主婦たちが「あの人たち、何をしているの?」と不思議そうな顔をして通り過ぎてゆきます。立ち止まって暫くの間、我々二人をじっと窺う人もいます。そんなことに一切お構いなく、大きな声で英文を暗唱し続けるY君の「やる気」が本当であること、アメリカで本気でやっていたことがハッキリと伝わってきました。心地よい氷雨でした。

その後Y君はニューヨークの大学での勉強を終了し、今は日本で塾の英語講師をしながら自らの研究を続けています。今度は親の面倒にならずに「一身独立」、全て自分の責任で勉強をしようと家も出ました。苦手だった英語も懸命の努力が実を結び、今は家庭教師や塾で教えることに自信と楽しみを見出しています。そのような中、彼は時々私に連絡をしてきて(それが実に礼儀正しいのです)、溜まった質問や思索の課題をぶつけてきます。受験勉強からアメリカの大学での勉強へ。親への依存から自立の努力へ。それまでの社会学的思考からドストエフスキイやニーチェも含めた実存的・哲学的思考へ——Y君の二十代の努力は「怠惰で不甲斐ない自分」に対して「けじめ」をつけることから始まり、英語への集中を媒介として、三十代、遂には「思索する自分」を発掘するに至りました。この延長線上で、彼は勉強をまだまだ続けるつもりだとのこと。

「一身独立して一国独立する」（福沢諭吉『学問のすゝめ』、１８７２）。自分の未熟さを誤魔化さず見つめ、社会が設定した枠の外に出て、自分の真の「行き場」を探し、自分自身の価値観を探求する――前回のKさんやTさんもそうですが、今回のMさんやY君のような勇気を持った若者たちの努力が一つ一つ積み重なり、衰退しつつある日本の一方で、この国を真の成熟した学びの国に変える流れも生まれるのでしょう。

予備校 graffiti ⑩

心優しき東大生

長い間予備校で教えている間に、東大に送り出した浪人生は随分の数に上りますが、I君ほど謙虚で心優しい東大生も珍しいのではないかと思います。「天下の東大」に入ったということで、「世に勝った！」などという、とんでもない思い違いをする若者も少なくなく、下着にまで「東大××」と名前を記す幼稚な学生もいたり、「イャー」という謙遜の言葉の裏に、限りない自負心をチラつかせる「エリート」候補生もいたりする中で、今回紹介するI君は傲慢や虚飾とはほど遠いところにいる学生でした。

私は授業の合間にドストエフスキイがシベリアで「十字架を背負う」という話をしたり、佐野洋子さんの『100万回生きたねこ』や、S.シルヴァスタインさんの『おおきな木』（"The Giving Tree"）や、山口勇子さんの『おこりじぞう』、そしてアンデルセンの『すずの兵隊』などの絵本を読んだりするのですが、ある時ふと気がつくと、最前列の端の席で目を真っ赤にして涙を拭いている生徒がいるのです。それがI君でした。

I君は予備校で無二の友人を得ました。ところがこの友人、医学部志望のW君が或る大変な難病に罹ってしまい、生死を懸けた大手術を受け、長い入院生活を余儀なくされるという悲劇が起こってしまいました。I君は時間の許す限り病院に見舞いに行き、苦しみと絶望の底にいるW君を励まし続けました。しかし残念ながら、この年W君は受験自体が出来ず、I君も試験に失敗してしまいます。心配されたご両親から、当然のことですが、勉強に一層集中するよう厳しく迫られると、I君はただ涙するしかなかったようです。しかしその涙の後で、なお彼はW君を見舞い続け、以前に増して勉強に打ち込み、翌年は東大・理科I類への合格を果たしたのでした。

大学へ通う一方、I君は河合文化教育研究所の私のドストエフスキイ研究会にも参加を続けました。毎年この研究会が始まる時、私はまず参加者に自由に自己紹介をしてもらい、その自己紹介の仕方によって各人がどう個性を表現するのか、どんな夢を語るのか、楽しみに聴いています。ところがこの時、「僕、今一応、○○大学の××学部にいます」とか、ただ「僕、△△大学です」とか、「私、○○です」とか、一見シャイさの内に実は誇らしげに、また嬉しそうに自分が入学した有名大学やその学部の名を口にして、それ以外には自己紹介をしない人たちが少なくありません。その心理を理解出来なくもないのですが、やはり幼稚と言うしかなく、残念ながらこういう若者たちは、大抵ドストエフスキイと長く取り組む縁はないようです。I君は自分の大学名を口にしませんでした。「僕、星が好きで、天文学をやりたいと思っています。よろしくお願いします」――これが彼の自己紹介の全てでした。大宇宙を前に、またドストエフスキイを前に、「東大」という名前は不要であり、彼はこの時およそ語るべき全てを語ったのです。「それは彼が東大生だから、余裕で出来ることですよ」――こう言う人もいますが、それはI君の謙虚で真摯な人柄そのものを見ようとしない、僻みの精神でしょう。ここにもまた、人間の心の厄介な問題が潜んでいるように思います。

I君は今は或る専門機関に属し、研究に打ち込んでいます。世界各地の天文台へもしばしば赴き、巨大望遠鏡の設置をし、夜空と睨み合っています。彼自身の課題はビッグバンから放射された電波を電波望遠鏡で捉え、宇宙の始まりを解明することだと言います。ドストエフスキイを愛読する天文学者が、やがてどのような「宇宙創造説」を提唱するのか、私は楽しみにしています。心優しき彼が宇宙を見つめる望遠鏡には、無数の星々と共に、きっと天界の天使たちの姿も映し出されているに違いない、そして電波望遠鏡からは天使たちの囁きが響いてくるに違いない、私はこんな勝手な想像をしています。

I君が属する専門機関、天文台のホームページで、彼は私の紹介した童話との出会いのことを書いています。興味を持たれた方は、探し当てて読んでみて下さい。

I君の友人W君の、その後のことも記しておきます。先に記したように、彼は医学部志望の、やはり優しく鋭い頭脳を持つ浪人生でした。しかし大変な肉体的ハンディを背負ってしまったことから薬学に転じ、体を大切にしつつ、今は薬剤師として働いています。彼の夢は、人間を苦しめる様々な難病への特効薬を一つでも発見することです。このW君をやはり天使たちは見つめ、きっと彼を素晴らしい発見に導いてくれることでしょう。

最後に私の方からI君とW君に、そして「予備校graffiti」を読む皆さんに、問い・誘いを投げかけさせていただこうと思います。正確な記憶ではなく恐縮ですが、理論物理学者のアインシュタインが自分の理解する宇宙を自分と同じように捉え表現している人物が三人いる。それは哲学者のスピノザと、作曲家のモーツァルトと、文学者のドストエフスキイである――このように語ったそうで、出典は不明ですが、若い頃からこの言葉が私の関心を強く引き続けています。ドストエフスキイの世界が、このことで無限の広がりをもって感じられてくるのです。そしてこのような問題を考えることが、私にとっては「本質的思索」と呼ぶべきもので、いくら時間をかけても惜しいとは思いません。

私はこの話を授業の場でも繰り返し紹介し、スピノザの『エチカ』とドストエフスキイの『カラマーゾフの兄弟』を一緒に読んでみよう！ モーツァルトの「レクイエム」も一緒に聴こう！ 特に理系の人にはアインシュタインの宇宙感覚や宇宙観について、また相対性理論について教えて欲しい！ ――このように訴えてきたのですが、どれも対象が大き過ぎるのか、約束はしても実際に私の所に来てくれた人は一人もいません。お互いに素人の「空談」でもいいではないですか。I君とW君とこれを読まれる皆さんに、この場で改めて声をかけさせて下さい。

予備校 graffiti
余録②

今回紹介した八人が抱える問題は実に多岐にわたり、ここからどのようなテーマを引き出し得るのか、迷わざるを得ません。しかしこの人たちの大部分は、予備校での受験勉強と次の大学での勉強に於いて、与えられた教育体制への適応に苦しんだ人たちであるか、或いはその体制にとらわれることなく積極的に学びの場を見出して行った若者たちだと言えるでしょう。

これを更に抽象的に「問い」の形で言い換えてみます。人間は自分に与えられた天性を如何に生かしたらよいのか？ その場はどこにあるのか？ そのために教育の場があるとしたら、それは現在真に機能しているのか？ 経済的利益を最優先とする社会は徒に人間疎外化現象を進展させ、教育の場に於いてさえ、未来を孕む若者たちの心身を痛めつけているだけではないのか？ ――ありきたりに響くかもしれませんが、やはりこのような「問い」に行き着かざるを得ません。

このような教育の場に関する「問い」、正確には「疑い」の角度から、我々は八人がぶつかった問題を二つのテーマに絞り、前回ここで取り上げた「もうどこにも行き場がない」というドストエフスキイ思想の核心と重ねる形で考えてみましょう。

［1］「学びの場」、真の「行き場」としての大学崩壊の危機

予備校から多数の生徒さんを大学に送り出してきましたが、この受験教育の現場に於いて、またドストエフスキイ研究会に於いても、私は現在の日本の大学の在り方について強い危機感を抱いています。この危機感は具体的には①生徒を大学に送る立場、②生徒の立場、③大学で生徒を迎える立場、これら三つの立場が孕む問題から生じると思うのですが、それらを簡単に記してみます。

①生徒の大学進学にあたり、多くの高校の先生やご両親や社会そのものが「学ぶべきことは何か」を十分に考えず、また判断の基準ともせずに、ただ偏差値や学歴を基準としていること。

②大部分の大学生が読書をして思索をするという、本来の「勉強」をしなくなってしまったこと。

③日本社会の衰退・劣化と相呼応して、大学の教師たちのレベルも、またそれをチェックし問題とすべきマスコミ・ジャーナリズムのレベルも非常に低下してしまったこと。

これら三つの問題については、既に以前から問題とされていたことです。しかし今もなお予備校の現場に入ってくるのは、大学の現状についての驚くほど多くの悲惨な情報と事実です。日本の国力の衰退を、また日本が陥った病の重篤さを、「アカデミズム」と言われる教育の現場自体が皮肉にも証明して裏付け、しかもその流れを更に加速させさえさせているように思われます。大学人の現状維持を図る怠惰な精神、自分は「教育者」である前に「研究者」であるとする人々の無責任――これらが本来大学という「学びの場」にいるはずの若者たちを「行き場」のない所にまで追い込み、「迷える羊」としつつあるのです。今回紹介した若者たち――大学受験の過程で病を得てしまったNさんの悲劇を知り、Mさんの、またK君の意見に（早稲田大学には少々耳が痛かったと思いますが）、改めて耳を傾けて欲しいと思います。

予備校にいると、受験生の中に「公立中・高等学校の教師に！」という安定志向の人たちを多く見受けます。これも「行き場」を求めての選択肢の一つであり、必ずしも非

難は出来ません。しかし実際に教師になった人たちが声を揃えて報告するのは、教師歴が長くなると共に教育に対する情熱を失ってしまう教師が激増するという事実です。一部の有名校・受験校を除いて授業崩壊が激しく進む現実の中で、この現実と戦う気力を失い、多くの教師の心が折れ、やがて「事なかれ主義」に陥ってしまうのです。殆どの生徒さんが教師の話などに耳も傾けずにスマホをいじる教室で、ただ一人日常の「業務」をこなすだけになってしまい、教材研究への意欲さえ失ってしまった教師たちのことを想像して下さい。生徒ばかりか教師さえもが「もうどこにも行き場がない」所に追い込まれているのです。

[2]「塾」、新しい「行き場」を求めて

教育について、そして日本について、ただ悲観的な話ばかりをしようというのではありません。私自身教育の場を自らの「行き場」として生きてきた人間として、ここから人間と世界と歴史に向き合い、その変革を目指す道があり得ることも記しておきたいと思います。

今回紹介したY君（⑨）や、前回のTさん（⑤）に戻ります。Y君の場合、長い試行錯誤の末に小さな学習塾に自らの「行き場」を見出し、不安定な生活の中で教えることの大変さと共に楽しさも味わい、自らの勉強に打ち込むに至ったのでした。Tさんもまた地方の町の小さな英語塾で、長い海外体験で蓄えてきた豊富な経験と知識とを土台に、遠藤周作を導き手として自らの課題と使命を果たそうとしています。これからここに紹介する若者たちも、また予備校で教える先生たちの中にも、自ら塾に夢と生活の道を見出そうと努める人が少なくありません。

福沢諭吉の慶應義塾大学の出発点は築地の小さな塾でした。上野から幕府と薩長とが戦う大砲の音が響いてくる中、諭吉はこの塾で少数の若者たちと洋書講読をしつつ未来に備えたのです。「江戸の爺婆を開国に口説き落とす」という夢を抱き、日本中に「文明開化」を行き渡らせようと八面六臂の働きを続けた彼の出発点が、この築地の小さな私塾であったことを忘れてはならないでしょう。（「国際交際の病」の過酷な現実を前に、「文明開化」の理想よりも「富国強兵」の道を選び取った福沢については、前回Kさんの「行き場」の問題と共に記しました。福沢のこの面も忘れてはなりません）。

河合塾も出発点は小さな塾でした。「汝自らを知れ」（グノースィ・セアウトン）というギリシャのデルフォイ神殿に掲げられ、またソクラテスを始めとする多くの哲学者がその思索と生の原点とした格言を「塾是」とし、若者たちを知と魂の両面で鍛える場として立ち上げられたのです。

昔の旧制高校のように大らかで自由な塾風はその後も連綿と受け継がれ、河合文化教育研究所もこの流れの中で設立されたと言えるでしょう。

この河合塾に身を置く私も、その前には大学院での勉強と並行して、友人や妻たちと東京郊外の町に小さな塾(「驢馬小屋塾」)を創り、ここでの十年余に十代の少年少女たちから沢山のかけがえのない経験と楽しい思い出を与えられました。ここで教えた生徒さんたちとは今も交流が続いています。この驢馬小屋塾で少人数の生徒さんたちを相手とした手作りの授業は、その後そのまま予備校の大教室で数百人を相手とする授業の土台となりました。一人を相手とする授業も、十数人を相手とする授業も、数百人を相手とする授業も、本質的には変わらないのです。教育に携わる者が、教育とはまずは一人の人間と一人の人間の魂が向き合う場に成り立つという認識を持つ限り、「学びの場」は人間の真の「行き場」となるのだということを驢馬小屋塾は私に教えてくれたのです。そして私が生涯の師小出次雄先生と出会ったのも、師がその思索と生を支えるべく開いた「町の英語塾」に於いてでした。この驢馬小屋塾に於ける教育の原点となった師の英語塾については、本書の第二部で改めて紹介します。

公教育の枠とは離れた「学びの場」として、自らの人生に於ける真の「行き場」の一つとして、「塾」という場が持つ創造的可能性について、是非皆さんの心に留め置いて欲しいと思います。

最後にドストエフスキイの妻アンナのことを記します。ドストエフスキイとその作品をこよなく愛し尊敬する妻アンナ(1846~1918)は、1880年、自ら「ドストエフスキイ書店」を立ち上げ、『カラマーゾフの兄弟』の通信販売に乗り出します。そこには生活の安定を図るという思惑もありましたが、夫の作品を愛して待ち望む多くの人々に、新たに書き上げられた一篇を出来るだけ早く届けてあげたいという彼女の願いがあったことは疑いありません。生前は夫の主要作品の殆どを筆記しては校正を続け、夫の死後も四十年近くにわたり、その作品と思想の素晴らしさを世に伝えようと努めたのがアンナでした。これは「教育」とは直接の関係がない話に見えます。しかし私はアンナの生を辿ると、彼女もまた夫ドストエフスキイとの出会いを介して、彼女自身が自らの生の「行き場」を探し求めると共に、それを自ら創り出した一人の人間であることが理解され、そこには広く人間と人間の魂の出会いの問題、更には人間が真の「行き場」をどこに見出すべきかという問題が、つまりは教育や文化の創造と深く繋がる問題が浮かび上がるのを感じざるを得ません。

小出次雄 画

前回も記しましたが、毎回「予備校graffiti」の最後には、私の恩師小出次雄先生（1901～1990）のデッサンを一枚ずつ付します。小出先生は、自らが描かれた絵画や書に対して一切説明を加えることはされませんでした。「何を描いた絵ですか？」──この質問に帰ってくるのは「馬鹿者、帰れ！」という一喝です。我々学生は、沈黙の内に先生の作品と向き合い、直接自分自身の目と心とで受け止めることを迫られました。皆さんもここに紹介する一枚一枚と直接対峙し、自らの心で受け止めるように努めて下さい。これらの絵が「予備校 graffiti」の内容と何らかの形で響き合うこともあり、それとは無関係に全く別の角度から心に飛び込むこともあるでしょう。何も感じられなくとも、直接自らの心で対峙した限りは、先生は「それでいい！」と言われるに違いありません。

私が出会った青春（三）

予備校 graffiti ⑪

O君、裁判員制度と「静かな革命」

毎回ここに紹介する人たちは、プライヴァシーを考慮して、その氏名を頭文字や愛称等で表記しています。しかし今回の⑪と⑫のO君やS君の場合のように、その紹介の内容が公共性の高いもので、また内容自体についても皆さんに広く知っていただきたい場合は、出版書名や出演したテレビ番組名等はそのまま記します。

PART・I

O君は、大学の四年間を通じ河合文化教育研究所のドストエフスキイ研究会に出席を続け、ドストエフスキイと福沢諭吉とに一所懸命に打ち込んだ点で見事でしたが、更に注目すべきはその正義感と行動力で、日本を変えるためには政治を変えなければならないと、彼は親しい友人たち（その一人が次の⑫で紹介するS君です）と共にSTATESMANという学生集団を立ち上げたのでした。

O君やS君たちは、まず市議会議員や都議会議員や国会議員に立候補した人たちの中から、「これは！」という人に見当をつけることから始めました。次にその候補者たちに対して、彼ら若者が抱く問題意識を質問状や公開討論の場などでぶつけ、これは自分たちの夢や問題意識を受け止めてくれる人だと判断すると、今度は手弁当でその選挙応援をし、その候補者が当選した後は協定通りの政治活動をするかどうか厳しいチェックを続けたのです。彼らはどこかの政党や政治家の「ヒモつき」になることを極度に警戒し、independence（「独立」「自立」「中立」）を貫くため、自分たちでアルバイトや商売を始め、様々な面で相当の成果を上げてゆきました。その純粋な姿勢は、しばしば新聞やテレビにも取り上げられるようになりました。

しかし何よりも私が驚き胸を打たれたのは、O君自身が都議会議員の候補者になって、ほぼ確実に次の選挙で当選するだろうと思われていた矢先、突然全てを投げ捨て、司法試験の勉強生活に入ってしまったことです。政治の世界から司法の道へ。この事情について、彼は詳細を語りませんが、政治の醜い面を見させられたのではないでしょうか。またこれも私の勝手な推測ですが、彼は自分が本格的に政治の世界で活動するためには、高い理想と共にもう一つ、高度で現実的な智慧と力とを身につける必要があることを痛感したのだと思います。また彼が都議選に向けて準備活動をしている土地で、ハンセン病の人々が強いられた過酷な歴史について知るに至り、改めて社会正義の問題に法的な角度から取り組むことの必要を痛感させられたことも大きかったようです。（ハンセン病の問題については、次々回の㉒でK君を紹介する際にも再度取り上げることになるでしょう）。

O君は法学の伝統を誇る大学の出身ですが、司法試験の準備に当たっては地方の或る大学の法科大学院を選びました。ここは司法試験の希望者を寮に入れてくれる上に、授業料も免除してくれるため、誰にも負担をかけずに済んだのです。三年間の音信不通――良き師に恵まれ、猛勉強の末に見事に司法試験に合格した彼は、今は人権派と言われる或る法律事務所で活躍をしています。

竹を割ったようにスッキリとした性格で、金や権威や名声に左右されない正義漢のO君は今、弁護士としての仕事以外にも大学で憲法を教え、3・11の救援活動や、築地の豊洲移転問題や、裁判員制度の追跡・検証の作業等に打ち込んでいます。その活動が認められ、衆議院の法務委員会で「裁判員制度」に関する意見の陳述を要請されたり、テレビでコメントを求められたりする等、彼が社会正義のために休みなく働き続ける姿は世に広く認められつつあります。奥さんやお子さんにも恵まれ、O君はあらゆる面で今、正に「働き盛り」にあると言えるでしょう。

PART・Ⅱ

このO君やS君たちが追跡・検証をしている「裁判員制度」について、皆さんにも是非知っていただきたいと思います。2009年5月から始まったこの制度は、市民が裁判所から at random に選ばれ、刑事裁判に参加を要請される制度ですが、O君たちはこの裁判員制度が日本の裁判制度において如何に機能をするのか、またこれが裁判員となった人たちに如何なる影響を及ぼすのか等について、一般社団法人「裁判員ネット」を立ち上げ、モニターやフォーラム等を繰り返しつつ追跡・検証の作業を続けてきました。そして開始から十年以上が経ち、既に約十万人もの市民が裁判員としての体験をした現在、彼らはこの制度が様々な点で非常に大きな意味を持つという結論に至ったのです。

この報告については、O君自身が既に様々なテレビ番組やラジオ番組で的確に解説をし、また最近友人のS君たちと共に上梓した著作で詳細に報告をしています。※

※NHK「クローズアップ現代」（2019年1月23日放映）

『裁判員ネットライブラリー、あなたが変える裁判員制度——市民からみた司法参加の現在《いま》』（同時代社、２０１９、増補・改訂版２０２２）

それゆえここでは、O君やS君と私との関係という点から、また「予備校 graffiti」の趣旨からも、この制度が他ならぬドストエフスキイ世界と深く触れ合うものであることに焦点を絞って記そうと思います。

O君たちが指摘する「裁判員制度」の最大の特徴は、市民が犯した罪を、裁判官たちと共に同じ市民が裁くという点にあると言えるでしょう。この事実から何が生まれてくるのか？——O君たちによれば、裁判員となった人は、それまでの日常意識から大きく外に踏み出すことを強いられ、それまで全く知らなかった他人の犯罪と、突如正面から向き合わされます。つまりその犯罪そのものの詳細を知らされ、その犯罪の背景・原因について考えさせられ、最後には犯罪者に対する（死刑をも含んだ）刑罰を科すことまで要請されるのです。このように裁判員制度とは、市民をして他の市民の犯罪に向き合わせ、このことによって「強烈に、そして深く個人の内面に影響を」及ぼす可能性を持った制度なのです。かくして「普通の場とは違う」「人の一生がかかっている」場に立たされ、裁判員の役目を果たすことを要請された人たちは、漸くこの任に耐えたとしても評議内容の安易な口外は禁じられていることもあり、この体験がその後いつまでも「トラウマ」のように心にのしかかり続ける危険も少なくはないのです。

その一方でこの体験は、人に自分が「社会の一員であるという認識」を強く与えること、つまり自らが他者と共に生きる社会的存在であるという自覚を与え、社会が宿す「病」に対する市民的責任感を目覚めさせ、また市民としての主体性を育むという極めて積極的な面を持つことも明らかとなってきました。O君が出演したテレビ番組や上述の著作には、実際に裁判員となった人たちの体験談が豊富に報告されています。今までこの制度にあまり馴染みのなかった人も是非その生々しい報告に触れ、この制度が持つ豊かな可能性について知っていただきたいと思います。

O君やS君たちの報告に触れ、また様々な人たちの体験談に触れて私が感じさせられることは、法の定めた新制度の下で一つの「静かな革命」が起こり始めつつあるということです。敢えて大袈裟な表現を用いますが、裁判員制度への参加を通じて、日本人は市民としての成熟、つまり真の主体性と自立性獲得に向けた一つの「意識革命」を開始したばかりではなく、更には「ドストエフスキイ体験」とも連なる「魂の革命」に向かって一歩を踏み出したのだとさえ考えられるのです。しかもこの革命は、繰り返しますが、政府が進める司法制度の下で粛々と進行中なのです。

周知の如くドストエフスキイ世界とは、殺人者を始めとする犯罪人やテロリスト、売春婦や好色漢や姦通者、酒飲みや賭博者、そして病人や精神異常者や宗教的痴愚等々、健全な市民的常識の枠を逸脱した「異常者」たちがひしめく世界であり、読者はその「埒を越えた」人間たちの思考や行動が生む激しいドラマに巻き込まれ、そこから自分自身の旧き小さき世界を解体させられ、遂には主人公たちと共に自らも「没落」と「再生」を迫られてゆくのです。これがいわゆる「ドストエフスキイ体験」と呼ばれるものですが、裁判員制度によって裁判員に選ばれた人たちが体験しつつあることとは、図らずも正にこの「ドストエフスキイ体験」に連なるものと考えられるのです。

裁判員制度が始まったことは私も知っていました。しかしそこに展開していることが、具体的にどのようなものであるかは知りませんでした。しかし私はO君たちの報告のお陰で、日本においては今や殆ど不可能となったかと思われた「ドストエフスキイ体験」が、このような規模と質とで、日本の裁判制度の真只中で進行しつつあることを知って愕然としました。裁判という場で、日本人の意識を深化させ、そして魂の根源的な変革に導き得る「静かな革命」が起こりつつあるのです。ドストエフスキイが播こうとした「一粒の麦」が、司法界の人々の努力で日々日本の地に播かれつつあるとも言えるでしょう。

O君とその友人のS君と私とはここ数年、『カラマーゾフの兄弟』をコツコツと読み続けています。ドストエフスキイ世界、殊に『カラマーゾフの兄弟』の世界は、O君やS君が関わる裁判員制度と深く連なる問題を含んでいるのです。つまりここでは「裁き」ということが、二重の意味で非常に大きな役割を演じていて、我々三人は正にこの問題に焦点を絞って検討をしてきたのでした。

二重の「裁き」――その一つは、人間が犯す「犯罪」に対して、国家が法律に拠って執り行う「裁判」です。もう一つは、人間が神の前にある在り方は「罪」であらざるを得ず、その罪に対して神が人間の良心を通して行う「審判」です（『カラマーゾフの兄弟』に於いては「悪業への懲罰（カラ）」として問題になります）。『罪と罰』から始まって『カラマーゾフの兄弟』に至るまでのドストエフスキイ世界とは、これら地上の「裁判」と天上の「審判」という二つの「裁き」が複雑に交差し合い、そこから神の究極の「赦し」と「救い」の可能性が探られてゆく世界だと言えるでしょう。殊に後者の「罪」の概念と天上の「審判」については、キリスト教に馴染みの薄い我々日本人にとっては容易には理解し難いところであり、またこの問題に正面から向かおうという人も少なく、日本人のキリスト教理解において、またドストエフスキイ理解において、一つの致命的な障壁（アポリア）となってきたのです。

O君やS君たちが追跡・検証してきた裁判員制度において、他の市民の「犯罪」に触れた裁判員たちが直面させられるのは、具体的な社会的・人間的背景と原因から引き起こされた「犯罪」であり、それに対する法に則した「刑罰」であることは言うまでもありません。しかし「ドストエフスキイ体験」について記したように、裁判員の人たちはそれと重ねて、もう一つの「罪」と「審判」の問題をも体験している可能性が少なくないのです。彼らが一様に語る「普通の場とは違う」という、人を裁く場が与える重圧感と違和感。時に「トラウマ」のようにその人の心に重くのしかかり続ける「精神的・肉体的負担」と「不調」。また「想像を超えるほどの凄惨な証拠」が与える衝撃――これらはそのままドストエフスキイ世界において、登場人物たちが追い込まれる「罪」と「審判」に関わる限界状況に他なりません。今まで明確に自覚しなかったドストエフスキイ的「罪」と「審判」と「赦し」と「救い」の問題――これに我々日本人は、裁判員制度を介して正面から触れつつあるのだと考えられるのです。正に魂の「静かな革命」です。

O君やS君との『カラマーゾフの兄弟』の講読はまだまだ続くでしょう。拙速は避け、時間をかけ、カラマーゾフの世界と裁判員制度との関わりを考え、また「審判」と「裁判」という二つの「裁き」の問題を検討し、西洋と日本の宗教的感性の異同についても考えたいと思っています。その報告はいつか私もさせていただこうと思っていますが、何よりも未来を豊かに孕む若い二人からの報告として、やがて皆さんの前に鮮やかに提示されることでしょう。

予備校 graffiti ⑫

S君を凍りつかせた「市民の冷たい眼」

S君は大学時代から二十年近く、⑪で紹介したO君の友人として行動を共にしてきました。私が特に強くS君に関心を引かれるようになった切っ掛けは、彼が大学院に進もうとする際に示した熱意でした。物静かな彼が私の目を正面から見つめ、大学院に入り人間と社会について更に腰を据えて考えたい。それまでのSTATESMANの活動から得た体験、人間と社会との出会いで感じさせられた正と負の体験を、より確かに明らかなものとして頭と心に収めたい——このように言うのです。

その熱意に応えるべく、私は暫くの間、或る校舎での授業を終えてから、S君の大学院入試に備えた英語の勉強に協力をすることにしました。毎回全力で予習をした上で、約束の時間通りに現われるS君が、喫茶店での英語講読が終わると、礼儀正しくお辞儀をして帰ってゆく姿は実に清々《すがすが》しいものでした。折しも起こったアメリカでの9・11事件。この時S君は事件直後のブッシュ大統領の演説を、まずは原文のまま全て暗記してしまいました。テロリストに対するアメリカの対応に対し、ただemotionalな賛否を表明するのでなく、まずは対象を冷静に分析しようとしたのです。暗記・暗唱とは、今までも何度か紹介してきたように、私が受験生に課す大切な基礎作業ですが、S君の場合は大学院における研究姿勢の準備も兼ねてのことでした。聖書からの引用を散りばめたブッシュ大統領の演説は、その後のイラクに対する武力侵攻と相俟って、アメリカにおける宗教と政治の関わりについてS君に強い衝撃を与え、思索の大きな素材を提供したのでした。大学院入試の結果は、このような真摯な姿勢と努力がそのまま実を結び、見事なものとなって現われました。

大学院（文学部・社会学科）での猛勉強と並行して、S君はO君たちと、先に紹介したSTATESMANの活動の一環として、彼が住む東京近郊の町の市議会に若い女性議員をトップ当選で送り出すなど、社会改革への実践活動に更に積極的に乗り出したのでした。ところが勉強と活動とを順調に進めていると思っていた矢先、S君からの連絡が途切れてしまいました。思い悩むところがあり、勉強からも活動からも距離を置いた生活が続いていることが判明しました。心配でしたが、私はあの真摯な青年が自分から言ってこない以上、余計な事は言わずに待つことにしました。

二年余が経って、S君が或る校舎に私を訪ねてくれました。落ち着いた表情と物腰は変わりません。むしろその視線は以前よりも奥行きを増し、私を越えて更に遥か向こうを見つめる視線になっているように感じられ、驚かされました。静かに彼が語ってくれた、数年間の沈黙の原因は以下の通りですが、これは私を一層驚かせ心を打つものでした。

S君たちの市民活動において、チラシを地元の家々に配布して歩くこと、また一定期間ポスターを壁や塀に貼らせて欲しいと依頼して歩くこと、これらが彼らのルーティーンの一つでした。ところが訪問先でその依頼をするや、相手の人がまず決まって示す顔の表情——彼はこれに「負けてしまった」と言うのです。それを「迷惑そうな表情」だとか、「胡散臭そうな表情」だとか、「ちっぽけな表情」

だとか、様々な言葉で言い表わすことは出来るでしょう。ところがS君は、これらのどの言葉を用いてもまだ表現し切れない「何か冷たいもの」に自分はぶつかってしまったと言うのです。この「何か冷たいもの」という感覚は、実は既に彼が大学院に進む前に漠然とながらも問題としていたものだったのです。市民運動を進めると共に、S君はいよいよ人間と社会の「病」そのものと正面から向き合い、それに目と心とを釘付けとされ、身動きが出来なくなってしまったのです。しかし二年後私の前に姿を現わしたのは、今や逃げずその病と向き合い、病を抱える社会と闘う若者としてのS君だったのです。

どんな政治・社会分析の専門書もなかなか捉え切れず、そして分析も表現も出来ない「何か冷たいもの」、言い換えれば人間と社会の内に潜む病のリアリティ。この時S君は私の前で、彼が一時「負けてしまった」この病を、改めて「市民の冷たい眼」と表現し直しました。そしてこれから、この「市民の冷たい眼」について更に分析を加え、自分自身の言葉で明晰に表現することが新たな課題であることを確認したのでした。

先の⑪で記したように、その後S君はO君と共に、日本で導入された裁判員制度と十年間にわたり取り組み続け、この制度が日本の司法制度に如何なる新たな役割を果たすことになるのか、裁判員に選ばれた一般市民の内面に如何なる影響を及ぼすに至るのか、これらについて綿密な追跡調査を続け、その報告を出版するに至っています(上記の著作を参照)。「市民の冷たい眼」が、この裁判員制度と出会うことによって果たしてどのように変わるかという問題と、彼は一貫して向き合い続けてきたのです。

S君の報告は、一人の平凡な市民が突然裁判員に選ばれ、戸惑い躊躇しながらも裁判所に赴き、それまで全く知ることもなかった他の市民が犯した犯罪について、またその背景や事情について詳細に知らされ、最後にはその犯罪者に刑罰をも科すという役割を負わされる経緯について正確に整理をし、更にこの体験が人間の心に如何なる影響を及ぼし得るかについて、そのプラスとマイナスを客観的かつ冷静・緻密に追った見事な報告となっています。かくも長い間「市民の冷たい眼」を問題としてきたS君、この病に一時は「負けてしまった」S君、これは彼にして初めて出来た仕事だと言えるでしょう。

S君とO君たちの報告は、私に「近代医学の祖」と言われるギリシャのヒポクラテスの臨床報告を思い出させます。一人の患者が病を得て死に至るまでの経緯を、ヒポクラテスは淡々と冷静かつ正確に記すのですが、その徹底的に客観的な記述が、人間の命が示す闇と光とを見事に捉え、当時のどのギリシャ悲劇の傑作にも劣らぬ臨場感を持った人間ドラマを創り上げているのです。ヒポクラテスの臨床報告と重ね、私はあの「市民の冷たい眼」に一度「負けてしまった」S君が、裁判員制度に即して、その「冷たい眼」を彼自身の冷静な眼でジッと見つめ続け、ただその否定性のみでなく、その更に奥に秘められた肯定的可能性まで見据えるに至ったことを確信しました。「市民の冷たい眼」の奥に秘められた「肯定的可能性」――先に述べたように、裁判員制度への参加を通じて、日本の市民が「ドストエフスキイ体験」とも連なる「魂の革命」に向かって歩み出し、市民としての真の主体性と自立性を獲得してゆく可能性です。その到達点は気の遠くなるような時間を経た先のことでしょうが、S君はこの「革命」の行く末を落ち着いて見つめ続けるに違いありません。

現在S君は、様々な会社の社員に対して、仕事への、会社への、そして他人への対し方の基本を教え込むという仕事に就き、日本各地を飛び回っています。彼が報告してくれる現実は、経済的効率と利益のみを追求し人間疎外化現象を推し進める日本社会において、若者たちを待つのが必ずしも明るい未来ではないことを感じさせずにいません。しかしこの若者たちについてS君が私にしてくれる報告は、決して悲観的な色で染まってはいず、落ち着いたリアリズムに貫かれた、むしろユーモアに溢れたものでさえあります。あの十年近くにわたる「市民の冷たい眼」との対決と、その後のこれも十年にわたる裁判員制度との取り組みが、そして奥さんとお子さんとで築き上げつつある家庭が、彼を芯の強いリアリストに、そしてユーモアも湛えたロマンチストに創り上げたのです。

O君と私と共に続ける『カラマーゾフの兄弟』の講読は、更に彼の思索を深めるに違いありません。ヒポクラテスに劣らずドストエフスキイもまた、人間と世界とその歴史が示す現象・現実について、それらが一見如何に不可解・不条理であり悍《おぞ》ましいものに思われようとも、否、そうであればこそ、まずは好奇心と冷静緻密な眼とをもって観察と分析に取り掛かるリアリストなのです。

予備校 graffiti ⑬

音楽を愛する若者たち、そしてドストエフスキイ

毎回「予備校graffiti」の中間部では、あるテーマの下に、数人ずつの若者を紹介しています。第一回目は

若者の「海外体験」について、第二回目は「病」についてでした。今回は「音楽」に関連して三人を取り上げたいと思います。

（A）音大生Kさんとバッハと聖書

Kさんがドストエフスキイ研究会に私を訪ねて来たのは、彼女が大学を卒業した直後のこと、研究生として専門の声楽に更に打ち込む態勢を整えている時でした。参加を希望する理由としてKさんが私に語ったのは、次のようなことでした。

「声楽の分野で私たちがよく取り上げるのは、バッハのカンタータや受難曲、またミサ曲やモテットなどで、これらは皆キリスト教と密接に結びついた宗教曲です。でも私たち音大生は、クリスチャンの方を除けば、聖書など殆ど読んだことがありません。それなのに、神やキリストを讃美する宗教曲を主要なレパートリーに組み入れていて、ラテン語の聖句を用いた歌詞の意味も十分に知らないまま、それに平仮名のルビを振って大きな声で歌い続けています。これは正直苦しく、聴いて下さる方たちにもバッハにも申し訳ないと思うのです」

「先生のドストエフスキイ研究会では、ドストエフスキイの作品を読むにあたって、その背景・土台となっている旧約・新約聖書も同時に読み進めているとお聞きしました。今までドストエフスキイも聖書も殆ど読んだことがない私ですが、暫くこちらに参加させていただき、学ばせていただけないでしょうか？」

ドストエフスキイ研究会に参加を希望する人たちの中で、これほど明確な状況判断力と自己認識力・自己批判力を持ち、これほど学びへの強く熱い動機を持つ人はさすがにそういません。私は音楽大学の一般教養科目には宗教音楽について、また聖書について学ぶ体制があるはずだと思いましたが、ドストエフスキイにも興味があるということで、取り敢えずKさんをメンバーとして迎え入れたのでした。

その後Kさんが聖書と向き合い、そこで学んだことがKさんの心に如何に大きなインパクトを与えたか、このことは傍で見ていても明らかでした。その例を以下に二つほど挙げたいと思います。

新約聖書の冒頭には「マタイ」と「マルコ」と「ルカ」、そして「ヨハネ」という名が冠された「福音書」が四つ連なっています。これらは皆、マタイやマルコなどの福音書記者が、それぞれ独自の視点から編纂をした「イエス伝」です。イエスが十字架上で磔殺されてから三十年以上の年月が経っても、その生と死の衝撃はますます強いものとなり、人々はこの人物は一体何をなしたのか、一体誰であったのか等々を改めて問うに至り、パレスチナ各地でイエスにまつわる伝承や語録が集められ、次々とその伝記が編纂されていったのです。それゆえイエスという存在について、その言葉と行動について我々が取り上げて考える際には、それがどの福音書の報告するイエスであり、その言動であるかについて、ある程度の区別をしないと、曖昧で恣意的なイエス像しか結べない危険性があるのです。

新約聖書学とは、この問題を様々な角度から厳密に検討し、出来る限り正確な歴史的イエス像の構成を目指す学問ですが、私が恩師の小出次雄先生によってこの問題に目覚めさせられて以来（詳しくは本書後半の第二部で改めて記します）、今に至るまで注目してきたのは、主観的で恣意的な感想かも知れませんが、バッハという作曲家が、そしてドストエフスキイという作家が、どの聖書学者にも劣らぬほどに深く聖書を読み込み、どの聖書学者にも劣らぬほどに深く豊かなイエス像を探り当てた人たちであるということです。バッハの主な受難曲は「ヨハネ受難曲」と「マタイ受難曲」ですが、バッハがこれらの受難曲を如何に福音書の深い理解の上に構成し創り上げたか、ドストエフスキイもまた、それぞれの福音書を如何に的確かつ深く読み込んだ上でその作品中に用いているか、これらは驚くべきものがあります。「ヨハネ受難曲」をこよなく愛するKさんはこれらの事実を知って、暫くは呆然としていました。

もう一つの例はイエスの母マリアのことです。Kさんが何よりも驚いたのは、西洋のキリスト教世界で「聖母マリア」として崇められ、場合によってはイエス・キリストよりも広く熱烈に崇拝されているマリアが、福音書世界の現実においては息子イエスの言動を理解し切れぬ母であり、息子から叱責さえされる存在であることを知った時でした。つまり福音書世界の「生母マリア」が、後にキリスト教世界の「聖母マリア」となるまで、そこには如何なるドラマと歴史があり、人間の宗教的認識のメカニズムが働いているのか、容易には説明のつかない問題が存在することをKさんは知ったのです。Kさんは常識の上に胡坐をかく怠惰さの危険について、また「アヴェ・マリア」を始めとして自分たちが歌う宗教曲についての理解の浅さについて、改めて愕然とさせられたのでした。

Kさんがドストエフスキイ研究会に参加したのは一年足らずのことでした。しかしKさんの聖書との出会いについての報告は、以上で十分と思われます。Kさん自身が、自らの学びの体験を基に（その後海外留学をしたとの噂も聞きます）、いつの日か、自らの言葉で、そして何よりも彼女自身の歌唱で、私たちにその報告をしてくれることでしょう。

(B) ドストエフスキイとベートーヴェンから響いてきた「声」

Yさんの年賀状はユニークです。毎年、彼女が書いてくることは二つ。一つは、今ベートーヴェンのピアノソナタの何番を弾いているか。もう一つは、今ドストエフスキイのどの作品を読んでいるか――これら二つの報告です。Yさんはひたすらこれら二人に的を絞って日々の生活を送っているのです。

しかしYさんが世離れた「聖女」というわけではありません。生来の激しい気性を内に脈打たせる彼女は、大学生の頃から何にでも積極的にぶつかってゆき、ベートーヴェンに耳を傾け、ドストエフスキイを読み、友人たちとベルクソンに取り組み、ドストエフスキイ研究会では誰にでも遠慮なく議論を挑み、正に情熱の爆発体のような存在でした。

持ち前の生命力と好奇心を燃やし、あらゆる対象に積極的にぶつかってゆくこの情熱の爆発体にも、むしろそうであるからこそ、決定的とも言うべき危機が訪れました。大学生の頃、彼女は熱烈な恋愛の末に学生結婚にまで突き進み、お腹に赤ちゃんを宿すに至ったのです。さすがの彼女も尻込みをせざるを得ませんでした。強く望んでいた大学院での勉強の道を閉ざされ、勉強どころか育児に縛られてしまうことは不可避だったのです。

後にYさん自身が語ったところによると、この戸惑いと混乱の中で、彼女はひたすらドストエフスキイとベートーヴェンにぶつかっていったのだそうです。青春の情熱をぶつけてきたこれら二人から、今自分に如何なる「声」が響いてくるのか、如何なる道を選べと言われるのか、彼女は耳を傾けたのです。響いてきた答えは一つ、まずは結婚生活と育児に正面からぶつかるのだという「声」でした。

後に彼女はこう語ったのでした――あの時私が戸惑い、尻込みをし、この二人に行くべき道を問うたこと自体が、既に自分のことしか考えない醜い行為だった。それは新たな生命を与えられた赤ちゃんに対する裏切りであり、「犯罪行為」とも言うべきものだった。しかしドストエフスキイとベートーヴェンは一度死んだ私の命を、そして赤ちゃんの命をも復活させてくれた。

それから三十余年、お子さんを女手ひとつで育て上げる一方、Yさんの情熱は一貫してドストエフスキイとベートーヴェンに注がれ続けました。この二人との取り組みを報告し続ける彼女の年賀状は、ありきたりの新年の挨拶状ではありません。あの時ドストエフスキイとベートーヴェンから彼女に響いてきた「声」、それが今も響き続けることを確認し伝える報告書であり、今年もこの二人に導かれ、また二人に応えて生きてゆくとの宣言書でもあるのです。三十余年前に響いてきた「声」、私はYさんがそこに究極の音楽を聴き取ったのだと思います。

(C)ピアノ調律師P君が聴き取った世界の「不協和音」

ピアノ調律師のP君は、その仕事と如何にも似合う物静かな人で、私は彼が声を荒げる場に居合わせたことがなく、また想像さえ出来ません。私の部屋には彼が毎年暮れになると送ってくれるカレンダーがあって、そこには世界の著名な音楽家の写真が載り、主要な作曲家の生年月日が記されています。調子が出ない日、私はこのカレンダーを見て、例えば今日はベートーヴェンの誕生日だと分かると彼の曲を一つ選んで聴くなど、これによって生活に変化と潤いを与えてもらっています。P君は私の心の調律師でもあるのです。

しかしP君は一歩間違えば、天職と言うべき調律師の仕事とは全く無縁の人生を送っていたかも知れません。大学の最終年度、既に彼は或る大手の家電量販店に就職が内定していました。ところがギリギリの時点で彼の内から「声」が響いてきたのです――何にも代えがたい音楽、殊に大好きなピアノを離れて、自分は本当にこの道を行ってしまってよいのか?誰もが人生の岐路、重大な決定に当たって感じる戸惑いです。そしてこの戸惑いの中から、P君に「声」が臨んだのです。

P君が最終的に選んだのは浜松の或るピアノ製作会社での研修の道、調律師への道でした。ご存知の方が多いと思いますが、日本経済の高度成長期に爆発的に売れたピアノも、二十世紀の末近く、P君の就職時には既にその売れ行きは伸び悩んでいました。そして今ではピアノの買い取り会社がテレビ・コマーシャルを盛んに打つ時代になり、それら「中古ピアノ」の多くはアジア諸国に輸出される運命となってしまいました。

このような状況が視野に入りかかっている時、ピアノの調律師として生きてゆこうというのは、少なからぬ勇気の要ることでした。しかしP君は宣言をしたのです。

「この道を行きます!
ポリーニの調律師になる力を身につけます!」

いつもの静かで落ち着いた、しかし毅然と響く声でした。この宣言こそ、P君の調律の正に「仕事始め」だったように思います。

　あれから二十余年。予想通りの逆風が吹く中でP君は着実に仕事をこなし、着実に実力を身につけてゆきました。今は完全に私の音楽の師である彼は、素晴らしい演奏家を見つけると直ちに私に教えてくれ、また二人が共に大好きなピアニストのポリーニが来日する時には、なかなか入手の出来ない切符を買いに走ってくれます。殊にグレン・グールドの素晴らしいピアノの音、そのバッハ演奏に私の耳と心を啓かせてくれたのはP君で、私はいくら感謝してもし切れません。

　先日P君と神田の古書店街を歩いた時のことです。或る喫茶店に入ると彼は姿勢を改め、『カラマーゾフの兄弟』を少しずつ読んでいると語り出しました。大学での四年間ドストエフスキイ研究会への出席を続け、卒業旅行の際にはオランダでフェルメールの作品を観た後、ペテルブルクを訪れてドストエフスキイの墓詣でをして、この作家にちなんだ幾つかの見事な写真を撮ってきてくれた彼です。ところが申し訳ないことに、いつの間にか私はP君を専ら自分の音楽の師だと考えてしまい、彼と会っても音楽のことにしか話題を向けなくなってしまっていたのです。その私に優しく静かに調子を合わせてくれていたP君が、しかし神田でこの時、正面からドストエフスキイのこと、『カラマーゾフの兄弟』のことを切り出したのです。

　P君は新聞の切り抜きを一枚取り出しました。そこに記されていたのは或る幼児虐待の話でした。新聞に報道されない日はない、現代の悪魔的悲劇です。彼は強い口調で切り出しました――親の「病」のために罪もない子供がその暴力の餌食となり、命まで奪われてしまう。こんな親は絶対に赦すことが出来ないし、こんな親を生み出す社会も赦せない。改めて『カラマーゾフの兄弟』を読んだ。そして次男のイワンが弾劾する現実、つまり世界に満ちる「罪なくして涙する幼な子」の現実について、遅まきながら考え始めた。そして親の「病」とは何か、社会の「病」とは何か、そして幼な子たちへの「癒し」が如何になされ得るのかいうことを考えている……

　P君の静けさの内から、このような激しい怒りの言葉が語り出されることに私は驚かされました。彼の心の耳に社会が発するこの「不協和音」は醜く、赦し難いのです。ここまで現代社会の「病」は抜き差しならぬところにきてしまった――私はP君の怒りを介して、このことを痛感させられたのでした。

　改めて思いました。就職にあたって彼の内から響いてきた「声」とは、ただ単に彼に音楽の世界に留まれ、愛するピアノから離れるな、そしてこの世界で正しい音を守り続けるのだという、音楽の神からの「呼び声」だけではなかったのだと。その後彼は調律師という仕事を通して、ピアノを通して、そして音楽を通して、その心の更に奥深くから響いてくる「呼び声」を聞くに至ったのだと――この地上世界から「罪なくして涙する幼な子」をなくせ、世界に子供たちの喜びの声を響かせよとの。P君が聴いたこの「呼び声」こそ、先のYさんにドストエフスキイとベートーヴェンから響いてきた「声」と同じく、究極の音楽というものではないでしょうか。

私は以前P君に、彼が最も好きで自らの専門の仕事ともしているピアノ以外に、ベートーヴェンやバッハの宗教曲も聴くこと、殊にその福音書を中心とする歌詞の理解も入れて、バッハのカンタータを聴くことを勧めたのですが、既に彼はその全二百曲余を或る全集版で手に入れていて、これとの取り組みも少しずつ開始しているとのことです。

『カラマーゾフの兄弟』との取り組みと、カンタータとの取り組み――世界の内に聴き取った「不協和音」を向こうに置き、P君は「罪なくして涙する幼な子」の苦しみを超えた、如何なる絶対の調和音を見出すのでしょうか。ドストエフスキイ研究会での勉強が二十年後の今、新たに始まったのです。

予備校 graffiti ⑭
お母さんの「永遠の生命」を求める青年

前回⑦で紹介したK君の場合、その人生の岐路となったのはメキシコでの辛い体験と親子喧嘩であり、そこにはお父さんの存在が大きな位置を占めていました。今回紹介するT君の場合はお母さんであり、しかもその死が彼の人生の決定的な転換点となったのでした。

浪人を終えたT君はドストエフスキイ研究会に参加をしました。ある日、研究会が終わってからのことです。思い詰めたような表情で彼が私に話しかけてきました。しかし話題は様々な方向に飛び、口下手なT君の話はどれも要を得ません。いつの間にか二人の乗った電車は、私が降車する駅にまで来てしまいました。駅前の喫茶店に入り、続けて話を聞いている内に、私はT君の話のベクトルが全て高校時代に亡くなられたお母さんを指していることに気づかされました。

私の人生の決定的な出発点・転換点も祖父の死でした（これは改めて第二部の始めに記します）。それ以降、死を超えた「永遠の生命」を摑むこと、これが自分の生涯の課題となったことを、私はドストエフスキイ研究会でしばしば語ります。「神と不死」の問題こそドストエフスキイ世界の中心テーマに他ならないからです。T君の場合も、私と同じ問題を巡って心の中に嵐が吹き荒れていたのです。亡くなられたお母さんを自分の心の内に再獲得すること、お母さんの死を超えた「永遠の生命」を実感し、自分のものとすること——これが混沌の内に彼の心が向かっていることだったのです。

私は、是非彼に頑張って欲しい、ドストエフスキイこその答えを与えてくれる人であり、この研究会は正にその永遠のテーマを皆と本気で追求してゆく場であることを説明しました。T君は深く納得し帰ってゆきました。

大学で中国語を専攻したT君は、中国語が達者だったお爺さんからも薫陶を受け、その知識と力を生かして大学卒業後は上海の或る大学に留学をしました。二十世紀末、日本が様々な面で衰退の道を辿るのとは対照的に、中国がどんどん経済成長を進める現場を彼は数年間身をもって体験し、中国語も更にbrush upして帰国しました。新しい世紀の始まりと共に大学院にも進み、そこではベーメを専門としドストエフスキイをこよなく愛する私の友人も教鞭をとっており、ここでT君はロシア語も学び、中国におけるドストエフスキイ受容の歴史を研究することになりました。

T君の中国語についてのエピソードも一つ記しておきましょう。帰国後に再び加わったドストエフスキイ研究会で、ある日の集まりが終わって帰りがけに、メンバー数人が新宿西口ガード近くの或る中華料理店で食事をした時のことです。彼らの報告によると帰り際、中国人の店員さんとT君との間で会計のことで諍いが起こり、二人の口論は喧嘩に近い猛烈なものとなったそうです。後に判明したところではその原因は、あまりにも流暢な中国語で抗議をするT君のことを自分と同じ中国人だと思い込んだ店員さんが、これに負けまいと激しく大声でまくしたて返したからだったのだそうです。

T君は大学院を出た後、厚生労働省で中国残留孤児問題の仕事に携わり、その後は持ち前の語学力を生かしてフリーターとして民間の中国関係の翻訳や通訳の仕事に携わり、今は新たに或る公的な場で通訳の仕事をしています。河合文教研のHPに私の新しい「ドストエフスキイ研究会便り」がUPされると、誤植の発見から内容のコメントに至るまで、T君は直ちに反応をしてくれます。最近はスランプで容易に言葉が出ず、コメントは中断していますが、これが正にT君のT君らしいところなのです。

T君がマスターした中国語は彼を大いに助けると共に、彼を一つの場に留め置かず、様々な仕事の場を転々とさせています。しかし私はこの定まった「行き場」のない生の形も、新しい時代の若者の生き方の一つではないかと思っています。四十代の半ばを過ぎた今も彼はドストエフスキイを読み、様々な絵画と向き合い、勉強や翻訳を続けているのですが、自らの力で生活の資を得て勉強を忘れない限り、そして冒頭に記したお母さんの死を超えた「永遠の生命」を見出そうとの課題を忘れない限り、彼を定まった「行き場」に押し留めようとすることの方が、私には不自然で無理があると思われるのです。

お母さんの死を超えた「永遠の生命」を確かに摑むこと。これは長い時間のかかる課題です。世間の多くの人々の価値観からすれば、このような問題にT君が拘り続けることは「閑人《ひまじん》」のすることと受け取られかねず、「永遠のマザコン」というような陰口さえ招きかねません。中国語は極めて達者とはいえ、日本語を喋るT君はむしろ口下手と言うべきで、気持ちの落ち込み方も激しく、ひとたび落ち込むと容易に抜け出ることが出来ません。しかし肉親や知人の死や病や誕生、このような身近なことの中にこそ生涯を貫くmetaphysicalな課題や本質的思索のテーマが存在するのであり、T君はその課題と正面から向き合い続けているのです。

ひとたび「何か」を摑んだ時、T君から生まれ出るコトバは真に力あるものとなることでしょう。周知の如く3・11の大震災・原発事故で多くの人たちが母親や父親や親族・友人、そして故郷をさえ失ってしまいました。その人たちの心に本当に寄り添い、励ましのコトバを発することが出来るのは、マスコミやジャーナリズムやアカデミズムの場で訳知り顔に多くを語る人たちではなく、T君のような課題を抱え、仕事も転々とし、社会の片隅で一人黙々と不器用に、その課題と向き合い続けている人に違いないと私は信じています。

予備校graffiti⑮

「てっちゃん」の冒険

「てっちゃん」※と私とは、お互いがそろそろ会いたいなと感じる頃、自然に連絡をし合って散歩をする仲です。以前に彼が報告してくれた言葉で、印象深かったものの一部を纏めて記してみましょう。

「この半年はカナダの山奥で測量のバイトをしてました。熊に出くわした時はさすがにヤバかったです」

「次に備えて、今は西武のリブロで本の予約のバイトです」

「やっぱり屋外で働くのがいいから、今度は九州へ測量の仕事に行ってきます」

「先生の故郷でもアルバイトをしたことがありますよ。富士山や箱根山からの水がどんどん湧き出てきて、水がきれいな町ですね」

「今度はワークビザをとって、ニュージーランドに行ってみます」等々。


私はよく授業で、「三十歳までは勉強と冒険に懸けなさい。大企業に就職するためには、浪人も二浪までが限度だなどと考えたり、二十三〜四歳で大企業に自分を買ってもらおうとする安定志向よりも、親に頼らず自力でアルバイトをし、自力で語学を身につけ、世界中を旅して歩いたり、留学をしたりすることだ。少なくとも二十代で、人生における自分の本当の〝使命〟を見つけることが出来れば、そしてその〝使命〟に向けて本当の実力を身につけることを開始出来れば大成功だ。そして三十代は、そのための基礎作業の時期だ。このような組み立てで自分を創り上げた上で、そういう自分を買いたいという企業に堂々と自分を売りなさい」——このような趣旨のことを話します。「てっちゃん」はこのことを自ら実行し、自分自身で自分の人生をユニークに構成してきた数少ない人物なのです。

彼のご両親は息子のことをよく理解されている一方、心配もされ、「病気になったら誰が保証してくれるのだ?!」と折あるごとに、確かな所に身を落ち着けるよう勧められたようです。しかし彼は私に、頭を掻いて言うのでした。


「その〝保証〟というのが問題で、これを求めたら、俺、不本意な形で身を売ることになっちゃうんですよね」

「まあ当分は、俺、このままプータローで行きます」


いつの間にか「てっちゃん」も五十代になりました。彼を深く愛する女性も現われてくれ、相互の理解の下に互いの自由を尊重し合い、互いのペースで仕事をし、山登りを中心に落ち着いた共同生活を楽しんでいます。数年前に会った時にも、夕方になると「今日の夕食、俺の当番なんです」と言って、いそいそと買い物に向かったのでした。楽しそうで、実に幸せそうな後ろ姿でした。少子化を危惧する政治家にとっては、彼などはさしずめ「非国民」でしょう。しかしどちらが人間として立派なのか。

彼は海外も好きですが、特に江戸時代の古地図を愛し、現代の東京を江戸と重ね、想像力を働かせながら街歩きをするのが大好きです。私を誘い出し、「先生ここのドブ川は、昔はあそこの泉から流れ出ていて、澄んできれいな川だったんですよ」とか、「この川と緑は縄文時代からのものです」とか、「ここの路地は猫たちがいい！」とか、実に楽しい散歩の時間を創り出してくれます。〝ブラタモリ〟どころか、彼こそ〝アースダイビング〟の元祖でしょう。つい最近も私を川越に連れて行ってくれ、「昔はこんな所にまで江戸湾が広がっていたんです」と、古代の海岸線を教えてくれ、また私に念願の川越の薩摩芋を食べさせてくれました。古代江戸湾の広がりばかりか、私が「芋」だということも、彼はとっくに見抜いているのです。

バブルが弾けた時にも、またその後の長い不景気、いわゆる「失われた三十年」にも彼は動じませんでした。「もともと俺、貧乏だし、バブルなんてものも関係なかったし、この不況も関係ないです」——これは或る年の年賀状の言葉ですが、大正解と言うべきでしょう。「てっちゃん」を見ていると、何かあの柴又の寅さんの new version を見ているような思いにさせられます。寅さんのけたたましい底抜けの明るさに対して、彼は物静かでユーモアを湛えた明るさで、この上なく私を落ち着かせてくれます。誰か映画監督になって、「てっちゃん」シリーズを作りませんか?!

「てっちゃん」の心の底に流れるもの。それは人間と自然への尽きない興味と優しさ、そしてその優しさを一人でも守り通そうとする芯の強さだと私は思っています。その彼は長い放浪の旅が一段落して、ドストエフスキイの『カラマーゾフの兄弟』と取り組むようになり、自らも見事な小説を一つ書き上げ、更に詩やエッセイとも取り組んでいます。私も長い課題だった『カラマーゾフの兄弟論』の完成・出版と、その「後産」たる一連の考察も一段落し、これからの散歩は今までとは一味違う一層楽しいものになりそうです。皆さんも是非、この散歩に加わって下さい！

※「てっちゃん」という愛称について一言。私が授業で彼のことをよく話題にしたため、またエンリッチ講座で彼に話をしてもらったこともあって、この愛称は一時河合塾で、またドストエフスキイ研究会で相当親しまれ、話題になりました。しかしこのことを当人は知らず、恐らくこの「予備校 graffiti」を読んで初めて知ることになるのだろうと思います。彼のことですから、自分が話題とされていたことを心外に思うでしょうが、「時効」として赦してもらおうと思います。

予備校 graffiti ⑯

セブン-イレブンで見る「夢」

以前のこと、私は或る女子大学で比較文学を教え、ドストエフスキイを核として、彼と同時代人の福沢諭吉やアンデルセン、ルイス・キャロルやボードレール、そしてマーク・トゥエイン等を比較考察していました。生徒さんは優秀でしたが、ここで教える辛さは、折角ドストエフスキイに慣れ親しんだ人たちも、卒業近くなるとドストエフスキイのことは忘れて（?）、有名大企業に就職してしまうということでした。今では、そのような人たちの心のどこかにドストエフスキイが生き続け、いつかその人生で改めて彼と向き合う日が来てくれれば十分だと思えるようになったのですが。そして事実、予備校での教え子さんたちの場合と同じく、時には長い時間が経ってから突然連絡をしてくれる人もいて、その心の内にドストエフスキイの種が生き続けていてくれたことで私を喜ばせてくれます。

ある年、どうも就職する気配のない生徒さんがいました。Aさんというこの生徒さんは、予備校の夏の講習で私の授業を受けたことがあったのでした。しかし変に慣れ合うことを嫌う人で、この事実を授業後にボソッと話してくれた後は、ドストエフスキイの愛読者として、ひたすら比較文学に向かう真面目で熱心な生徒さんでした。最後の講義の後、Aさんと私との間で交わされた会話も簡単なものでした。

「卒業後は、どうされるのですか?」
「私、セブン-イレブンです」
「ユニークな企業に就職ですね」
「いえ、そこは、私、アルバイトなんです」

Aさんは、自分は一生小説を書いて生きてゆきたい、生活は親に頼らず自力でやってゆきたい、だから取り敢えずはセブン-イレブンでバイトをしながら書いてゆくつもりだ——このように何の気負いもなく語るのでした。私はドストエフスキイを愛するAさんが、自分自身小説家になる夢を持っていることをこの時初めて知りました。落ち着いた目の奥に鋭く光るものが印象的な生徒さんでした。

その後Aさんが文壇に登場したのか、未だ頑張り続けているのか、或いは挫折してしまったのか、不明です。しかしAさんは、私がこの大学で教えた間で最も印象的な生徒さんの一人となりました。私はコンビニに入ってレジに向かう時、そこで働く若者が、日本人であれ外国からの人であれ、何らかの志や夢を持ってここで働いているのかなと想像しては、勝手に「頑張れ！」と声援を送っています。

予備校 graffiti

余録③

今回紹介した八人の若者たちの生もまたドストエフスキイの世界と深く切り結び、様々に考えるべき問題を提供してくれています。

取り敢えずそれらを［1］社会との対決、［2］音楽との対峙、［3］自ら選んだ放浪――これら三つに分けた上で、各人がこれらの問題をドストエフスキイ世界と如何に繋げ、自分の問題としているか考えてみましょう。

［1］社会との対決

まず⑪と⑫で紹介したO君とS君は、現代では稀なほどに社会への鋭利な批判力を持ち、しかも抜群の行動力を持つ若者たちです。「稀な」とか「抜群の」と記しましたが、二人は決して超能力の保持者というわけではありません。彼ら自身がまずはごく普通の市民・庶民であり、そこから同じ市民・庶民が抱える病を見つめ、その病と病をもたらす社会・政治と誤魔化しなく戦おうとする若者たちなのです。この庶民性と誤魔化しの無さ――ここに彼らの力があるのでしょう。O君とS君が日々の生活を保持するために如何に苦労をし、その上で社会について如何に真剣な思索と行動を続けているかを知るにつけ、私はいつも頭の下がる思いがします。

以前マスコミで「ドストエフスキイと革命」ということが華々しく語られました。しかしそれもバブルの崩壊と共に儚い言葉遊びのように消えてしまいました。ところがSTATESMANの運動に続いて、二人が追跡・検証をしてきた裁判員制度は、この「ドストエフスキイと革命」という言葉を思いがけない角度から甦らせてくれたように思われます。本文でも記しましたが、この制度の施行と共に我々日本人が同じ同胞市民の犯罪と向き合い、その裁判と直接関わることによって自分自身の内に目を向け、その小市民性・島国的閉鎖性の堅い殻を破る可能性、つまり自らも深い病を抱える社会の一員であることを自覚し、その病の克服に向けた一歩を踏み出す可能性が大きく開けてきたのです。私はこれを「静かな革命」と呼び、やがて「魂の革命」に至る大きな変革が始まったと感じています。ドストエフスキイが生涯求めたものも正にこのような「革命」だったのだと思うのです。

本書の「はじめに」に続き「余録①」でも記した、ドストエフスキイの『夏象冬記』のことを思い出して下さい。この旅で訪れたパリでドストエフスキイが見出したのは、「自由・平等・友愛」の理念の下に命を賭けてフランス革命を戦ったパリっ子たちが、今ではナポレオン三世の治下で「小市民（プチブル）」となり果て、その精神を「縮こまらせ」、ひたすら小銭の神（マモン）を追い求めている姿でした。パリを支配するマモン神、そしてロンドンを支配するバアル神――ドストエフスキイはこれら異教神・サタンに対して「何世紀にもわたる精神的抵抗と否定」の必要を記し、帰国後いよいよ本格的な創作に乗り出します。

この旅（1862）から間もなくして明治維新を成し遂げたのが日本です。西洋先進諸国の後を追い、福沢諭吉たちに導かれて日本が辿った「文明開化」と「富国強兵」の道については、今はここに記しませんが、その行き着いた所に投げ出されたのが一回目に紹介したKさんであり、更には他ならぬこの我々であり、O君とS君がぶつかっている現代の日本社会に他なりません。S君が一時はそれに負けてしまった「市民の冷たい眼」、これはドストエフスキイが十九世紀半ばのパリで目撃し、その後一世紀余を経てフランスから日本に移り住むに至った「小市民性」だと考えられます。つまりS君とO君とが対決しているのはマモンであり、更にはバアルに他ならず、彼らはこれら異教神・サタンに対する「何世紀にもわたる精神的抵抗と否定」の精神をドストエフスキイから受け継ぎ、実際に今それらと戦っているのだと考えられるのです。

私は二人が見つめ続ける裁判員制度が、我々日本人に社会性への目覚めを促すと共に、ドストエフスキイ世界の核心である「罪と裁き」・「罪と罰」の問題をも気づかせる契機となり、更には我々の目と心を日本を含んだ世界の歴史に開かせてくれる契機ともなり得ることに大きな意味を見出しています。ドストエフスキイの更なる理解という点で、またドストエフスキイが託したバアルやマモンとの戦いという点で、一言でいえば「静かな革命」のために二人に期待するところは大であり、私自身協力を惜しんではならないと思っています。

[2] 音楽との対峙

次の⑬で紹介したKさんとYさんとP君は、主にバッハとベートーヴェン、そしてドストエフスキイと聖書との取り組みを核として、その人生を組み立ててきた若者たちです。しかしこれら三人の若者が社会に関心など向けず、自分の人生を小さく趣味的に纏め上げようとする「音楽オタク」などでないことは明らかです。P君の例からも明らかなように、三人はその耳と心とを大きく開き、自らと世界の内に響く「不協和音」を敏感に察知し、それを超えた絶対の「調和音」を聴き取ろうとする真摯な若者たちなのです。

私が強く関心を引かれるのは、音楽を愛する彼らの心がドストエフスキイや聖書への関心と結びついたこと、つまり単に趣味的な方向ではなく、極めて精神的で求道的な方向に向かったことです。私は三人が「究極の音楽」を聴いたのではないかと記しましたが、決して大袈裟な結論を引き出そうとしたのではありません。明治以来我々日本人が西洋に学ぶ姿勢とは、「和魂洋才」という言葉で表現されるように、専ら恣意的でバラバラな文明・文化の受容だったのですが、これら三人はドストエフスキイを核として、芸術・文学・哲学・宗教の総合的な受容に向かう一つの可能性を示していると思われるのです。

私の恩師小出次雄先生は西田幾多郎先生の許で哲学を学ばれたのですが、西田先生は学生たちに哲学的思弁を抽象的に積み重ねることなど要求せず、一人ひとりがまずは芸術・文学・哲学・宗教の分野に跨って広く深く感性と知性とを鍛え、自らを本質的思索の内に投げ込むことを求められたとよく語っておいででした。この本質的思索の姿勢を小出先生は「當體的・實存的」と呼ばれ、この本質的思索によって捉えるべきものが「絶対のリアリティ」であるとされ、この「絶対のリアリティ」探求こそ我々若者たちに厳しく求められたものでした。このことは本書後半の第二部で詳しくお話しますが、この姿勢を身につけることが若い頃から私の目標であり、また三十余年にわたるドストエフスキイ研究会に於ける最大の課題としてきたことです。その意味でKさんとYさんとP君は、「當體的・實存的」な本質的思索の姿勢を正面から受け止めてくれた若者たちだと言えるでしょう。

[3] 自ら選んだ放浪

最後の⑭と⑮と⑯で紹介した三人は、最初の二人と較べると、社会に正面から目を向けるというよりはまず自らの内に目を向け、その課題とひたすら向き合う若者たちだと言えるでしょう。しかしこれら三人が自らの内に向かう姿勢は、中間の⑬で紹介した音楽に耳と心とを傾ける三人と同じく、決して me-ism とか ego-ism 等の言葉で片づけられるような「オタク的」なものではありません。彼らが取り組む問題とは、⑭のT君のように）我々人間は死を超えた「永遠の生命」を如何にまたどこに見出し得るかという問題や、⑮の「てっちゃん」のように）、我々はこの人間疎外の社会で如何に「自由」と「優しさ」を保ち、真の「行き場」を見出し得るかという問題や、⑯のAさんのように）、自らの内から湧き出る創作への願望を如何にまたどこまで充たし得るのかという問題等々、どれも皆人間が昔から取り組み続けてきた、そしてドストエフスキイがその作品で扱う永遠かつ喫緊の問題と言うべきものです。しかもこの若者たちはこれらの問題との取り組みを、社会的な安定を捨てたところで、たった一人で追い求めているのです。

西田先生や小出先生の言われる「當體的・實存的」という言葉と呼応して、ドストエフスキイはこのような人たちのことを「地下室生活者」と呼ぶと思いますが、この「地下室」こそ芯の強い真の「開かれた魂」が、そして真摯で「求道的な魂」が存在して呼吸をし、本質的思索を展開している場だと考えられます。懐の深い奥行きのある社会、教育を大切にして文化を育む豊かな社会とは、黙々と自らの課題と取り組むこのような若者たちをその懐に抱えてあげる社会だと思います。今日本には百万を超える「引き籠り」の人たちがいると言われ、予備校にも中・高生時代に不登校の体験をした生徒さんたちが少なくありません。この人たちを悲観的・否定的な目で見るのではなく、一人孤独の内に「當體的・實存的」な思索と生を生き、人間としての真の「行き場」を求める人たちだと受け止める視線を忘れてはならないでしょう。

恐らく小出先生は西洋の画家が描いた「聖母マリア」を基に、これを描かれたと思われます。このデッサンが1930年代の日付のある絵と同じ場所に納められていたことから、恐らく1930年代、三十代の作品と考えられます。そのオリジナルについては様々な推測が可能ですが、正確には不明です。ご存知の方はお知らせ下さい。この作品については、今回⑬（A）に記した「生母マリア」と「聖母マリア」の問題を重ねることで、様々な鑑賞と思索の道が開かれるでしょう。ドストエフスキイも「聖母マリア」については様々に問題にしています。またラファエロが描いた「システィンのマドンナ」を愛し、その大きな複製画を書斎に掲げていました。

予備校graffiti《グラフィーティ》

私が出会った青春（四）

予備校 graffiti ⑰

テレビで出会った「罪なき幼な子の涙」

E君の人生を決めたのは、偶然テレビで目にした一つの光景でした。アジアで起こった或る戦争で、戦禍に遭った子が泣き叫んでいる。この光景を目にして胸を抉られた彼は思ったのです——こんな悲惨な光景が、この地上において再びあってはならない。たとえ過去のこと、遠い国のことだとしても、この罪なき幼な子の涙を見なかったことにしたら、自分の人生は偽りのものとなるだろう。

E君は自分の夢・使命への準備に二十代全てを費やします。入学した大学で、まず彼がぶつかったのが語学の壁でした。ここでの授業は基本的に英語で行われるため、達者な英語を話す帰国子女たちを前にして、受験英語の得意だったE君も大きな挫折感を味わいます。発奮した彼は、大学の留学制度を利用してイギリスで学び、英語の力と自信をつけると共に、ここで自分の夢と使命への具体的な視野もはっきりと自覚をするに至ります。

——世界に満ちる子供たちの受難をなくすため、自分が取り組むべきことは「教育」に他ならない。世界を変えるために、最も遠回りに見えて最も確実な道とは、この世界から読み書きの出来ない子を一人でも減らすこと、illiteracy（イリテラシー）の問題との対決だ！

この自覚と決意は今に至るまで些かもぶれず、彼を貫いています。

その後E君は或る国立大学の大学院で博士課程を修了した後、ＪＩＣＡ（ジャイカ・独立行政法人国際協力機構）に入り、バングラデシュとインドネシアでの長い教育支援活動の後、一度現場での活動を整理して新たな飛躍に備えるため、シンガポール大学で教鞭をとり研究生活に入りました。ここで彼は結婚をして sweet home を築くのですが、奥さんはベトナムからの留学生です。この国もまたかつてアメリカと壮絶な戦いを続けた国であり、大人ばかりか数多くの子供たちの血と涙が流された国です。不思議な、しかし強い必然を感じさせる縁です。現在二人はオーストラリアに居を移し、夫婦共々教育と研究に没頭しています。既にE君の海外での実践と研究生活も二十年以上、この間に彼が書き上げた教育関係の英語論文は世界中の様々な研究誌に掲載され、恐らく質量共に日本のどの大学の教授にも引けを取らないでしょう。

E君について語るべきことは多いのですが、今回は幼な子の受難の問題以外にもう一つ、E君について私がしばしば若い人たちに語ることがあり、それを記しておこうと思います。日本に一時帰国をした時のことです。彼は私に熱く語ってくれました。

「海外にいると、どうしても日本と日本人のプラスとマイナスについて考える機会が多くなり、どちらかと言うとマイナスの方が多くなってしまい、悲しいことです。しかし僕が日本について唯一、常に胸を張って誇り得ることがあるとすれば、それは日本が戦争を永久に放棄した憲法第九条を持っていることです。日本がどんなに豊かで優れた技術を持とうとも、またどんなに素晴らしい自然と伝統を誇ろうとも、この事実以上に素晴らしい財産はないと思います。日本が過去に犯した大変な過ちを踏まえ、この平和憲法を持つに至ったのである以上、そして我々がそれを堅く保持し続ける限り、海外の人たちは日本を信頼してくれます。このことを僕は肌身で実感してきました」

ハッとさせられる言葉でした。二十年以上日本を遠く離れ、アジア各地でひたすら日本と世界の平和と運命について考え続けてきたE君にして初めて可能な認識です。第一回目に記したKさんのことも思い出されました。私は若者たちに、将来君たちが海外に出る時、日本国のパスポートの携帯を忘れてはならないと同様、このE君の言葉をしっかりと心に刻んでゆくように言い聞かせています。

私たちの交流は彼の浪人時代からのものですが、五年ほど前から二人の接点が新たに一つ増えました。ライフワークとする教育の問題で、E君がドストエフスキイを取り上げつつあるのです。この地上に満ちる罪なくして涙する幼な子たち——これは彼の人生の出発点となった問題であり、彼が参加したドストエフスキイ研究会でも常に問題となり続けてきました。その後E君は、海外で illiteracy の克服の問題と取り組み続けてきた末に、改めて『カラマーゾフの兄弟』に登場する青年スメルジャコフこそ、罪なくして涙する幼な子の極たる存在であり、自分が取り組む問題の多くは、このスメルジャコフの生と死の内に表現されていると思うに至ったと言うのです。スメルジャコフについては、私自身も『カラマーゾフの兄弟』のブラックホールとして長い間考え、論じてきました。二人は一年に一度でも研究会を持とうと決めました。先日も一時帰国をした彼と私とは、この問題を論じ合ったのですが、最後に彼はこう宣言して帰ってゆきました——「僕は先生の「ドストエフスキイ大学・カラマーゾフ学部・スメルジャコフ学科」

の学生です。このテーマで十年は勉強をさせて下さい！」。

E君はメルボルンにある大学への行き帰り、地下鉄の車中でよく『カラマーゾフの兄弟』を読んでいるようです。そこで生まれる疑問はインターネットで送られてきます。その質問の内容はどんどん鋭いものになっています。これが我々の「塾大学」に於ける普段のゼミの場ですが、彼が参照する英文のドストエフスキイ研究の多くは、スメルジャコフについて未だ十分な分析をし切っていないため、検討すべき問題は少なくないのです。※

このような「学生」が、新しい活きたドストエフスキイ世代として育ち、ドストエフスキイを介した新しい日本と世界の未来を創り上げていってくれるのでしょう。

※彼が最近発表したスメルジャコフに関する英語論文を紹介します。

S. E.（2021）. Educational polyphony for a contemplative under tragic tension: Implications from the early life of Smerdyakov in The Brothers Karamazov. *Journal of Beliefs & Values*.

予備校graffiti⑱

「死」と向き合い、「詩」と向き合う医師S君

医学部を卒業し、研修を終えたS君が所属したのは大学病院の救急外来科でした。

何年ぶりかに会った時のことです。以前の優しいS君との再会を予想していた私は、待ち合わせた郊外の駅の夜の闇から、革ジャンを着て鋭い眼光で現われた彼の姿に息を呑まされました。以前とは見違えるように鋭利で逞しくなった姿は、病院で日々体を張って働く彼を雄弁に物語るものでした。その後S君と会った時にも、話がこれからという時に突然on callのベルが鳴り、私に詫びながら駆け足で病院に戻ってゆく彼の姿は力強く胸を打つものでした。

S君は浪人時代から文学や思想関係の本に親しみ、大学時代にはドストエフスキイ研究会に参加を続け、自らの挿絵を付した詩集も自費出版するなど、将来は優しいユニークな医師になることを予想させました。事実彼は、その後も専門の仕事の傍ら詩集を更に二冊出版するなど、その感性の豊かさは変わらず、否、むしろ一層研ぎ澄まされたと

言うべきでしょう。そのS君が医師となって大きく変貌を遂げた理由を、彼が救急外来を専門としたこと以外にも、ここで改めて考えてみたいのですが、そのためにもS君が紡ぎ出す詩的言語の世界を見ておく必要があると思います。彼の処女詩集の中にある詩で、私の最も好きな詩を以下に紹介します。

傷ついた野花のように

ぼくらは夕が訪れると
　野にたち
詫びなければならない
　傷ついた野花のように。

むなもとはつめたく
　てあしがさめざめとこごえても
てを胸におしいだいて
　すべてに詫びなければならない。

ぼくらがまた朝がきたとき
　あたらしい命をもらうために。
あたらしくめざめ
　そしてあたらしく涙を流すために。

だからぼくたちは夕が訪れると
　野にたち
すべてに詫びなければならない
　傷ついた野花のように。

『風のめざめに』（1999）

「すべてに詫びなければならない」──出版から既に二十年が経っていますが、今も私には、ここにS君が歩んできた道と、これから歩むであろう道、その思索と生の核となるものが既に的確に言い表わされているように思われます。これがS君の心の原風景であり、彼が愛読するドストエフスキイ世界の正に核となる問題でもある──S君の変貌は、救急医療の仕事に打ち込んだことと共に、このドストエフスキイ的原風景が、彼の内でより鮮明なものとなっていったことが原因ではないかと思います。

冒頭に戻ります。S君が久しぶりに私に会いに来たのは、彼が感じている喫緊の課題について話をするためでした。救急外来の医師として彼が直面したのは、幼い子供たちの命がいとも簡単に次々とこの世から奪い去られてゆく現実でした。この現実を前にして彼は大きな問いにとらえられたのです。死とは何なのか？　人間は何故生きるのか？　そもそも人間とは、世界とは何なのか？　これらの事を正面から考えることのないまま、自分はこのまま医師としての仕事を続けていってよいのか？——医師として人間として、これらの根本的な問いの前に立たされたS君は、一時休職をして改めて文系の大学に入り直し、ゆっくりと考える時間を持ちたいと言うのです。「死」と向き合い、「詩」と向き合う生。私に反対する理由は何もありませんでした。

その後S君が選んだ道は、救急外来での仕事をアルバイト扱いにしてもらい、ここで最低限の生活費と学費を稼ぎ、或る大学の文学部に入り直し、思想・文学・詩を学ぶという道でした。その後彼は大学での勉強を終えるとアメリカに渡り、大学院で医学の勉強と思索を続け、帰国後は以前と同じく救急外来の仕事を続けながら、新たに大学院に進んで詩学を専攻するに至ったのでした。

救急病棟で次々と幼くして命を落とす子供たち——S君はこの子たちを前にして、「死」について改めて本気で考え、新たに「詩」と向き合わねばと思い立ったのでした。今回冒頭に紹介したE君の場合もまた、戦禍に遭った幼な子が苦しむ姿とその涙を偶然テレビで目にしたことが、彼を二十年以上にわたる海外生活へと駆り立てたのでした。

更に前回、音楽に関わる人たちを紹介した中で、ピアノ調律師のP君もまた、家庭内で罪もない子供が次々と親の暴力の犠牲となってゆく現実に、この世界の根底に響く「不協和音」を聴き取ったのでした。彼ら三人は皆、この世界で日々大人の犠牲となって死んでゆく罪なき幼な子たちの涙と苦しみに目と心を釘付けにさせられたのです。（この後で紹介する⑲（B）・（C）のF君とYさんの場合も、ほぼ同じ状況にあると言えるでしょう）。

注目すべきは、三人の意識が図らずも向かったのが、彼らの愛読する『カラマーゾフの兄弟』だったことです。この世界に登場するカラマーゾフ家の次男イワンとは、この世界で罪なくして涙する幼な子たちを凝視し、そこから神を激しく弾劾し否定する叛逆の思想青年です。この作品は、このイワンの激しい怒りと悲しみを縦糸として、人間と世界と歴史の究極が善であるのか否か？　神は存在するのか否か？　キリストの愛は究極有効なのか否か？　そして死を超えた永遠の生命はあるのか否か？——これらのことを厳しく問う作品なのです。

そしてこの『カラマーゾフの兄弟』において、イワンとは対照的に、人間の苦しみや悲しみに寄り添い、その苦しみや悲しみが究極は浄化され癒され、遂には喜びに変えられることを説く聖者、その喜びの源泉としての神とキリストの愛を説く存在がゾシマ長老です。この信と愛の人ゾシマ長老は、「人間の一人ひとりが愛によって全世界を獲得し、世界の罪を自身の涙で洗い浄めることが可能となる」ための唯一絶対の条件とは、「一人ひとりが地上のあらゆる人たち、全ての人間に対して罪を負うていることを自覚することだ」とするのです。恐らくはこれが『カラマーゾフの兄弟』の、そしてドストエフスキイの最深奥にある思想の一つだと考えてよいでしょう。

　　だからぼくたちは夕が訪れると
　　　野にたち
　　すべてに詫びなければならない
　　　傷ついた野花のように。

二十年前このように詠ったS君が、その後救急病棟で罪なき幼な子たちの涙と苦しみと死に向き合い、更には医師としての仕事と共に続ける大学院での詩学の研究の中から、如何なる思いに至り、如何なる言葉を紡ぐに至るのか？ 私は緊張感をもって彼の歩みを見つめています。そして改めて『カラマーゾフの兄弟』の世界について、イワンについて、またゾシマ長老について、彼とじっくり話し合う時が来ることを待っています。その時にもまた on call の電話が鳴るかもしれません。しかしそのことで我々の対話が途絶えることはあり得ないでしょう。

予備校 graffiti ⑲

医学生がぶつかる様々な「壁」

私は長い間河合塾で医学系のクラスを担当し、麹町校では国立系の医学進学コースを担当してきました（2019年度で退職しました）。人間の命に直接最も近いところで仕事をするのが医師ですが、医学部を志望する生徒さんたちの中には、家庭や出身高校やそれらを包む時代そのものの影響で、偏差値重視の勉強に追われ、人間と世界と歴史が抱える問題について殆ど考えることもせず、二十歳近くまできてしまった人たちが少なくありません。そして残念ながら、この偏差値重視の価値観の延長線上で、専ら社会的名声や金銭的報酬や享楽的生活に向かう人たちも決して少なくはないのです。

私の両親は相次いで重い病に罹り、或る大学病院で延べ十年、十人近くの先生方に診ていただきました。しかしこれら全期間を通じて、私が親の命を預けてよかったと思える先生とは、飽く迄も主観的な感想ですが、二人しか出会えませんでした。病んだ肉体の奥にある魂、ここにまで目を向ける医師は少ないのだと看病の日々痛感させられざるを得ませんでした。

しかしその一方で、今でも感謝の心と共に懐かしく思い出される先生が二人はいて下さったことは事実であり、私が予備校で出会う医師志望の生徒さんたちの中にも、もし自分が重篤な病に侵されてしまったら、命を預けてもいいなと感じる若者、伸びやかで明るい心を持った人たちも決して少なくはありません。今回は、先に紹介したS君に加えて、医学の道に進んだ生徒さんたちの中でも、皆さんに様々に考えるテーマを提供してくれると思われる人たちを四人ほど紹介したいと思います。スペースが許せば更に多くの人たちも紹介したいのですが、今回は「壁を越える」というテーマの下、四人の医学生がぶつかった問題を記したいと思います。

(A)「誤魔化し」を超えて

Gさんは或る私立大学の経済学部を卒業後、数年の社会生活を経て河合塾に入りました。最前列に座り、真剣で鋭い目が注意を引く女生徒さんでした。「この子は本気だな!」。しかし英語の実践力の素晴らしさとは逆に、英文読解と数学の二教科は力不足で、模試の結果は芳しくなく、長いこと憂鬱な日々が続きました。

ところが驚いたことにGさんは、私が語学学習の基本的要素として、まず［名詞的要素］と（形容詞的要素）と〈副詞的要素〉を、「三つのカッコ」として徹底的に自覚させることに強い関心を抱き、ここから改めて英語学習を組み立て直したのです。一年間、Gさんのテキストは英文分析のための「三つのカッコ」で埋め尽くされることになります。

大学への再受験には年齢による頭脳の衰えという壁があるとよく言われます。しかし私は二十代の後半、実は人間の頭脳の働きは質的に深まっていて、その壁は必ずしも決定的な障害ではないと思っています。Gさんは「三つのカッコ」の原理的な重要性を理解することで、それまで自分が誤魔化してきた勉強法の一切を清算させるに至りました。この延長線上に、数学でも独自の勉強法を編み出したようです。頭脳の働きというものは、遠回りの道を歩んだとしても一度目的が明確に定まるや、俄然活発化し始めるのだと思います。

この姿勢を支えたのは、Gさんの過去の「誤魔化し」への厳しい反省でした。

「先生、私の出た大学は世間的には一応名門とされ、その名前だけで社会は或る程度誤魔化せます。出身閥も強いのです。だからでしょう。ここでは多くの学生がろくに勉強もせずに遊びまくり、私も勉強などしませんでした。でも社会へ出てからハッとしました。この延長線上で生活を続けていったら、私は人生そのものを誤魔化し続けて終わることになる、と」

「誤魔化し」の自覚と、「基本原理」への立ち帰り――この二つに立脚し、質問を待つ間にコンビニで買ったおむすびを頬張りながら、また秋以降は焦りとプレッシャーで涙を流しながら、Gさんは一年間の受験生活を一気に駆け抜けたのでした。Gさんのその後の消息は聞きません。しかし彼女はきっと患者さんに「誤魔化し」なく病と、またそれぞれが抱える壁と向き合うべき「基本原理」を工夫してあげる、真の意味での厳しく優しい医師になっているに違いありません。

(B)「国境」を越えて

F君は某私立大学の商学部を卒業後、社会に出ました。ところがたまたま旅行に出かけたアフリカで、あまりにも多くの子供たちが貧困と病気と戦乱に苦しまされ、そしていとも容易にこの世から消え去ってゆく光景を目の当たりにし、自分は今までなんと能天気な生活を送っていたのかと愕然とさせられ、自分の人生をこの子たちのために役立たせたいと医学部を志望するに至ったのでした。

Gさんと同じく、F君も文系出身でした。彼も医学部への受験準備に当たって、最初の頃は理系科目に苦しまされ続けました。これも「年齢の壁」と言われるものかもしれません。しかしF君の場合もモチベーションの高さと、年齢に比例した思索力の深化と、理系の先生方の的確な方向づけと、本人の努力という要素が上手く重なり合うことで、この「壁」は見事に打ち破られました。次第次第に力がついていった二学期のことです。F君は或る時私に言いました。

「先生、僕は数学と物理と化学がこんなに面白い科目だとは知りませんでした！ もし高校の先生方がもう少し興味深い授業をしていてくれたならば……などと思う時もあります。しかし僕自身が能天気な阿呆高校生だったことを棚に上げて、こんな仮定法を使っているようでは駄目ですよね。今を頑張ります！」

「先生、最近僕は数学科とか物理学科に行くのもいいなと思い始めています。けれどもこの二つの分野には、医学部志望の人たちよりももっと優秀な学生たちが来るそうなので無理だろうな。だけど、そうだからこそ興味も闘志も湧くな！」

私は答えに窮しました。「君の好きにしなさい」。こう言うしかありませんでした。

彼の内には「火」がついて、そこから次々と生命力・好奇心・探求心が燃え上がってくるのが手に取るように分りました。年齢の壁ばかりか文系・理系の壁も、また高校時代までの不勉強という壁も、決して決定的な障害ではないのです。

彼はドストエフスキイにも強い関心を示し始めました。英語の質問が終わると、『罪と罰』や『カラマーゾフの兄弟』が何を扱った作品なのか、そこに病人や苦しむ子供たちや医師は登場するのか等々、様々な質問をしてくるのです。（勿論、登場します）。しかし私は、今はこの世界にまでは手を出さぬよう強く押し留め、その代わりに将来、ドストエフスキイを愛読する医師となってくれるよう頼んだのでした。

F君の新たな出発は三十代半ばを過ぎてからのことで、もうその年齢になっているはずです。希望通り「国境なき医師団」に加わり、アフリカで子供たちのために湧き上がる生命力と好奇心と探求心、そして強い使命感を持って働いてくれているに違いありません。Gさんと同じく、その後彼からの連絡はありません。しかし私は気にしていません。予備校とは「通過点」に過ぎません。この「通過点」をF君もGさんも見事に駆け抜けてくれたのです。その間に私たちの信頼関係も確かに築かれた以上、その後の音信不通を気にする必要がどこにあるでしょう。

(C) 友人二人の「死」を超えて

数年前、授業の後で一瞬私をたじろがせる質問を投げてきたのがYさんでした。

「先生は、人間が死んだ後の「永遠の生命」があると思われますか?」

「神はあるのか?」「不死は存在するのか?」——これら二つの問い、「神と不死」の問題を核として展開するのがドストエフスキイ世界です（この問題は「余録④」でも改めて記します）。私は授業の場でドストエフスキイについて話題とすることはあっても、これら二つの問いにまで立ち入って言及することは、まずしません。ところがYさんは、私がドストエフスキイを学び、死を超えた「永遠の生命」をテーマとしていることを語った数少ないクラスの生徒さんだったのです。そしてYさんは或る時、この問いを私にぶつけ返してきたのでした。

私の目を正面から見据えて質問をするYさんに、答えをはぐらかすことは出来ません。私は答えました。――「ある！と思います」

私の前にいるYさんは医学部を目指して猛勉強中の浪人生です。たとえこの問題・対話が如何に重要なものであろうとも、F君の場合と同様、この時私はこの問題についてこれ以上語ることは控えました。Yさんもそこで立ち止りました。

新たな対話が始まったのは二年後のことです。医学部入学を果たしてから更に一年が経ち、二年次の医学生となったYさんが後輩と一緒に予備校を訪ねてくれたのです。私はYさんから、この問いを発するに至った経緯を改めて教えられることになりました。以下にそれを記させていただこうと思います。（ご本人からも、皆さんの参考になるのでしたらと了承を得ています）。ここにあるのは人間の生と死について、若いYさんの心の内に如何なる思いと問いが生じたかについての、実に平明かつ素直な述懐です。きっと皆さんも同様の体験や思いをしたことを思い出されるに違いありません。

Yさんが初めて「人の死」を実感したのは小学校一年生の時でした。同級生の男の子A君が川で溺死してしまったのです。「同じ歳の同じ学校に通う子が、こんなにもあっけなくこの世からいなくなってしまうものなのか?!」

衝撃の中で翌日、皆で黙禱を捧げた時、Yさんは「何を祈ればよいのか?」、このことが分からず、ただ茫然としていたそうです。

Yさんが進学したのは中高一貫のミッションスクールでした。ここでは聖書を読むことが日課とされていました。「人は各々使命を持って生まれ、生きている」――こう教えられるにつけ、Yさんの心に浮かんできたのは次のような問いでした。

「A君の人生にも何か意味があったのだろうか?」
「A君が担っていた使命とは何だったのだろうか?」

このような問いと共にYさんは考えたのでした。

「A君の人生には、まだまだこれから様々な歩みがあっただろう。そのA君の人生について、生き残った自分たちが勝手に意味付けをしたり、天国にいるのだと都合よく解釈をしたりするのは、おかしいのではないか?」

「人は死んだらおしまいで、後は何もないのではないか?」


解けない様々な問題を抱えたまま浪人生活に入ったYさんは、たまたまドストエフスキイについて、そして死を超えた「永遠の生命」について語った私に、先のような質問をぶつけたのです。私が返した「ある！ と思います」という答えは、Yさんにとって「前代未聞のもの」だったそうです。しかし浪人生活という制約の中で、私の答えに驚かされつつも、またドストエフスキイの世界に興味を引かれつつも、Yさんは更に詳しいことは受験が終わった後でと心に決めたのでした。


話はそれから後、もう一段複雑で悲劇的なものとなります。

大学合格の直後Yさんが知らされたのは、幼馴染のBさんが自死していたという事実でした。Yさんと同じくBさんも医学部を目指していました。ところが様々な問題から、彼女は人生を断念してしまったのです。周囲の人たちの配慮で、この事実は受験の終了までYさんに隠しておかれたのでした。

幼馴染の自死。Yさんは一層真剣に以前の問いに向かうことになります。


「死を超えた永遠の生命とは何だろう?」

「そもそもそれは存在するのだろうか?」


毎年私は最後の授業の際に、若者が二十代に是非読んで欲しい本を数十冊、「推薦図書」として紹介するのですが、それらも含めてYさんは大学入学後、様々な本と取り組んだのでした。私が推薦する本の中には『カラマーゾフの兄弟』もあり、亡き二人の友人たちと向き合う彼女はこの作品に焦点を絞り、その核となるテーマ、死を超えた「永遠の生命」について考え続けたと言います。

このような流れの中で、浪人時代から二年後、Yさんは再び予備校を訪れ、死を超えた「永遠の生命」について私に改めて問いかけることになったのです。私の答えは同じでした。Yさんはこの答えを持ち帰り、改めて考え続けたいと帰ってゆきました。

日本国内とはいえ、東京からは離れた土地の国立大学で医学を学ぶYさんは、オーストラリアに暮らすE君と同じく、私との対話の手段はパソコンでのメール交換が主なものです。私自身ライフワークだった『カラマーゾフの兄弟』論を書き上げてからは、重いテーマの論考にせよエッセイにせよ、全て自分が所属する河合文化教育研究所のHPに「ドストエフスキイ研究会便り」として掲載していただいています（この「予備校 graffiti」もその中の一コーナーです）。ドストエフスキイ研究会の旧来のメンバーとの対話も、パソコンでのメール交換を大いに利用しています（最近は Zoom も）。これらの方法が面と向かってのゼミに加えて、新しい時代の新しい意思伝達の手段として、また新しい「教育」の手段としてどこまで有効であるのか、色々と試みてみようと思っています。

Yさんとの対話は、これからもこのような形で続いてゆくのでしょう。E君が「ドストエフスキイ大学・カラマーゾフ学部・スメルジャコフ学科」に属するたった一人の学生であるとすれば、Yさんは、さしずめ「ドストエフスキイ大学・カラマーゾフ学部・永遠の生命学科」のたった一人の生徒さんということになるのでしょうか。

あまりにも早くあまりにも突然この世を去ってしまった二人の友人について、やがてYさんがどのような思索を展開し、どのような鎮魂歌を捧げることになるのか？　同時に医師としてのYさんが、これから如何に様々な病や死と向き合うことになるのか？　——その長い旅はまだ始まったばかりです。Yさんの報告を待ちたいと思います。私自身も、E君やS君やYさんを始めとして、なお交流が続く若者たちのその後の成長について、更に詳しく報告の出来る日が来ることを楽しみにしています。

(D)「受験」を超えて
—星野富弘さんとの出会い—

最近の春のことです。私が担当していたクラスの同級生同士で、或る国立大学の医学部に揃って合格したM君とN君が麴町校舎に私を訪ねてくれました。二人は合格の報告をすると共に、合格の原因の一つが私の紹介した星野富弘さんの詩画だったことを知らせに来てくれたのです。予備校には「問題の的中！」という栄誉の言葉がありますが、私の長い経験の中でも、これは珍しい合格報告でした。

二人によると、医学部の二次試験の面接の際に星野富弘さんの詩画が渡され、それを基に話が進められたというのです。予備校で星野さんの世界に親しんでいた彼らは共に「アッ！」と思ったそうです。

私は授業の際に補助教材としてプリントを一枚ずつ配布

するのですが、一学期にはそのプリント右上に生じる小さな余白を利用して、星野富弘さんの詩画を一つずつ紹介することにしています（二学期はフェルメールの絵画です）。これは或る生徒さんの「提案」によるものです（「先生、プリントに短い詩か写真でも載せてくれれば、俺、授業中に眠らないですむだろうにな！」）。私はニヤッとして、この居眠り腕白坊やの提案を受け容れました。しかし一学期最初の講義の際に一度だけ星野さんのことを簡単に紹介しておき、あとは原則的に一切説明をしません。――「もし皆さんが疲れたら、或いは授業がキツかったら、眠るのもいいですが、出来れば暫く星野さんと向き合っていなさい」。星野さんの絵画と詩は素晴らしいもので、たとえ小さな白黒のコピーでも一分間向き合いさえすれば、そこにあるメッセージは十分に伝わってくるのです。

ご存知のように星野富弘さんは大学卒業後、或る中学校に体育教師として赴任した直後、模範試技の最中に首の骨を折ってしまい、半身不随の身になってしまいました。この状況自体は半世紀近くが経った今でも変わりません。手も足も動かせず、自死さえ叶わぬ身体。地獄の苦しみの中で、お母さんを始めとするご家族の愛に支えられ、やがて星野さんが始めたこととは、お見舞いにいただいた草花の素晴らしさをスケッチし、それに言葉を添え、感謝の印と生きる証にすることでした。お母さんに絵筆を口にくわえさせてもらい、絵の具を溶いてもらい、少しずつ少しずつ星野さんは目の前の草花の美を写し取っていったのです。やがて表われ出たのは、今我々が目にするあの驚くべき美しい詩画の世界でした。著作権上からも、ここに絵画を掲載することは出来ませんから、その詩を三つだけ「引用」の形で紹介させていただきます。

なのはな（1975）

私の首のように
茎が簡単に折れてしまった
しかし菜の花はそこから芽を出し
花を咲かせた
私もこの花と
同じ水を飲んでいる
同じ光を受けている
強い茎になろう

れんぎょう（1976）

わたしは傷を持っている

でもその傷のところから
あなたのやさしさがしみてくる

なずな（1979）

神様がたった一度だけ
この腕を動かして下さるとしたら
母の肩をたたかせてもらおう
風に揺れる
ぺんぺん草の実を見ていたら
そんな日が
本当に来るような気がした

『四季抄　風の旅』（立風書房、1982）

面接試験の場でM君とN君は星野さんの詩画を目にした時、思わず心の内で「アッ！」と叫んだと言います。面接官から何を聞かれても、自信を持って何か言葉が出てくるだろう！——二人の心の内にこの瞬間、辛い受験生活への終わりを告げる幸運を直観した喜びがあったことは否定出来ないでしょう。しかしM君もN君もただ問題的中の幸運を予備校講師に報告するために、遠路はるばると駆け付けたのではありません。二人は何よりも浪人時代に星野さんの世界に触れた感動と喜びを伝えようと、そしてその星野さんに大学受験の場で出会った時の驚きと喜びを伝えようと、私を訪ねて来てくれたのです。

星野さんの「傷」を通して沁みてきた「やさしさ」とは何であったのかを知り、その「やさしさ」をもって病に苦しむ人たちの傍らに寄り添う医師となり得るのは、M君やN君のような若者たちでしょう。

予備校graffiti ⑳

日土水《ひとみ》君の「靴屋」の哲学

今回は「日土水」君について紹介したいのですが、まずはこれがA君の「名前」であることを説明する必要があるでしょう。彼は「日土水」、つまり「ひとみ」という名で、彼のお父さんがつけて下さったものです。ここに紹介する人たちは皆、原則的にその姓か名をイニシャルで記しているのですが、A君の場合は「日土水《ひとみ》」という名前そのものを紹介したいので、例外とさせてもらいます。

様々な名前に触れてきた私ですが、初めて「日土水《ひとみ》」という名前を知った時は新鮮な驚きを禁じ得ませんでした。更に日土水君が哲学志望であると聞かされた時、私は咄嗟に万物の根源を水とし、日食を予言したと言われるギリシャの哲学者タレースを思い、名前が導く「天職」があるのかと、またも驚きを禁じ得ませんでした。驚きと感動の連続、それが日土水君との付き合いです。

日土水君が進学したのは、京都の或る私立大学でした。私は彼が古都の落ち着いた環境の中で、さぞ充実した思索生活を送っているのだろうと想像していました。ところが数年後に帰京した彼は、なんと卒業後は靴職人になると言うのです。またも驚かされました。しかし動機は如何にも日土水君らしいものでした。

京都から離れ、或る田舎を旅していた時のことだそうです。通りかかった靴屋さんをふと覗いて、そこに置かれた一足の靴に目が留まった時、突然日土水君の心にその靴の美が飛び込んできたと言うのです。

「この美とは何なのか?」

「この美を追いかけてその本質を知ることこそ、自分が求めようとしている哲学ではないのか?」

それから何年かが経って、私の許を訪ねてくれた日土水君は、またも私を驚かせ感動させたのでした。靴職人としての修業を続ける中で、彼は新たに「義足」作りにも乗り出したと言うのです。周知の如く、世界中で繰り広げられる戦争や内戦の後に残されるのは恐るべき数の地雷です。正に今この瞬間にも、子供たちを始めとして数多くの罪なき人たちの命が奪われ、足が吹き飛ばされ、この人たちは生涯にわたる苦しみを負わされるのです。日土水君は、この人たちがもう一度自分の足で立ち、そして大地を踏みしめて歩けるような義足を作ろうと心に決めたのでした。

「義」という言葉は「義足」に用いられる場合、「実物の代用をするもの」という意味を表わします（『広辞苑』第五版、岩波書店）。しかし「義」の本来の意味は「道理。条理。物事の理にかなったこと。人間の行うべきすじみち」、更には「利害をすてて条理にしたがい、人道のためにつくすこと」とされます（同上）。日土水君が選び取った「義足」作りの道とは、哲学を学ぶ青年が選び取る、およそ考え得る限りで最も常識からは遠い、しかし何よりも「理にかなった」道だと言えるのではないでしょうか。

「真理」を探究する哲学から、靴の「美」の追求へ。更に足を失い、人生を失いかけた人たちのための新たな足、「義足」の制作へ——「真理」と「美」と「義」。ここには今まで日土水君が歩いてきた青春と、その哲学的思索の足跡の全てがこの上なく平明かつ見事に刻まれているように思われます。彼は「哲学」というものが、ただ単に形而上学的・抽象的思弁の業ではなく、この現実世界で具体的な生を持ち、「哲学」する人間を「利害をすてて条理にしたがい、人道のためにつくす」という倫理的行為にまで行き着かせるものであることを見事に示してくれたのです。

先日の便りでは、友人と立ち上げた小さな靴工房は十五年が経ちましたが、少なからぬ苦労が続くようです。しかし彼は決して愚痴をこぼしません。自らの未熟さを見つめ、絶えず努力を続け、家族を大切に守る日土水君。彼が製作した靴を、そして義足を履ける人はなんと幸せなことでしょう。普段は量販店の靴しか履かない無粋な私も、人生の最後の一歩、そして死を超えた「永遠の生命」への第一歩は、日土水君に作ってもらった靴で明るく晴々と踏み出させてもらおうと思っています。

《付》

「靴職人」ということでは、ここで「ヤコブ・ベーメ」(神秘主義思想家、1575~1624)を紹介しておきたいと思います。十六世紀から十七世紀にかけてのドイツ、戦乱と病に満ちた悲惨な時代を生きた人ですが、1600年、ベーメは太陽の光によって錫の容器が突然輝き出すのを見て「一切」を悟り、その神秘体験を長い時間をかけて考察した末に、『黎明(アウローラ)』(1612)という一冊の本に結晶させます。しかし当時の宗教界は彼を異端者と見なし、死に至るまで彼を迫害し続けたのでした。

生涯を靴職人として通したベーメは、ヘーゲルを始めとして祖国ドイツばかりか、ロシアを含む西欧の哲学・宗教・芸術に、また京大哲学科の西田幾多郎や西谷啓治を始めとして、日本の哲学・思想界にも計り知れない影響を及ぼし続けています。

私はこのベーメについて、友人の岡部雄三君とその師南原実先生に実に多くのことを教えていただきました。岡部君も南原先生も、ベーメと共にドストエフスキイをこよなく愛していました。今は亡きお二人の学恩に報いるためにも、ベーメとドストエフスキイ両者の宗教思想の素晴らしさとその響き合い、殊に二人が成し遂げた聖書解釈、中でもそのイエス理解の独自性を少しでも明らかにし、将来の若者たちの思索のために何らかの指針を残しておきたいと思っています。

日土水君がベーメと同じ「靴職人」となったこと、私はこのことに実に不思議な縁を感じています。岡部君も南原先生も日土水君のことを知ったならば、さぞ喜んだことでしょう。残念ながらその機会はありませんでした。しかしお二人は日土水君と私との間に、ベーメとドストエフスキイとを介して、新しい「何か」をもたらしてくれることでしょう。

予備校graffiti㉑
「刀剣修業」の道に入ったM君

M君は大学時代を通じて、休むことなくドストエフスキイ研究会に出席し続けました。

彼の認識のパターンとは、自らも言うように、対象を直ちにズバリ捉えるというよりは、ゆっくりとゆっくりと噛み砕いてゆき、着実に自分のものとしてゆくところに特徴があります。禅宗の世界で言う「頓悟《とんご》」の人と言うよりは、正に「漸悟《ぜんご》」の型に属するのだと思います。ドストエフスキイとの取り組みにおいても、M君は或る一つの問題を理解するために相当の時間を必要とするのでした。しかしひとたび理解してしまうと、それは確実に彼の血となり肉となり、次の問題を考えるための動かぬ土台となっているのです。本人は「僕、鈍いですから」と言うのですが、その思考のプロセスを傍らから見ていて私は、この青年が将来ドストエフスキイ世界と聖書世界とをどのように組み立ててゆくのか、非常に興味を抱かされるのでした。大学での勉強も恐らくはこの型で着実に身につけていったのでしょう。自らを「鈍い」と言うM君は、最終的には所属する学部で首席の座を獲得してしまいました。

このM君が大学を卒業するや選んだのは、なんと「刀剣修行」の道でした。彼のお父さんがこの道の先達で、高名な刀剣師であることは私も知っていました。しかしM君自身からは、この道に入るとは聞かされていなかったため、最初は少なからず驚かされました。しかし間もなく私は、この決断が如何にもM君らしいものだと思うに至りました。今までのドストエフスキイ研究会での姿を思い合わせてみても、「刀剣」の道でじっくり、ゆっくりと修業を積むM君、長い時間をかけて鉄を鍛え上げる彼の姿は、何ら奇異なものを感じさせないのです。むしろここには極めて自然なものがあり、私は彼が新しい「何か」を創り上げるだろうことを確信しました。

間もなく偶然、我々二人は東京駅で出会いました。M君はお父さんから紹介された師の許で修業をするため、関西に出発するところだったのです。「ドストエフスキイを読む刀剣師となって、素晴らしい作品を創るんだぞ！」。彼と別れの握手を交わしながら、私はこう励ましたのを覚えています。

ところがその後間もなくのこと、恐らく半年も経たない内だったと思います。M君から「家に帰った」との知らせが来ました。彼は「師」が要求し期待する「弟子」ではなかったようです。ドストエフスキイ研究会の四年間で私が見た彼の姿、つまり対象をじっくり、ゆっくりと自分のものとしてゆく彼独自のペースは、「師」の要求するペースではなかったのかもしれない、私はこのように推察をしたのでした。

新たにお父さんを「師」とするM君の修業が始まりました。それから十年以上が経ちます。時おり寄せられる便りからは、お父さんの許でゆっくり、着実に修業を積むM君の姿が目に浮かんできます。

一人の人間が一人前になることは容易なことでなく、そのために必要とされる時間と苦労は並大抵のものではありません。M君はその大変な「修業」を、我々の目の前でごく自然に行証してくれているように思われます。自らを「鈍い」とまで言う彼独自のゆっくりとした学びのペースや、彼がその許での修業に赴いた師との関係など、プライヴァシーに属することも敢えて記し、ここに日土水君と共にM君を紹介したのは、たっぷりと時間をかけ、師の許で己を無にして修業を積むこと、ここから職人になるという道が我々には存在すること、あらゆることが定式化・マニュアル化され、「促成栽培」がもてはやされる現代社会において、実はこれは最も古典的で、しかも最先端をゆく自己完成への道の一つであり、長い試行錯誤に値する困難ではあれ魅力的な選択肢であることを知って欲しいからです。

私は以前『ゴルゴタへの道』という本で親鸞について論じた際、鎌倉時代に時代の前面に登場した武士たちと親鸞に関して、次のように記しました。

「刀剣をもって人を殺し民衆を統治することを専門とする武家集団が政治の表舞台に躍り出た鎌倉時代。武士たちがかざす刀剣の刃と拮抗し、それをも凌ぐ鋭利さと強さを秘めたもう一つの刃がこの時代生まれたとするならば、それは親鸞が指し示した彌陀の誓願への途、「はづべしいたむべし」の自覚によって深められ鍛えられた、永遠を見つめる心眼《まなざし》とその閃きに他なるまい」

『ゴルゴタへの道』（新教出版社、２０１１）

次回の「予備校graffiti㉓」にも記しますが、私には暴力というものをどうしても容認出来ません。しかし絶対非暴力の立場を貫くことで、恐るべき暴力に満ち溢れるこの現実世界の問題をどこまで解けるのか?——ある意味で暴力の精髄とも言うべき「刀剣」作りに生涯を懸けるM君は、この問題についてどう考えるのか?私は何時の日か彼とじっくり話をしてみたいと思っています。決して彼を困らせようとか、議論のための議論を吹っ掛けようとかいうのではありません。長い大変な修業の末に刀剣の本質に誰よりも近づき、その光と闇を知るに至るであろうM君こそ、「刀剣」について、そして「刀剣を超えるもの」について語り得る、真の力と智慧とを兼ね備えた人物となるだろうと信じるからです。

予備校graffiti

余録④

今回紹介した九人もまた、ドストエフスキイ世界の核心の問題に触れている若者たちだと思います。以下にそれらを四つのテーマに分けて検討しておきましょう。

[1] 罪なき幼な子たちの涙

ドストエフスキイ後期の五大作品、『罪と罰』(1866)・『白痴』(1868)・『悪霊』(1871)・『未成年』(1875)・『カラマーゾフの兄弟』(1880)——これらの出発点である『罪と罰』に於いて、主人公ラスコーリニコフは地上の人間の歴史を振り返り、そこを支配するのはナポレオンたち少数の権力者であり、他の民衆は彼ら権力者たちの恣意と暴力によって支配され、その素材として用いられる存在でしかないとの結論に至ります。また「罪なき幼な子たちの涙」を見つめ、人間と世界とその歴史を支配する不正と不条理ゆえに、神に激しい憤りをぶつけ、更には神の存在を否定するに至るのが『カラマーゾフの兄弟』のイワンです。ドストエフスキイが描くこれら若者は、人間と世界とその歴史を支配する不義・不条理・暴力を前に、金貸しの老婆や父親を殺害することによって、その怒りと抗議を激しく表明します。しかし彼らが犯す「血の一線の踏み越え」は悲惨な末路しかもたらしません。

ラスコーリニコフやイワン、これら若き叛逆者たちに対しドストエフスキイが描くもう一つの人物像は、地上に満ちる「罪なき幼な子たちの涙」を前にして、十字架上のイエス・キリストを見つめつつ、これら不幸な存在に静かに寄り添う人々、即ち『罪と罰』のソーニャ、『カラマーゾフの兄弟』のゾシマ長老、そしてその弟子のアリョーシャたちです。そしてラスコーリニコフやイワンを絶望と破滅の底から救い出すのが、これら「実行的な愛」の人々に他なりません。ドストエフスキイ文学とは、「罪なき幼な子たちの涙」を巡り、これら「否定と肯定」「闇と光」「不信と信」の両極が激しい戦いを繰り広げる世界だと言ってよいでしょう。

E君は二十代の初め、自分の人生を「肯定」と「光」、そして「信」に懸けようと決意したのです。E君以外にも医師のS君やF君やYさん、そして前回紹介したピアノ調律師のP君が見据えているのは絶対の「肯定」と「光」であり、そして「信」に他なりません。

[2] MEMENTO MORI

中世ヨーロッパの修道院の門口には、次のような言葉が刻まれていたそうです。

MEMENTO《メメント》 MORI《モリ》　「死を忘る勿れ」

この言葉は中世の修道僧たちばかりか、ここに紹介した若者たちの胸にも強く刻み込まれていると言えるでしょう。海外で illiteracy の問題と取り組み続けるE君。救急医療のS君。アフリカの子供たちの苦しみを前にして、医学を志すに至ったF君。友人二人のあまりにも早過ぎる死を胸に刻むYさん。そして義足作りと取り組む日土水君——彼らは皆「死」との直面によって、否むしろ「死」からの呼びかけに応えて、自らの「生」を大きく変えた若者たちです。彼ら以外にも、人生の「誤魔化し」を断ち切ることを決意したGさんや、予備校で星野富弘さんの詩画と出会ったM君とN君もまた、やがて医師としての仕事を進める中で、人間の死の問題と直面することを迫られてゆくでしょう。第二回目に取り上げた「ゲップ・S君」もまた、お父さんの死を前にして、不安と悲しみと共に、心の底から湧き上がる愛情と優しさに身を震わせていたのだと思います。

死の問題を誤魔化さず、それと生涯正面から向き合い続けたのがドストエフスキイです。このことを何よりも明瞭に示すのは、『カラマーゾフの兄弟』において、イワンが弟のアリョーシャに語る次のような言葉です。

「俺もお前と同じロシアの小僧っ子だ。[中略] そういう連中が、飲み屋でわずかな時間を捉えて何を論じると思う? 他でもない、神はあるのかとか、不死は存在するのかとかいう世界的な問題なのだ」

（『カラマーゾフの兄弟』第五篇第3章）

『カラマーゾフの兄弟』のテーマとは何であるかを説明する時、私はまずこの言葉を挙げることにしています。「神はあるのか?」「不死は存在するのか?」――これらの問いに対してドストエフスキイが如何なる思索を展開し、如何なる答えを出すに至ったのか? これに関して私は、救急治療医のS君の詩「傷ついた野花のように」を紹介した際に、『カラマーゾフの兄弟』のゾシマ長老の思想を紹介しました。ゾシマによれば、我々人間の一人ひとりが万人万物一切に対して罪があることを自覚した時、我々は神とキリストの愛に気づかされ、「愛によって全世界を獲得し、世界の罪を自身の涙で洗い浄めることが可能となる」。そこに開けるのが死を超えた「永遠の生命」である――このゾシマの思想こそ、イワンが提示した問題に対してドストエフスキイが究極行き着いた結論だと言えるでしょう。

しかし「罪」とか、「神とキリストの愛」とか、「(罪を)涙で洗い浄める」とか、「永遠の生命」等々、この説明だけではドストエフスキイとキリスト教に馴染みのない人たちは、あまりにも抽象的で捉え難いと思われるに違いありません。或る意味でドストエフスキイ研究会は若い人たちと、このゾシマ長老の言葉と思想の解明に向けて、またゾシマを師とする「実行的な愛」の人アリョーシャの理解に向けて、三十余年間作業を続けてきたと言えるでしょう。私自身、祖父の死を契機に如何なる問題に触れたのか、そして如何に師との出会いに至り、ゾシマ長老やアリョーシャとの出会いに至ったのか、これらのことを後半の第二部で詳しく記そうと思います。

死を忘れず、死を超えた「永遠の生命」を求めること――MEMENTO MORIという言葉を、今回の全体を貫くテーマとして、また我々人間全てが胸に刻むべき言葉として、ここに提示しておきたいと思います。これは「予備校graffiti」の最後に、T君がぶつかった問題として改めて取り上げることになるでしょう。

[3] 医学、そして真の「行き場」の問題

今回は医学部関係の人たちが多く登場しました。その人たちの中でも、一度社会人となった後に医学部への再受験を試みたGさんとF君の場合は、自らの真の「行き場」を求めて悩む多くの人たちの参考となるのではないでしょうか。人生の途上で我々が新たな冒険に乗り出すのは至難の業です。「生活があるから」、「別の仕事には簡単に移れない

から」、「年齢が許さないから」、「夢ばかりでは生きられないから」、「自分には才能などないから」……様々な理由が我々を自ら作り上げた壁の前に引き留め、現実主義者・保守主義者にさせ、結局は人生の根本問題とは遠い所で暮らす小市民に仕立て上げてしまうのです。

医学の道は様々な点で大変です。名誉欲や権力欲や金銭欲や享楽欲に絡め取られてしまう場合も少なくありません。しかし人間の「生と死」の問題の重さに目覚めた人は、医学の道に進むことを人生の選択肢の一つとするのもよいと思います。人間の「生と死」が日々刻々と劇的に展開する場で、医療知識と技術とをギリギリにまで研ぎ澄ませつつ、真剣勝負の判断と行動、そして人間としての本質的思索を迫られる場が医療の現場です。救急医療の最前線で日々死と戦いつつ、ドストエフスキイの『カラマーゾフの兄弟』と向き合い続けているS君のことを、そしてYさんのことも改めて思い出して下さい。医療の場をただ偏差値の高さを誇るだけの人たちや、富と地位と偏差値能力に恵まれた富裕層の子弟の独占物とはさせず、志を持った人たちが、そして死の問題と正面から向き合う人たちが広く活躍する場にして欲しいと思います。

日本国内で「先生《ドクター》」として崇められ、とかく小成に甘んじてしまう医師たちが多い現実に対して、目と心とを大きく開き海外での医療活動に従事する典型的な「医師《ドクター》」として、パキスタンとアフガニスタンで長い間医療活動を続けてこられた中村哲さんをここに紹介させていただきたいと思います。※先生は河合塾にもしばしば「エンリッチ講座」のために来て下さっていて、その講演の一つが河合文化教育研究所から出版されています（『ペシャワールからの報告』、河合文化教育研究所、１９９０）。西洋社会と日本が如何に暴力的で醜悪な文明化・近代化を推し進めてきたか、そのしわ寄せが如何なる悲劇をアフガニスタンにもたらしたか。また医師とはそもそも如何にあるべきか――これらのことが、この小冊子には鋭く的確に語り尽くされています。医師志望の人も、そうでない人も、人間と世界と歴史を知るために、また自らの生の真の「行き場」とは何であり、またどこにあるかを考えるためにも、若い皆さんに是非一読をお勧めします。

ところで中村先生によれば、はるばると先生の許を訪ねて心から感激し、自分も医師になった暁にはペシャワールに戻って来ますと誓って帰った医学生の中で、実際に日本を離れて来てくれた人は殆どいないのだそうです。ここからも日本の医療の現実が垣間見られます。

※中村哲先生と星野富弘さんが私の最も尊敬する現代の

日本人ですが、中村先生は私がこの文章を書いた年（2019）の暮、現地で凶弾に倒れてしまわれました。
心から哀悼の意を表わさせていただきます。

[4] 職人の道

最後になりますが、今回私の心を強く引きつけたのは、M君と日土水君が歩む「職人」への道です。改めて振り返ると、今まで私がこの「予備校graffiti」に紹介してきた人たちの多くは、旧い自分を捨て、新しい目的と課題に向けて困難な勉強を開始した「修業者」、或いは「求道者」であることを基準として選んだように思います。そしてこれらの基準は、いわゆる「職人」と呼ばれる人たちの定義とも通じるように思われるのです。今記した医学部生も、学部でなされる六年間の勉強の最後には国家医師試験があり、その後には五年間の研修医時代を送らねばならず、更にその後も大学院に進んだり、現場でなお厳しい訓練を続けねばならない点で、医学の世界で「職人」の道を歩む人たちだとも言えるでしょう。M君と日土水君の二人もまた、その道の先達たる師の許に弟子入りをし、そこで正にプロの「職人」となるべく長く辛い修業の道に踏み込んだ若者たちであり、私は彼らもまた「修業者」・「求道者」の系譜に連なる人たちだと思うのです。

『カラマーゾフの兄弟』においても、末弟のアリョーシャはイエス・キリストの呼び声に応えるべく、高等中学校を中退してモスクワを去り、故郷にある修道院で「沈黙と禁欲と祈り」の内に「キリストの御姿」を守るゾシマ長老の許に弟子入りをします。そもそもこのゾシマ長老とはその呼び名が示すように、「長老制度」の継承者に他ならず、俗世の生活を捨て、自己を捨て、たとえ世の果てに赴けと命じられても進んで世の果てまで赴こうという絶対捨身の姿勢を貫き、その師たる長老の許で修業を積んだ人だったのです。

「職人」の問題、「師」と「弟子」の問題、「絶対捨身」・「自己無化」の問題、更には「求道」や「出家」や「修業」の問題、そして人間の真の「行き場」の問題等々——これらは「ロシアの小僧っ子」アリョーシャやゾシマ長老だけに固有の問題ではなく、人間である限り誰もが一度は真剣に考えるに値する問題であり、また何故か不思議な魅力を持つ言葉でもあると思われます。私はドストエフスキイ研究会もまた、広くはこのような磁場の内にあると考えています。そしてこの問題が正に第二部の主要テーマとなるでしょう。

小出次雄 画

前回と同じく今回のデッサンもまた、恐らく1930年代、小出先生三十代の作品と推測されます。創作の正確な日付は不明ですが、日本が強権的軍国主義化への道を推し進め、中国大陸への進出を図る時代を背景としてこのデッサンと対する時、今までの三作とは違った形で、ここには青春の相貌が時代そのものを背負って激しく鋭く迫ってくるのを感じざるを得ません。更に今まで我々が何度も扱って来た『夏象冬記』以降のドストエフスキイの創作について、また福沢の「国際交際の病」に関する厳しい認識について思いを馳せる時、このデッサンが示す激しい相貌は更に深い奥行きを持って迫るように思われ、絵画というものが背負う時代について考えざるを得ません。

予備校 graffiti《グラフィーティ》

私が出会った青春（五）

予備校graffiti㉒

K君の三つの「旅」

はじめに

今回はいつもよりスペースを多く取り、K君が今まで歩んできた道について、三つの「旅」に分けて記したいと思います。これらから我々が学ばされることは少なくないでしょう。

K君は私が週一回担当をしていた高三クラスの生徒さんでした。頭脳の聡明さと性格の明るさに加えて、彼が私に強い印象を与えたのは、その年（１９８９）浪人生を対象として八回にわたり開かれた「エンリッチ講座―ドストエフスキイ『夏象冬記』を読む―」に、高校生としてただ一人ほぼ全回出席をし、講義後の質疑応答でも積極的に発言を繰り返したことでした。群を抜いて生命力と探求心に溢れた高校生だったのです。

１９８９年とはフランス革命から２００年、様々な点で現代史の大転換点だったと言えるでしょう。ドストエフスキイの国ソビエトでは、１９８０年代半ばからゴルバチョフ大統領による改革（ペレストロイカ）が進み、１９８６年にはこれと逆呼応するかのように、チェルノブイリ原発事故という大惨事が生じ、１９９１年には遂にソビエト連邦が崩壊してしまいます。この流れの中で１９８９年、中国では天安門事件、ドイツではベルリンの壁の撤去、日本では昭和天皇の死去などが立て続けに起き、世界の現代史が大きく塗り替えられてゆきました。"Japan as No.1"というような標語に浮かれていた日本では、昭和天皇の死去を合図とするかのように、いよいよバブル景気が崩壊に向かい、現在に至る衰退「失われた三十年」が始まったのです。

このような内外の激動期にあって、多くの河合塾生もまた若い心を震わせて世界に目と心とを開き、翻って祖国日本を冷静に見つめようと、競ってエンリッチ講座に集まったのでした。この講座で扱った『夏象冬記』とは、１８６２年、ロンドンとパリという当時世界最大の都会を訪れたドストエフスキイが、西欧社会とは何であるのか、そこを支配する精神とは何であるのかについて正面から考察をし、痛烈な批判と弾劾を投げかけ、新たな創作の出発点となった旅行記です。私はこれがドストエフスキイを理解する上で、また彼を介して西欧と日本を理解する上で、若者たちに格好の書物だと考えたのでした。そしてこの『夏象冬記』を浪人生に交じって読み通した唯一の高校生がK君だったのです。(この講座については既に何回も言及していますが、改めて「ドストエフスキイ研究会便り(2)」も参照していただければと思います)。

K君についてお伝えしたいことは数多いのですが、初めに記したように、今回はK君が続けてきた三つの「旅」に的を絞りたいと思います。第一はお祖母さんに導かれての、「駐在保健婦制」の歴史を辿る旅。第二は宮本常一に導かれての、宮本民俗学の足跡を辿る旅。言い換えれば「忘れられた日本人」を求める旅。最後は詩人・大江満雄に導かれての、ハンセン病との出会いの旅。より正確にはハンセン病元患者の人々との出会いを求める旅であり、彼らがその痛みと苦悩の底から如何なる言葉、「詩」を生み出したかを辿る旅です——これら三つの旅に沿って、K君が如何なる思索を進めてきたのか確認をしてゆきましょう。

三つの旅の紹介は、紙面の都合上駆け足のデッサン程度しか出来ません。しかしこれだけでも既に我々は、K君に導かれ、人間と世界と歴史について少なからぬ思索を促されることでしょう。以下に三つの旅とそのテーマごとに彼の著作を紹介しておきます。あとは皆さん自身がそれらの著作に沿ってK君と共に旅をし、彼との対話を試みて欲しいと思います。

この「予備校graffiti」に紹介する人たちの氏名は、原則としてイニシャルで記しています。しかし第三回目のO君やS君のように、その仕事が既に広く社会的に認知されている場合は、その著作名やテレビへの出演番組などは、そのまま記しています。前回の「日土水《ひとみ》」君の場合も、その名前をテーマにしたために例外としました。今回のK君の場合も著作は数多く、その仕事は社会的な認知度も高く、また皆さんにも広く知っていただきたいので氏名はイニシャルで記しますが、著作名や出版社名等はそのまま紹介しておきます。あとは皆さんがK君と直接向き合っていただきたいと思います。

PART・I　お祖母さんに導かれての、故郷土佐への旅
—「駐在保健婦制」を追って—

まず「駐在保健婦制」の歴史を辿る旅です。「駐在保健婦制」——我々にはあまり馴染みのない名前ですが、これは日本が太平洋戦争中、日本国民の健康を増進させ、ひいては祖国の勝利に向け、国民の体力増強を図るべく創設された制度です(1942)。かつて「駐在」のお巡りさんが国内の治安維持にあたり、現在は「交番・Koban」として市民生活の安全維持に大きな役割を果たしているように、「駐在」の保健婦さんは、全国各地で劣悪な衛生状態の改

善や国民の健康意識を高めるべく努め、その後の法改正の結果、今では各地方自治体が管轄する「保健所」の保健師さんとなったと言えば、ラフな説明ですが大まかなイメージは摑めるでしょう。

K君は故郷の四国高知県（宿毛）でお祖母さんが「駐在保健婦」として働いていたことから、このお祖母さんやその同僚の皆さんにインタビューを重ね、この制度を卒業論文から修士論文、更には博士論文へと一貫して追い続け、高知県に於ける「駐在保健婦制」のユニークな展開を歴史的に位置づけ、この角度からの見事な日本近代史を書き上げたのです。※歴史ないし歴史学に関心のある人には格好の指標となるでしょう。

※『駐在保健婦の時代　1942〜1997』（医学書院、2012）

K君がお祖母さんとの間に続けた「聞き書き」（インタビュー）。ここから活き活きと伝わってくるのは、まずはお祖母さんの人間味と善意に溢れた性格とその仕事ぶりです。またここから我々が教えられるのは、「駐在保健婦制」が日本の戦時体制補完の役割を果たすという問題を孕みながらも、保健婦さんの人格と献身的な仕事を介することで、国民の身体と心の健康にとって如何に有益な実りをもたらす制度であり得たかということです。

何よりも私の心を引きつけるのは、お祖母さんと向き合い、人間と向き合い、そして故郷と社会と歴史と向き合い、結局は庶民の持つ無限の可能性に目と心を向けるK君の厳しくも温かい姿勢です。後に紹介しますが、彼の宮本民俗学とハンセン病との取り組みから浮かび上がるのは、アカデミズムの世界で見られる、ともすれば人間が捨象された歴史理論の構築とは遠く離れた、「庶民」の血が息づく歴史世界の構築だと言えるでしょうが、それを用意したものとは何よりもまず故郷土佐でのお祖母さんとの出会いと、このお祖母さんと孫との間に繰り広げられた「聞き取り」、つまりは濃密な人間的「対話」だったことを強調したいと思います。是非皆さんも『駐在保健婦の時代1942〜1997』で、このお祖母さんと孫との「対話」を味わって欲しいと思います。彼が故郷土佐に対して抱く愛と誇りについては、改めて最後に記しましょう。

PART・Ⅱ　宮本常一に導かれての、日本人への旅
―「忘れられた日本人」を追って―

次は宮本常一の足跡を訪ねる旅です。K君は高校一年生の時、岩波書店のPR誌『図書』で、司馬遼太郎が推薦す

る「私の三冊」から宮本常一の『忘れられた日本人』のことを知ります（未来社、1960。現在は岩波文庫にも収められています）。彼が実際にこの本を読んだのは大学入学直前に帰郷した時のことでした。歴史の表舞台には決して登場しない「忘れられた日本人」が語る生の記録に、また支配者や英雄豪傑ではなくひたすら庶民に目を据える宮本の視線に、この時K君は「心が震えた」と言います。高校三年生の頃のK君について、そしてお祖母さんとの対話については先に記しました。既に人間と世界と歴史について目と心とを大きく開かれ、また故郷土佐をこよなく愛するこの青年の心に新たに宮本民俗学の世界が飛び込み、その心を震わせたことは決して偶然のことではなかったのです。

K君によると、当時は宮本常一に注目する人は少なく、直接自分自身で宮本の著作とぶつかる以外に宮本民俗学について知る手段はなかったそうです。そこで彼が始めたことは、大学にある宮本の著作全巻を読破するという作業でした。三年半にわたる宮本世界との取り組み。途中K君の心には宮本の次のような言葉が響いてきたと言います。

「歩いてみろ。旅はええぞ」

宮本の本を読み続け、とうとう最後の一巻を閉じた時のことです。K君の心の内から湧き上がってきたのは、今度は彼自身の言葉でした。

「よし、今度は旅だ」

「あるく・みる・きく」——宮本常一の呼び声に応えて、また宮本の言葉を杖として、そして故郷のお祖母さんとの対話と並行して、K君の新しい旅が始まります。倹約の旅のため、K君は自らに三つの鉄則を課したのでした。

1. 移動手段としては普通列車にしか乗らない。
2. 食事はなるべく質素に。
3. 宿代を浮かすために寝袋で野宿。

このようなところに、「草の根歴史学」とも言うべきものを打ち立てつつある彼の庶民性が窺い知られると思います。私はこのエピソードが大好きです。

「忘れられた」名もなき庶民を求め、日本中を旅して歩いた宮本常一。敬愛するこの宮本の足跡を追い、また宮本が歩かなかった土地とそこの人々をも訪ね、日本中を旅して歩いたK君は、その十数年にわたる旅の記録を二冊の本に纏め上げ、それらは既に出版もされています。※宮本とK君。これら世代を隔てた二人の旅人が、名もなき庶民の内に息づく生の脈動を活き活きと掬《すく》い取り、そして人間が持つ理屈抜きの善良さと素晴らしさを確かな言葉で刻印する筆は我々の心を揺り動かさずにはいません。是非皆さんも直接手に取って、これらの一読をお勧めします。

※『「忘れられた日本人」の舞台を旅する——
宮本常一の軌跡』（河出書房新社、2006）
『宮本常一を旅する』（河出書房新社、2018）

ここで暫くドストエフスキイの『罪と罰』（1866）に目を向けてみたいと思います。前回の「余録④」でも取り上げたのですが、この作品の主人公ラスコーリニコフを苦しめるのは恐るべき一連の問いです——世界とその歴史を支配するのは少数の権力者たち、つまり「ナポレオン」たちと、その恣意的な暴虐でしかないのではないか？あのナポレオンの恣意の下に、何万何十万という兵士や庶民が意味もなく次々と殺されていった。ところがこの恐るべき悲劇を次々と生み出しながら、当の本人は平然としているではないか。世界とその歴史とは、このナポレオンのような権力者たちの恣意的な支配・暴力によって、名もなき罪なき庶民たちがただの「素材」として消費される場でしかないのではないか？では果たして、この自分は「ナポレオン」なのか？或いはただの素材、「一匹の虱」でしかないのか？——内から湧き上がるこれらの問いに突き動かされ、青年は自らが「ナポレオンか、虱か？」を確かめるべく、遂に金貸しの老婆殺害という「血の一線の踏み越え」、悪魔道に踏み込んでゆくのです。

宮本常一が、そしてその足跡を辿るK君が我々を導くのは、これとは対極的な人間と世界と歴史に対する視線です。人間と世界と歴史を作り上げるのは、決してナポレオンのような英雄・豪傑や強大な武力と権力を握る少数の者たちではない。むしろ「忘れられた」名もなき大多数の庶民たちこそが、そして彼らの内に蔵された善良さこそが、世界とその歴史を根底から支え動かす真の力である——ナポレオンに目を釘付けにされたラスコーリニコフが「一匹の虱」として憐れみ、蔑んだ庶民の存在、この「忘れられた」名もなき庶民の内に脈々と流れる生命力と知恵と創意、そして底なしの善意について、宮本常一とK君二人の旅は我々の目と心とを素直に開かせてくれるのです。「駐在保健婦」を巡り彼がお祖母さんと交わした対話、そして宮本常一とK君との対話に触れる時、皆さんは人間が持つ否定面のみに目をやり、それを悲しみ憤り思い悩む前に、まずは自分が生きてあること、「庶民」であることを素直に喜び、そして誇りたくなるに違いありません。

なおドストエフスキイですが、「余録④」で記したように、この作家はラスコーリニコフを描いたのみではありません。彼はその一方で、この青年を悲劇的悪魔道から引き戻し、その魂が負った深い傷を癒す女性ソーニャを描く作家、つまりロシア民衆の魂の内に生き、彼らが信と愛を捧げるイエス・キリストを描き、そのイエスを「命」として他の苦しむ人たちのために「全てを与えて」生きる人々を描く作家でもあるのです。その延長線上に、我々が前回まで繰り返し取り上げてきた『カラマーゾフの兄弟』のゾシマ長老や、その弟子アリョーシャの存在があることも付け加えておきたいと思います。K君が示す問題は、ドストエフスキイ世界と重ねる時、更に深い相貌を呈し始めることに注目すべきでしょう。

ところで庶民とは本当に、ソーニャのような絶対肯定の存在としてのみあるのか？　他の苦しむ人たちのために「全てを与えて」生きる人々であるのか？　彼らの内には実は恐るべき悪魔性も潜んでいるのではないのか？——K君は庶民について、新たに大きな問題とぶつかります。それが次に取り上げる彼の三つ目の旅、ハンセン病との出会いの旅です。ここでK君はハンセン病とその患者・元患者の人々に対して、長い間日本政府と庶民の大多数が示し続けてきた偏見と差別と迫害、その悪魔性と直面することになるのです。これは次の㉓で取り上げるD君がぶつかった問題とも、また第三回目で取り上げた「裁判員制度」と取り組むS君がぶつかった問題、つまり「市民の冷たい眼」の問題とも重なるものでしょう。

PART・Ⅲ　大江満雄に導かれての、ハンセン病への旅
―「ハンセン病」元患者との出会い―

K君が続けてきた、そして今も続けるもう一つの旅、広い意味で「ハンセン病との出会いの旅」について記す前に、今年2019年という年が日本におけるハンセン病の歴史の中で大きな転換点となった年であることを確認しておきましょう。

ハンセン病（癩《らい》病）は人類の歴史とほぼ並行して昔から知られた病で、その感染力は弱いものの、見るも痛ましい症状を呈する場合があり、このことが人々を過度に恐れさせ、様々な形で患者の人たちを偏見と差別と迫害の対象としてしまったのです。殊に近世以降、医学の進歩と共に高まった「衛生意識」が、皮肉にも人々をしてこの病気を必要以上に恐れさせ忌み嫌わせ、患者さんたちを社会から「強制隔離」の形で追放させてしまったのです。近代日

本においても明治政府による「癩予防ニ関スル件」の公布（1907）から始まり、過酷な「癩病対策」が様々に取られ続けました。太平洋戦争が終わった後でさえ、政府は以前にも増して厳しい「らい予防法」を制定し（1953）、つい最近（1996）の同法の廃止に至るまで、「隔離」と「断種」と「懲罰」という非人道的な政策を取り続けたのです。

政府ばかりではありません。国民の大部分もまたこの病に対する強い偏見と差別意識にとらわれ、患者の人たちのみならずその肉親親族に至るまで社会から葬り去ってしまっていたのです。※ 2001年の「らい予防法」国家賠償訴訟の勝訴に続き、熊本地裁においてハンセン病家族国家賠償訴訟の勝訴が確定したのは正に今年、2019年6月のことです。この判決に対して政府が控訴を断念し、首相が患者の人たちやその家族の人たちに陳謝したことがマスコミに取り上げられたことは、皆さんの記憶に新しいと思います。

※この問題について関心の低い人に対しては、東京の東村山市にある国立ハンセン病資料館に足を運ばれることをお勧めします（K君は一昨年、ここの学芸員に就任しました）。またこの問題が大きなテーマとして扱われる映画としては、日本では『砂の器』（野村芳太郎監督、1974）や、イタリアでは『神の道化師、フランチェスコ』（R. ロッセリーニ監督、1950）をお勧めします。それぞれ皆さんの胸に迫るものがあるでしょう。

K君の第三の旅。それは人間の無知と偏見、その悪魔性が生んだ最も残酷な悲劇の一つ、ハンセン病に関わる「闇と光」を辿る旅です。K君の旅はまず、この病に罹った庶民が、そしてその家族親族が如何に悲惨な生を強いられてきたか、その痛みと苦しみを知る旅であり、それはこの痛みと苦しみを強いるのが、他ならぬ同じ庶民であるという現実を直視する旅でもあったと言えるでしょう。彼にとってハンセン病との出会いの旅は、既にお祖母さんとの対話の内に始まるものであり、また宮本常一の足跡を追う旅とも無関係ではありませんでした。つまり三つの旅はハンセン病を介して彼の内で互いに深く結びつき、人間と世界と歴史が持つ「闇と光」について考える上で不可欠の一体をなしていたのです。

K君の具体的な生活史に戻ります。大学院への進学に当たり、K君はそれまで学んでいた国立大学から、神奈川大学の網野善彦教授の下での研究を目指します。周知の如く網野教授とは中世日本史に新たに鋭い光を投げかけ、「網野史学」と呼ばれる歴史学の新しい流れを築いた方で、河合塾のエンリッチ講座にも来て下さり、その講演記録も出版されています（『海から見た日本史像――奥能登地域と時国家を中心として』、河合文化教育研究所、１９９４）。

大学院入試の面接の場でＫ君は、ハンセン病の問題への強い関心を表明します。この病の悲惨さについて、殊に高知県におけるこの病の多さについては、既にお祖母さんから語り聞かされ、彼の問題意識の内深くに捉えられていたのでした。このＫ君に対して、試験官の網野善彦教授から温かい励ましの言葉が返されます。ここに新たな旅が開始されたのです。

大学院でＫ君が属することになった歴史民俗資料学研究科。そこで進められる堅実な「文献史学」と柔軟な「フィールドワーク」。これらが生来開かれたＫ君の心と頭とを更に刺激し、一層自由で厳しい批判的思考を育み鍛えていったと考えられます。

この態勢の下、二十代後半から三十代にかけてのＫ君は、ひたすら今まで記してきた三つの旅に明け暮れる日々でした。彼が初めて正式な職（上述）に就いたのはごく最近、四十代半ばのことです。

ハンセン病と向き合うＫ君について語るべきことは実に多くあります。しかしここで特記すべきは彼の三つ目の旅、ハンセン病を追う旅が、彼と同じ故郷土佐出身の詩人・大江満雄と出会い、この詩人の導きによって開始され、推し進められたということでしょう。大江満雄はハンセン病に罹った人たちが国家によって強制収容をされた全国の施設を訪ね歩き、その人たちの苦痛と苦しみに寄り添うと共に、彼らから生み出される詩的言語世界の素晴らしさに着目し、その詩作活動を励まし、指導を続けた人です。『大江満雄集　詩と評論』（共編、思想の科学社、１９９６）の編集に加わったＫ君は、改めて自らの足でこの「詩人」たちを日本各地に訪ね歩き、持ち前の「聞き書き」の作業を開始したのです。

「聞き書き」の旅――お祖母さんと宮本常一に導かれて続けた旅もそうですが、これこそがＫ君の「草の根歴史学」の真骨頂であり、彼の思索を具体的で明晰なものにし、かつ我々に様々な問題を提起する源泉となっていると言えるでしょう。私は殊にハンセン病の元患者さんたちとの出会いを求めてＫ君が新たに踏み出した旅が、人間の魂の「闇と光」の問題という点で、Ｋ君の仕事をドストエフスキイ世界に深く結びつけることになったと考えています。最後にこのことを確認してゆきたいと思います。

Ｋ君の新たな旅の記録。そこで我々がまず見出すのは、大江満雄に導かれたＫ君の目と心が、まずはこの病に侵された人々の痛みと苦悩に寄り添う目と心であり、この人たちの痛みと苦悩から生み出された「詩」の世界に向かうものであることは先に記した通りです。K君が紹介するそれら様々な作品は、今までの二つの旅とはまた別の形で、彼が行き当たった「人間」の魂の輝きを示すものとなっています。この旅の記録も既に二冊の本となっていますから※、是非皆さんはそれらで直接様々な作品と向き合い、またそれらとK君との出会いから生まれる「光」を味わっていただきたいと思います。

※『癩者《らいしゃ》の憲章――大江満雄ハンセン病論集』
（編、大月書店、２００８）
『来者の群像　大江満雄とハンセン病療養所の詩人たち』
（水平線、２０１７）

さてハンセン病に罹った人たちに計り知れぬ痛みと苦悩をもたらした原因が、病そのものであると共に、それに劣らず彼らを強制的に家族から引き離し、生涯にわたる隔離幽閉生活を強いる「保健政策」を取り続けた国家とその罪の重さであるということは、既に記した通りです。しかしその原因と罪はただ国家に帰されるべきではありません。K君の新しい旅が教えてくれるもう一つのこと、それはハンセン病をただただ恐れ忌み嫌い、本人ばかりか肉親親族までをも社会から排斥し抹消さえしてきた国民、即ち「忘れられた」名もなき「庶民」の内にも、実は偏見と差別意識という悪魔性が根深く宿るということを鋭く指摘したことでしょう。つまりK君の旅は大江満雄に導かれ、今までの旅の延長線上にありつつ、ここで人間と世界と歴史が宿す「光」ばかりか、深い「闇」に対する厳しいリアリズムと批判精神を加え、新しい次元に至ったのです。そしてこの「光と闇」の問題こそが、彼とドストエフスキイとを強く結ぶものと考えられるのです。

ここでもう一度ドストエフスキイに目を向けましょう。『カラマーゾフの兄弟』で多くの読者を引きつける存在は、今までも繰り返し指摘しましたが、次男のイワンです。イワンは世界に満ちる「罪なくして涙する幼な子」たちを凝視し、この事実一つで既に神がこの地上世界に存在する理由も資格もないと弾じる叛逆の思想青年です。理不尽としか思われない世界の悪や不義を前に、「報復できぬ苦しみ」と「癒されぬ憤怒」に身を震わせるイワンの内には、ラスコーリニコフと同じく、実は人間に対する限りない愛が脈打っているのです。

ところがこのイワンは、弟アリョーシャに語る「大審問官」の劇詩においては、これと正反対の否定的人間観を投げつける青年でもあるのです。つまり彼によれば、人間は底なしの信と愛をもって彼らに臨んだイエス・キリストを裏切り、十字架上に磔殺してしまった卑劣な存在であり、自らに与えられた神に向かう自由を受け止める力も意志も持たない弱く愚かな存在でしかないのです。

この両極的な人間観と、それらの間で分裂し苦悩するイワン。多くの読者はここに悲劇的真実を見出し、強く魅了されずにはいられません。『カラマーゾフの兄弟』とはドストエフスキイが生涯の総決算として、「闇と光」「否定と肯定」「不信と信」の両極をギリギリにまで煮詰めて対立させ、その分裂の狭間から究極の「光」と「肯定」と「信」を探る作品であることが、誰よりもこのイワン像から明らかとなります。私はK君のハンセン病を求める旅が、新たにこのようなドストエフスキイ的「闇と光」「否定と肯定」「不信と信」の問題に厳しく触れるに至ったと考えています。高校三年生の頃から既に『夏象冬記』にぶつかり、大学生になるとドストエフスキイ研究会に参加し続けた彼が、その後の長い三つの旅を経て、改めてドストエフスキイ世界に立ち戻り、新たな思索を開始したのだと言えるでしょう。

最後にK君が愛する大江満雄の詩「癩者の憲章」を紹介します。K君自身も自らの著作の冒頭にこの詩を掲げているのですが、この詩の中には彼が大江満雄に導かれた旅で見て感じた全てが、そして彼が今までの旅で見出すに至った「闇」を超える「光」が、人間と世界への恩讐を超えた信と愛の逆説として見事に凝縮され表現されていると言えるでしょう。三つの旅の中で培われてきたK君の厳しいリアリズム・批判精神が、ドストエフスキイ的「闇と光」の分裂に関する思索を経て、更にこれから先どのような「光」に向かうのか、私は既にこの詩の中に彼が探り当てるであろう人間の真の「行き場」が読み取られるように思うのです。

癩者の憲章

私の中の癩者は、さけぶ。
ぼくらの肉体は崩壊してゆきます。
顔も手も足も。
これはレプラ菌の顔です。
僕の顔は不在です。
癩菌は、いつのまにかぼくの肉体を侵し、
かつての面影もありません。

ぼくは抵抗します。
癩菌の植民地化に。
ぼくは、さけびます。
「ぼくの顔を整形することはできませんか
原子爆弾でやられた少女らの顔や手足は整形され
るといいます」
ぼくは憎悪の中の愛です。
癩菌よ癩民族のために栄えよと非癩者を憎しみな
がら、
その滅亡を、ひそかに祈っている少年です。
ぼくは絶望の中の希望です。
呪も無く、ただ消え入るような嘆から立ちあがり、
崩壊してゆく肉体の中に人格を認めよとさけんで
いる少年です。
ぼくは破壊の中の建設です。
古い非人間的な法律をうちこわそうとし、
内部からのポエジイを律法化しようとしている少
年です。

ぼくは死んだ言葉たちの中で生きている新しい言
葉です。
虚飾な、いつわりの言葉たちにとりかこまれ、
癩者の憲章を書きつづっている未来的な少年で
す。
ぼくはむやみに嫌われ迫害されている親兄弟を思
いながらさけんでいる少年です。
「癩菌は滅亡させなければならない
が、癩者の家庭には花束を捧げよ」と。
（十一月二十二日、癩予防法改正促進委員会
の活動を思いながら）
（『新日本文学』一九五三年二月号）

おわりに

K君が故郷の四万十川に寄せる思いと共に、四国土佐に対する愛を熱く語ってくれたことがあります。彼によれば、土佐の人たちが目の前に広がる太平洋を前にして思うこととは、この遥か彼方にはアメリカという広大な大陸が横たわっているということであり、この大海原を越えていつの日か自分はその遥か彼方の大地を踏みしめるのだとい

う心こそ、土佐の人たちが生来持つ「気概」だと言うのです。この瞬間私の頭をジョン万次郎や坂本龍馬のことがよぎりました。故郷の四万十川の畔で浴びた輝かしい陽光、そして土佐人の大きく骨ある気概がK君を三つの旅に送り出したのであり、しかも彼はそれらの旅の先に、なお新たな「光」を見出す旅に向かっているのだと思わざるを得ません。

予備校 graffiti ㉓

D君の戦利品、その苦い味

D君の「気合いの入った」エピソードから入りましょう。

明治大学のD君は（話の性格上、関係する大学名をそのまま記します）、大学入学後も時々私を訪ねて来てくれていたのですが、ある日顔の至る所に青アザを作り、目の周りも腫《は》らせるという痛々しい姿で現われました。どうしたのだと聞くと、悔しそうな表情とニヤニヤ笑いとを交互に浮かべながら事情を話してくれました。

ラグビーが大好きなD君は、秩父宮ラグビー場で行われた伝統の早明戦に母校の応援をすべく出かけて行きました。ところが相手側の応援席から執拗に飛んできたのは、次のような野次だったのです。

「テメーらの偏差値で、ウチを破れるわけがネーダロー！」

試合は早稲田大学の勝ちでした。屈辱感にとらわれ、また怒り心頭に発したD君は、早大生が祝勝会をあげる新宿の歌舞伎町に一人で乗り込んでゆきました。街頭で酔っ払って気炎を上げている集団を見つけると、彼はその一つに突進してゆき、格闘の末リーダーらしき一人が振りかざしていた応援旗を奪い取って帰ったのです。

顔をアザだらけにしたD君が予備校に現われたのは、その翌日でした。

「先生、これ！」

奪い取った応援旗を差し出して事の顛末を話した彼に向かい、私は応えました。

「よーし！」

戦利品を受け取った瞬間、私を支配したのは痛快な勝利感でした。しかしこの瞬間、それ以上に何とも言い表わし難い後味の悪さが私に忍び寄ってきたのです。私は受け取った応援旗を黙って丸め、鞄に入れました。D君も黙って見つめていました。この時私はハッと思い当たりました。「この子が私の許にやって来たわけは、これだな！」――D君もまた、この後味の悪さを何とかしたかったのです。

この「後味の悪さ」、これは一体何処から来るものなのか？――私は二つのことを考えます。一つは、早大生たちの許し難い卑劣さです。彼らが露骨な野次で明大生に示した優越感――これは他愛のない幼児性と言えばそれまでかもしれません。しかしその背後には日本人の、更には広く人間の心の奥底に蜷局《とぐろ》を巻く、他の誰よりも上に立ちたいという優越意識、更には劣者に対する差別意識が潜んでいることも見逃してはならないでしょう。これは人間の自己中心性に根を置く醜い悪魔性とも言うべきものであり、D君と私がとらえられた「後味の悪さ」とは、早大生たちが己の幼児性と卑劣さと醜さを自覚することも恥じることもしないことを前にした「後味の悪さ」だと考えられます。ハンセン病に対して人々が示し続けた偏見や差別意識とも深い所で繋がる悪魔性だとも言えるでしょう。

もう一つは、相手の卑劣さと醜さに対しD君が力で復讐を果たし、それに私が快哉を叫んだことからくる「後味の悪さ」です。たとえ如何なる卑劣さをぶつけられたとしても、その卑劣さを根から断とうとせずに、ただ力による復讐を果たしたところで決して問題は解けないのです。D君が振るい、私が称讃した力、つまり暴力というものが持つ醜悪さと「後味の悪さ」です。夜の歌舞伎町に乗り込み、祝勝会で盛り上がる敵軍の中に一人で飛び込んで、「ボコボコ」にされながらも相手の応援旗を奪い取って帰ったD君は英雄です。しかしD君は相手の醜い差別意識に、それと等しく醜い暴力をもって復讐を果たしたのです。暴力への報いは底無しの「後味の悪さ」であり、この悪循環は無限に続くだけでしょう。

地上に満ちる「ナポレオン」たちの恣意と暴虐。この現実と直面した『罪と罰』のラスコーリニコフが踏み出すのは「血の一線の踏み越え」、斧を手にしての老婆殺しです。暴力でもってする暴力への復讐。青年をこの悪魔道から救い出すのはソーニャという売春婦です。「もうどこにも行き場のない」ソーニャは、その絶対の窮境の中でイエスの十字架を見据え、このイエスに倣い父を始めとして隣人に

「全てを与えて」生きる存在です。人間に対する彼女の無条件の信と愛こそ、『カラマーゾフの兄弟』におけるゾシマ長老とアリョーシャ師弟の「実行的な愛」と共に、ドストエフスキイが我々に提示した、人間の悪魔性に対する究極の解答だと考えるべきでしょう。

先のK君の話に戻り、彼をハンセン病への旅に導いてくれた大江満雄の詩「癩者の憲章」にあった言葉・表現を幾つか、改めてここに抜き出してみたいと思います――「憎悪の中の愛」、「絶望の中の希望」、「破壊の中の建設」……人間の卑劣さや愚かさや醜さ、そして暴力。その悪魔性への究極の解答とは、大江によれば筆舌に尽くし難い痛みや苦悩を超えた逆説、つまり「恩讐の彼方」に初めて生まれ出る「憎悪の中の愛」という逆説であり、これを土台とする真の力ある「言葉」なのです。大江はそれが「癩者」＝「来者」（＝「らいしゃ」）が獲得した「憲章」だと謳い、K君はこの「憲章」を自らの新しい旅の杖としたのです。

現在ますます世界を支配しつつある暴力。力を第一とする風潮に対して、果たして我々は「憎悪の中の愛」、「絶望の中の希望」、また真の力ある「言葉」を土台として、「破壊の中の建設」に着手する覚悟はあるのか？――D君と私が味わった苦い体験、あの「後味の悪さ」に立って、改めて皆さんにこの問いを投げかけたいと思います。

予備校 graffiti ㉔

辛い思い出

―「落とし穴」に嵌《は》まった若者たち―

今回と次回最終回は、私の心に今も忘れ難く留まる若者たちを、「辛い思い出」と「痛快な、そして楽しい思い出」とに分けて書き残しておこうと思います。前者の方は今回「「落とし穴」に嵌《は》まった若者たち」という副題を付けて（プライヴァシーには最大の注意を払いながら）報告します。「落とし穴」（陥穽）に嵌まった――少々キツイ言葉を使いますが、このことで私は、この若者たちを「不注意者（ドジ）」だとか「落伍者（オチコボレ）」だなどと決めつけているのではないことは、一読してお分かりになると思います。

また「落とし穴」という言葉で、我々の人生に潜む様々な問題と危険をどこまで的確に切り取れるのかも定かではありません。しかし屈辱感にとらわれ怒りに駆られたD君が、「暴力をもってする復讐」という厄介な「落とし穴」に嵌まってしまったように、ここに紹介する若者たちのエピソードもまた、様々な形で我々の人生に潜む「落とし穴」を指し示しているように思われます。

若者たちがその「落とし穴」に落ち込まぬよう、私はどこまで適切な忠告をし、行動をとってあげたのか？——今も確信を持てず心を痛める思い出が数多くあります。ここではD君の場合と同じく、私の心に未だ「後味の悪さ」・「辛い思い出」として残る幾つかの思い出を出来るだけ正確に記すことで、自分の言動の適否は皆さんの判断に委ねようと思います。

(A)「パチンコ三兄弟」

或る校舎に仲よしの浪人生三人組がいました。五月の連休明けの頃です。午後の授業が始まる時、三人が教室にそそくさと駆け込んできて、ニコニコしながら教壇にチョコレートの箱を三つ置き、それぞれの座席に着きました。気前の良い明るい仲よしだな。私は微笑ましく思いました。ところが、彼らが授業に遅刻することが頻繁になってきたのです。一学期の終わり近くになると、時間ギリギリに授業に飛び込んでくることは以前と同じですが、その人数は二人だけとか一人だけというように減ってゆきました。七月初めの最終講、姿を現わしたのは一人だけでした。授業後、私は教室を出てゆく彼を呼び止め、他の二人はどうしたのかと問い質しました。返ってきた言葉はこうでした。

「イャー、出ちゃって！　出ちゃって！」

彼らはパチンコに嵌まっていたのです。受験戦の天王山、夏休みが始まる直前です。私は彼にいい加減にするようにと、また二人にもそう告げるようにと厳しく命じました。「夏が終わってから後悔しても遅いぞ！」。彼はニコニコしてペコンと頭を下げ、教室を出てゆきました。

二学期の最初の授業に現われたのは、夏休み前に授業に出てきたあの一人だけでした。再び彼をつかまえて問うと、答えはこうでした。

「あの二人、もともと上手かったんです。夏の間にもっと腕を上げてしまったんです。もうプロ級ですよ。止められないんです」

この三人については、当然クラス担当のチューターさんも一学期から把握をしていて、夏の間も厳しく声をかけ、家にも連絡をしていたのでした。しかし彼らはチューターさんから声をかけられても、一週間と我慢が出来なかったのです。模試の打ち上げだからとか、新台交換の日だからとか、雨の日はよく玉が出るからとか、様々な理由をつけてはパチンコ店に吸い込まれていったのです。腕がプロ並みに上達するのと反比例して、当然のこと、成績はどんどん落ちてゆきます。秋の深まりと共に、「パチンコ三兄弟」

（私とチューターさんが付けたあだ名です）は完全に予備校から姿を消してしまいました。合否はチューターさんも把握出来ず、今では私は彼らのあだ名以外に名前も思い出せません。彼らの意志の弱さだと言えばそれまでですが、三十余年の河合塾での講師生活の中で、これは最も辛い思い出の一つです。

今も私は駅前のパチンコ店の前を通り過ぎる時、彼ら三人のことを思い出して胸が痛みます。日本中の駅前に掘られた大きな穴、意志の弱い多くの人たちを呑み込む危険な「落とし穴」——パチンコ店について「偏見」かも知れませんが、私はこのイメージをどうしても払拭することが出来ません。

ドストエフスキイは四十代、ルーレット賭博に嵌まり、殊に四年ほど滞在した西欧では妻アンナの衣類を質に入れるまでして賭博に狂い、地獄に落ち込んだのでした。私の祖父も酒と賭け事で人生の歯車を大きく狂わせてしまい、その末には結核に罹って惨めな死を迎えました。競馬で負け、酒に酔い、喀血をし、暴れる祖父を日々目の前にした私は、子供心に生きてゆくことは大変なことだと身に沁みて感じさせられたのでした。「賭博熱」という、また「アル中」という悪魔的「陥穽《かんせい》」。人間の心に潜む闇の魔力と魅力。その根強く底知れぬ力に対して、それに抵抗すべき人間の意志は弱く、この悲劇と喜劇に対して手を差し伸べてくれる人たちや機関・施設があるとしても数は少なく、傍らの人間にも殆ど何も出来ないのが現実ではないでしょうか。

政府や一部の地方自治体が、経済の活性化のためとの理由で公的賭博場の開設を推進しています。私はこのことに心から怒りと危惧を覚えます。「自由」をはき違え悪用した、許されぬ醜悪な愚策と言う他ありません。彼らは対策も考えていると言います。しかし薬を用意したからと言って、健康な人間に病原菌を呑ませる人間がどこにいるでしょうか。ここにあるのは、愚か者たちが考え付いた「悪魔の陥穽」以外の何物でもありません。

(B)「だって、私、彼氏が出来たんですよ!」

大学入学後の半年ほど、熱心にドストエフスキイ研究会に出席し続けていたCさんがパタッと出席をしなくなりました。例年通り、私は最初の半年ほどは研究会の参加者にドストエフスキイ世界の思考に慣れてもらうため、やや緩いペースで『夏象冬記』の講読と討論を進めていました。しかしCさんは毎回こちらの期待以上に周到な準備をした上で臨み、他のメンバーをリードしていたのです。

突然顔を見せなくなったCさん。仲間は心配して連絡を取ってみようかと話し合っていました。しかし私は恐らく何か事情があることだろうし、もう暫くの間待つのがよいだろうとアドバイスをしました。
そうこうするうちに半年ほどが過ぎ、この年の研究会も最終回を迎えようとする頃のことです。私は中央線の車中で全く偶然にCさんと出会ったのです。

「久しぶりですね。その後どうしていましたか? 研究会も一年が終わるところで、皆、あなたのことを心配していますよ」
「エーッ? だって、私、彼氏が出来たんですよ!」

Cさんは嬉しそうに報告をしました。しかしCさんが見せた笑顔は、以前彼女が研究会で見せていた緊張感と充実感に溢れた笑顔ではなく、何か不自然なものを感じさせる笑顔でした。「彼氏が出来た」喜びと共に、切り捨ててしまったものの重さ――恋愛の情熱の「落とし穴」に嵌まり、彼女の内では葛藤が繰り広げられているのだろうと思いました。しかし私は黙っていました。もし自分が「落とし穴」の内にいると感じられたのならば、あとは誤魔化さずに自分と向き合い、自分で自分の道を選び取るしかない。私は人がそのような自由と責任の内に置かれていると考えるのです。殊に恋愛の場合はそうです。「また皆とドストエフスキイを読みたくなったら、いつでも来なさい」、こう言って私は電車を降りました。それ以後もCさんが研究会に顔を出すことはありませんでした。私の内に今も残る「辛い思い出」の一つです。恋愛の、また結婚の落とし穴に嵌まって、束の間の幸せと引き換えに本来なすべきことを忘れてしまったカップルを、私はどれだけ見てきたことでしょう。

恋愛とその情熱について、「落とし穴」とか「不幸」などという大袈裟な言葉で野暮なことを記すよりも、また「自由」とか「責任」などという理屈をこねるよりも、そして今更「辛い思い出」などと言って感傷的になるよりも、ここで改めて私は恩師小出次雄先生の言葉の前に立ちたいと思います。結婚に当たり、式にあたるものは一切行わなかった妻と私とに対して、先生は次のような言葉を贈って下さったのでした。

「家庭を、教会のように、聖なるものの前に立つ場とするのだ。家庭を、大学のように、知の透徹した場とするのだ。家庭を、町の広場のように、人々が自由に集える場とするのだ。さもないと、家庭は腐るぞ」

どれもが皆実現は至難の業です。しかし我々二人は最期まで師の言葉を忘れまいと思っています。そして若い人たちには結婚式や披露宴への参加は遠慮させていただく代わりに、この師の言葉を贈ることにしています。押しつけは好みません。しかしこれを読む皆さんがこの言葉を知ることで、自らの生を考える手掛かりとしてもらえれば嬉しく思います。師が言われるように人生は素晴らしいものです。しかしそれと同じ程度に厳しくもあり、いつでも「腐る」危険に満ちたものでもあるのです。

(C)「困るんです。こういうの、本当に困るんです!」

ドストエフスキイ研究会ならではの「辛い思い出」を、もう一つ記しておきます。その際、このエピソードを理解していただくために、改めてドストエフスキイ研究会の位置づけ、研究会に対する私の姿勢について、少し説明をしておきます。

ドストエフスキイ研究会とは、まずはドストエフスキイのテキストを丁寧に読み、またドストエフスキイ世界の根底にある聖書世界も出来るだけ誤魔化さずに理解するように努め、そこから人間と世界と歴史が抱える問題について誤魔化しのない思索を試みることを目的としてきました。それだけドストエフスキイという人は旧約・新約聖書を熟読し、イエスという存在を凝視し、そこから真剣勝負の思索を展開しているのです。ところが日本においては、この分野の殆ど全ての学者や評者が、そしてドストエフスキイの愛読者もまた、この作家に於けるキリスト教、殊に聖書の重要性を口にはするものの、実際には正面からの取り組みをしていないのが現実です。このテーマに拘《こだわ》る私について、「彼は宗教の方に行ってしまった」と言う人がいました。またある会合の場では、私に面と向かって「今日は、あなたの宗教かぶれに引導を渡します」と宣言するドストエフスキイ論の著者もいました。

明治以来ドストエフスキイと彼が凝視するイエス理解について、我々日本人は相も変わらずの島国精神という「蛸壺」に嵌まり続けていると言うべきでしょう。今回取り上げている様々な「落とし穴」・「陥穽」の中でも、私にはこの「蛸壺」が最も深刻で厄介なものに思われます。ドストエフスキイ研究会の大きな目標の一つは、将来の若者たちにこの偏狭さと怠惰さとを克服してもらい、ドストエフスキイとイエスと正面から向き合って思索をしてもらうということです。その背景には私自身が自らの内なる偏狭さと鈍さと怠惰さの長いトンネルを通ってきたという事実があり、これが次の第二部で取り上げる主要なテーマの一つとなるでしょう。

もう二十年ほど前のこと、新しい年度が始まって二回目か三回目の研究会でした。例によってドストエフスキイの『夏象冬記』の講読と討論の作業が終わり、暫くの休憩の後、今度は『夏象冬記』のロンドン論で言及された「ヨハネ黙示録」の検討に移ろうとした時のことです。私が各自持参した聖書を出すようにと言うと、突然一人の男子生徒が慌てふためいて席から立ち上がりました。「あのー、先生、あのー、すみません……」。何事が起こったのかと、私はこの青年を取り敢えず隣の部屋に導きました。すると彼は私の目を見つめ、必死で訴え始めたのです。

「あのー、こういうの、困るんです。僕、ここに宗教に入ろうとして来たんじゃないんです。困るんです。こういうの、本当に困るんです！」

隣のゼミ室の人たちに聞かれまいと声を潜め、この青年が語ってくれたことは以下のようなことでした――自分は宗教には全く関心がない。大学では政治学と社会学を学ぶつもりだ。この研究会では、ドストエフスキイを通して十九世紀ロシアと西洋の歴史が学べると聞いてきた。しかし聖書を読まされ、キリスト教のことにまで立ち入らされるとは思ってもいなかった。「困るんです。こういうの、本当に困るんです！」。

必死で訴える彼の顔には、自分が何か狂信的な宗教セクトに紛れ込んでしまったかのような強い戸惑いと恐怖の表情さえ浮かんでいます。私も一瞬戸惑いました。しかし気を取り直し、上に記したような研究会の趣旨を改めて丁寧に説明し、聖書との取り組みの理由も語ってあげたのでした。しかし話は全く通じません。ただただ帰らせて欲しいと懇願する彼を、私はこれ以上引き留める理由はありませんでした。

そそくさと研究室を出てゆく青年を見送りながら思いました――これが正に明治以降の日本人の多くが、そしてドストエフスキイと取り組む学者や評者や読者の多くが、キリスト教に対して、そして聖書に対して取ってきた姿勢そのものではないのか。そのあからさまな姿をこの真面目な青年は一瞬の内に、しかもこの上なく正直に表現して見せてくれたのだ――辛かったのは、この青年を落ち着かせ再び机に向かわせる力ある言葉が自分にはないことでした。

皆さんは第三回目に取り上げたS君のことを覚えておいででしょうか？　O君と共に「裁判員制度」と取り組むS君です（「予備校graffiti」(三)⑫）。彼が市民運動に取り組む中で、パンフレットやポスターを持って訪れたお宅で示された表情、あの「市民の冷たい眼」によって数年間S君は前進する気力を奪われてしまったのでした。東京郊外の住宅地、ここでS君が出会った表情とは、基本的にはドストエフスキイ研究会でこの真面目な青年が示した表情と、そして彼が発した言葉とそのまま繋がるものだったのではないでしょうか？「困るんです。こういうの、本当に困るんです！」――営々と築き上げてきた自分の「城」に侵入してくる異者・異物。これに対して人々が示す本能的とも言える拒否反応。私はこれが人間の誰もが内に宿す保守的で閉鎖的な小市民性であり、敢えて言えば偏狭で怠惰で頑固な島国性の具体的表現であり、結局は「閉じた魂」・「縮こまってゆく精神」が自ら好んで陥る「落とし穴」に他ならないと思うのです。

二十年ほど前、足早に研究室を去った青年は、その後学んだ政治学或いは社会学から、人間と世界とその歴史について様々なことを知ったに違いありません。これは決して皮肉ではありません。その知識を十分に持つに至った彼は、あの時の自分の反応が些か性急過ぎたことを、今では冷静に判断出来るのではないでしょうか？もしそうであるならば、彼がこの「予備校 graffiti」を読んで、彼自らは「よし」と思うことを、「落とし穴」だとか「島国性」だとまで言う私に対して正面から反論をすべく、或いは新たに「対話」をすべく連絡をしてきてくれるとよいのですが……今でも私はそれを心から願っています。

(D)「お陰様で、三十歳で一千万です！」

今はまず殆ど見られなくなりましたが、河合塾で浪人生活を送った人たちが大学の卒業にあたって再び河合塾を訪れ、新しい就職先について報告をするということが、八十年代から九十年代にかけて少なからず見られました。

今からすればこの現象は、バブルに極まる好景気に後押しをされ就職の好結果を得た若者たちが、その満足感と幸福感を表現する一つの「儀式」だったように思われます。また昭和の末にはまだ日本社会が、昔ながらの「礼節」の名残を留めていたのだと言うことも出来るでしょう。いずれにせよ好奇心の強い私は、彼らとの会話そのものは楽しみで、講師室や喫茶店で彼らの大学生活のこと、恋愛のこと、感動した本のこと、そして海外旅行のことなどについて様々に質問を浴びせたのでした。中でも一番好きだったことは、海外体験について語ってもらうことでした。第一回目の「余禄」にも書きましたが、彼らの海外旅行や留学自体が、日本の経済繁栄によって可能となったバブリィな面もあるとはいえ、それでも彼らの話に耳を傾けていると、日本の若者の心が次第次第に外に開かれて豊かになりつつあること、その思考と行動が少しずつ島国精神を脱しつつあることが実感出来たのです。このことは私自身の心をも広げてくれ、私も彼らと一緒に世界に飛翔してゆくような思いにさせられたのでした。

ところが九十年頃からでしょうか、私はこれらの報告の中に「違和感」を覚えることが多くなりました——（キリスト教最大の祝祭である）クリスマスに彼女をどう確保したかとか、どこそこのレストランやホテルでイヴをエンジョイしたとか、サークルの卒業記念旅行は西海岸でイースターを楽しんできたとか、これらのことを実にあっけらかんと楽しそうに報告する大学生が多く現われるようになったのです。仲間同士で「起業」をし、海外で買い付けた商品を私に売り込もうとする女子大生たちも現われました。海外旅行について、一流の美術館や大伽藍を訪れたというような、更には憧れの大学構内を歩いてきたというような、学生らしい報告はあまり聞かれなくなりました。バブルの大波が日本の多くの若者たちをも呑み込み、大学から連れ去ってしまったのです。

このような流れの中で大学自体はどうかと言えば、教育に向かう人たちの目と心は専ら自分自身の研究か、マスコミ・ジャーナリズムに向けられ、アカデミズム空間は学生に読書と思索と研究を強く迫る場であることを殆ど止めてしまいました。バブルの到来と共に、多くの大学がレジャーランド化を完成したのです。

前置きが長くなりましたが、このような中、或る年の春です。講習中の私を訪れてくれた大学生が満面に微笑みを浮かべ、次のような報告をしてくれました。

「先生、お陰様で、このたび××大学の法学部を卒業することになりました。就職先は、お陰様で、××銀行に決まりました。お陰様で、三十歳で一千万です！」

四年間も会わなかった私に対して繰り返される「お陰様で」、これが私を不快にさせました。バブルのぬるま湯に浸かり、満足し切った若者の報告でしかないではないか！——ところが私が返した言葉は、「よかったね、頑張れ！」だったのです。「激励」を受けた彼は、満足気に帰ってゆきました。この青年をバブルのぬるま湯という「落とし穴」から引っ張り出して冷水を浴びせることをせず、愛想よく祝福をし激励までして帰してしまった「後味の悪さ」。私は自分の社交性と物わかりの良さに苛立ち、教育者としての失格を自覚し、一層不愉快になりました。「辛い思い出」「後味の悪さ」はこの場合、エリート青年に対するというよりは、自分自身に対する嫌悪感なのです。

それから一週間後のことです。なんと同じ大学の同じ学部の卒業生が（いわゆる「名門大学」の「名門学部」です）、同じ校舎に私を訪れ、ほぼ同じ報告をするということが起こったのです。先の青年との違いは「××銀行」が「××商事」に変わっただけで、「三十歳で一千万」という数字までもが同じでした。（この時「お陰様で」が繰り返されたかどうかは覚えていません）。先の××銀行の青年がもう一度、私を試みるために遣わされて来たのだ――私は座り直し、身構え、口を開きました。

「僕には、三十歳で一千万という言葉は嬉しくないな。君がもし日本の経済・貿易・金融が抱える問題を自分の解くべき課題として××商事に入り、そこを舞台にして問題の解決に命を賭け、日本ばかりか世界の経済・貿易・金融にも革命を起こそうというのなら、三十歳で一千万など端金《はしたがね》だとして斥け、遠慮せずにその百倍でも要求してやりなさい。「商たらば大商となれ」と言った福沢のように、大志を抱いて社会に出て欲しい。若者に小さくまとまって欲しくない！」

この時きっと私の言葉は縺《もつ》れて滑りまくり、実際にはこの通りに言えなかったに違いありません。しかしこの若者は、浪人時代は柔らかであった私の口調に少なからぬ苛立ちが含まれているのを感じ取ったのでしょう、暫くの間、怪訝そうに私の顔を見つめていました。しかし私は四年ぶりにわざわざ挨拶に来てくれたこの若者に、そして幸福感で一杯のこの新社会人に、これ以上切り込むことは出来ませんでした。結局私の言葉を「激励」と受け取った彼は感謝をして、しかし十分には満たされない表情のまま帰ってゆきました。私には中途半端さの思いと、先の青年の場合よりも更に「後味の悪さ」と「辛い思い出」が残されたのでした。ドストエフスキイの『夏象冬記』を通して、また福沢の啓蒙活動の結末を通して、あれほど日本の近現代史とバブルに対して厳しい目を向けていたはずの私が、このような具体的な生の場では、あの若者が選んだ中流生活という「落とし穴」、その小市民性の儚さと危険性を自覚させることさえ出来なかったのです。

明治以降の太平洋戦争に至る日本、そして戦後の経済高度成長とバブルに呑み込まれた日本、その再度の崩壊の後に果たして何が残り、そして何が生まれたのか？――今も私はバブルについて、そしてその後の「失われた三十年」の「光と闇」について、それを予備校に於ける自分自身の「辛い思い出」・「後味の悪さ」と重ねて考え続けています。

(E)「僕、一応、ドストは制覇しました！」

三十年以上前のことです。予備校に私を訪ねて来た大学生がいました。この青年が某私立大学の文学部に属し、ドストエフスキイについて話がしたいと直接私を訪ねてくれたことは覚えていますが、誰の紹介だったのか、彼がどのように私のことを知ったのか思い出せません。名前も記憶から消えてしまいました。しかし彼と交わした会話の中身と、その前後の状況だけは何故か今も鮮明です。

この青年は浪人生の私への質問が続く間、講師室の入り口近くで口を固く結んだまま、じっとこちらを見据え直立の姿勢で待っているのでした。「硬派の、個性的な子のようだな」――私はこう思ったことを覚えています。

予備校での仕事が全て終わり、外の喫茶店で話が始まりました。簡単な自己紹介を終えると、早速彼は私の度肝を抜いたのでした。

「僕、一応、ドスト（ドストエフスキイ）は制覇しました！ トルストイも一応、大丈夫です！ このあと何を読んだらよいのか、お聞きしたくて来ました」

私はこのような青年が大好きです。若者に必要なのは、思い切り高飛車な姿勢であり、気概です。ドストエフスキイを「一応、制覇」したと驚くべきことを口にし、そればかりかトルストイをも「一応、大丈夫」とまで言う青年は、まずいません。「これは、掘り出し物だ！」。私は好奇心と共に身を乗り出しました。

ところが暫くして、この青年の言う「一応」と「制覇」と「大丈夫」という言葉の内実が明らかになりました。彼はドストエフスキイとトルストイの主要な作品を、文庫本にある限り「一応」全て読了をしたものの、それらの内容の把握は完全な「制覇」・「大丈夫」とは程遠かったのです。本人もこのことが気になると共に、他のロシア作家たちの作品も読まねばと思い、強い焦燥感に追い立てられていたのです。彼は初対面への緊張と気負いから「制覇」とか「大丈夫」という言葉を使ってしまったことを、「虚仮《こけ》威《おど》かし」として強く恥じるのでした。そして最後にポツンと言いました。「僕、田舎者なんで……」。

明らかとなった現実。しかし私は失望などしませんでした。たとえ文庫本でもドストエフスキイとトルストイの全作品を読むこと自体、そう簡単に出来ることではありません。焦燥感も真面目さゆえのこと。自らを「田舎者」だと恥じる謙虚さと朴訥さも私は気に入りました。私自身も自分を田舎者だと思うからです。

私は言いました——「虚仮威かし」をするくらいの高飛車な姿勢をとるのが青年であり、「傲慢」という「落とし穴」に嵌まり込むのが若さの特権なのだ。そんなことを気にすることはない。それよりも君が今とらわれている焦燥感のことを考えよう！

ゆくゆくは広く哲学・思想を学びたいと言うこの青年に、私が与えたアドバイスは以下のようなものです。（これらは皆、日頃私が研究会のメンバーに力説していることであり、ドストエフスキイ研究会の核心の一つなので、参考のために記しておきます）。

「君が取るべき道は、将来哲学・思想の分野で本質的思索が出来るよう、その土台・素材をまず確保することだ。そのためにはドストエフスキイとトルストイとを何度も何度も読み返し、この二大作家の世界に習熟するとよい。哲学者のヴィトゲンシュタインは『カラマーゾフの兄弟』を四十九回も読んだと言われるように、ロシア文学、殊にドストエフスキイとトルストイは我々に思索の素材を提供してくれる宝庫であると共に、そう簡単に「制覇」は出来ない対象だ。まずはこれら二人の世界と取り組み続けることで十分だと思うが、君が欲するならば、更に読書対象をプーシキンやゴーゴリやツルゲーネフやアルツィバーシェフ等の他の作家たちにも、そしてメレジュコフスキイやベルジャーエフやシェストフ等の思想家にまで広げるのもよいだろう。ロシアには凄い人たちが沢山いる。

「傲慢」ということ以外に、若者が持つ特権とは「時間」をたっぷりと与えられていることだ。可能ならば大学院に進み、その上で留学もして、三十代まではゆっくりと読書と思索に励み、将来への土台作りをしてしまうことだ。私は恩師から常にこう言われていた。

「六十歳までは修業期だ。ひたすら基礎的な勉強に励む時だ。その蓄積の上に、本当の思索は六十歳になってから始まるのだ。六十歳までは生意気なことを言うな、書くな」

六十歳まで君にはまだまだたっぷりと時間があるではないか！」

「やってみます！　有難うございました！」。青年は大きな声で言い、一礼をして帰ってゆきました。その後彼からの連絡はありません。しかしあれからまだ三十年。彼が六十歳になるまでには、まだ十年近くがあるでしょう。彼がどのような努力を重ね、その上でどのような思索を繰り広げているのか？——私は彼のことを「姿なき弟子」と勝手に名づけ、その成長を心から楽しみにしています。「虚仮威かし」と自らも認めた高飛車な傲慢さ、その生命力をエネルギー源とし、「田舎者」と自らを呼ぶ謙虚さと朴訥さを土台とする限り、彼は大成するに違いありません。

数年後、研究会に同じような青年が現われました。

「ニーチェは大体知っています」

「ニーチェからドストエフスキイを少し見てみたいと思います」

ニーチェの読書体験を基に、彼もまた青春の傲慢、「倨傲の精神」にとらわれるという「落とし穴」に嵌まっていたようです。

ニーチェの作品とは、ひとたび波長が合うと次から次へと面白いように読書が進み、読者はその高揚感の中で、彼の思想の全てを理解してしまったような錯覚に落ち込み、ニーチェ独自の高飛車な物言いを真似さえし始めます。ここにニーチェの魅力と恐ろしさがあると言うべきでしょう。ギリシャ世界とキリスト教世界、そして西洋哲学の世界に関して、この哲学者が持つ理解の深さと思索の奥行きは底知れず、「ニーチェは大体知っています」という主観的な高揚感と、実質的なニーチェ理解との間にある距離は計り知れないものがあるのです。彼は誇らしい高揚感の下に、今度はニーチェが「自分の人生の唯一の師」だとするドストエフスキイをも「少し見てみたい」、つまりは「制覇」したいとして研究会の門を叩いたのでした。

残念なことに、この青年は私の話に耳を傾けてくれませんでした。殊にニーチェが如何に深くキリスト教を知り、生涯にわたりイエスという存在を如何に大きな課題としていたか、またニーチェには『アンチ・クリスト』という恐ろしい本があることを私が語っても、そしてまた同じことがニーチェの「師」ドストエフスキイについても言えることを力説しても、真剣に聞いてくれようとはしませんでした。彼もまたキリスト教と聖書に対して、多くの日本人が取り続けてきた島国的狭小さと頑迷さと怠惰さから自由ではなく、キリスト教と聖書については自分とは関係のない世界だとして遠くに追いやってしまっていたのです。

研究会が終了して、気づくと彼の姿はありませんでした。この青年について私に残されたのは、残念ながら「後味の悪さ」と「辛い思い出」のみです。
フランスの哲学者ベルクソンは、ドン・キホーテが道を歩いていて穴に落ちたとしても、我々は笑ってはならないと言います。なぜならばベルクソンによれば、ドン・キホーテは高きに輝く星を見つめて歩く騎士だからです。「傲慢」という青春の「落とし穴」に若者が落ち込むこと——何度も記したように、このことは青春の特権です。しかし若者がその「落とし穴」の底から、如何なる高み・星を見つめるかということ、これが問題なのです。

予備校 graffiti ㉕

クリスマス、I君が「暗唱」したもの

暗記・暗唱が知識を確実に身につけ、それを正確な認識として定着させ、頭脳を活性化させるばかりか、生に対する真摯な姿勢を獲得するためにも如何に大切であるか、このことを私は繰り返し強調しています。I君も予備校での一年間、暗記・暗唱を見事に貫いたのですが、彼の場合は一味違った暗記・暗唱でした。

好奇心と探求心の塊のようなI君は、「悪戯（いたずら・あくたれ）小僧」の雰囲気を強く漂わせながら、何か面白いことはないかと常に両目を輝かせ、クリクリと動かしているのでした。一昔前まで都立高校の出身者に多くみられたタイプで、せっかく（?）浪人をしたのだから、この機会に世界文学の最高峰と聞く『カラマーゾフの兄弟』にもアタックしてしまえと思い立ち、予備校の授業が始まる前にこの大作を読破してしまうような若者なのです。一学期、授業後の暗唱チェックが終わると、何かにつけ私に様々な質問を浴びせてくる彼は、私がドストエフスキイとそのキリスト教思想を研究していると知るや、今度はその分野で何か暗記をさせてくれと迫ってきました。
暫く考え、私が選んだのはヨハネ福音書の冒頭でした。

「太初《はじめ》に言葉《ことば》あり、言葉《ことば》は神《かみ》と偕《とも》にあり、言葉《ことば》は神《かみ》なりき」（ヨハネ一－1）

In the beginning was the Word, and the Word was with God, and the Word was God. (JOHN I-1)

（A.S.V. 日本聖書協会）

ここから始まるいわゆる「言葉讃歌《ロゴス》」（1－18）は、キリスト教の精髄が見事な韻文で表現されていて、内容的にも

英語の暗唱用副読本としても最適と思われたのです。これをI君は夏の間に一学期のテキストと共に完全に暗記・暗唱してしまいました。

「先生、次は何でしょうか?」——二学期、新たに迫られて私が選んだのは、新約聖書の中で恐らく人々に最もよく知られ、また愛されてもいる「山上の垂訓」の一部でした（マタイ福音書五1-11）。「山上の垂訓」とはイエスが山上で人々に向かい、自らの神観を端的かつ平明に説き明かしたもので、思想・宗教に強い関心を示すI君には、キリスト教を具体的に知る上で格好の箇所と思われたのです。

「幸福《さいはひ》なるかな、心《こころ》の貧《まづ》しき者《もの》。天國《てんごく》はその人《ひと》のものなり。
幸福《さいはひ》なるかな、悲《かな》しむ者《もの》。その人《ひと》は慰《なぐさ》められん。……」
（マタイ五3-4）

Blessed are the poor in spirit : for theirs is the kingdom of heaven.
Blessed are they that mourn : for they shall be comforted.……

受験勉強が峠に差し掛かって次々と模試も行われ、教室が独特の緊張感に包まれてくる二学期。I君は成績を順調に伸ばすと共に、いつもの英語テキストとこのイエスの「山上の垂訓」の暗記・暗唱も完全にやってのけたのでした。

十二月が来てクリスマスが近づきました。キリスト教最大の祝祭日とは対照的に、予備校には殺気立った空気が流れ出す頃、またもI君が迫ってきました。「先生、三度目の暗記・暗唱をお願いします!」。この時期はプレッシャーで落ち着きを失ってしまったり、目が変にすわってしまったりする生徒さんも多い中、相変わらず「悪戯小僧」の目はクリクリと動き、輝いています。私が選んだのは『夏象冬記』から『罪と罰』を経て『カラマーゾフの兄弟』に至るまで、ドストエフスキイが一貫して作品の根底に据えたヨハネ福音書の「ラザロの復活」（十一1-46）でした。ドストエフスキイは『夏象冬記』の旅に於いて、終末論的状況を呈するロンドンを前にして、この街が異教神・バアルに支配されたものと見て取り、「何世紀にもわたる精神的抵抗と否定」の必要を説くのですが、その象徴として提示したのがヨハネ伝の「ラザロの復活」です。

死んで既に四日、墓の中で死臭を放つラザロを、その姉妹マルタとマリアの前でイエスが再び生に起ち上がらせる奇跡。これを眉唾物・噴飯物の作り話として斥けるか、或いはここに死を超えた「永遠の生命」のリアリティを読み取るか――この奇跡物語はキリスト教の理解においても、ドストエフスキイにおける「神と不死」の問題を理解するにあたっても、正に「鍵」としてあり、クリスマスに格好の暗唱テーマと思われたのです。

「ラザロよ、出《い》で来《き》たれ」（十一43）
Lazarus, come forth.

このイエスの呼び声に応え、ラザロは墓から起ち上がります。十二月二十五日、クリスマスの夜、授業とその後の質問が全て終わり、がらんとした予備校の講師室で、I君は四十六節にのぼる長大なラザロ復活物語を見事に暗唱し切ったのでした。

I君はその後十五年間、私の許でドストエフスキイと聖書を学びつつ、最高学府で宗教学の博士号も取得し、三十代半ばになった今も「悪戯小僧」の目を輝かせながら、生涯の専門として選んだ一休禅師の研究に打ち込んでいます。彼は従来のアカデミズムの狭い枠を打ち破り、やがて画期的な一休論を書き上げ、日本の宗教史・思想史に新しい一歩を刻むことでしょう。※ 彼が人生の出発点でやり遂げた三度の聖書の暗記・暗唱について振り返る時、私は彼に呼びかけ、彼を招く何ものかの声が一貫して響いていたことを感じざるを得ません。それが彼の暗唱をしたイエスからの呼び声であるのか、或いは一休禅師からのものであるのかは分かりません。いずれにせよ彼の暗唱とは、その呼び声に向かっての応答だったように思われてなりません。この呼び声と応答については、やがて彼自らが思索を重ねる中で明らかにし、聖書三箇所の意味についての解釈と共に、その一休論の内に記してくれることでしょう。

※I君が博士論文として提出した一休論が出版されました。『語られ続ける一休像　戦後思想史からみる禅文化の諸相』（ぺりかん社、２０２１）。またEテレで放映された連載漫画「オトナの一休さん」の作者伊野孝行氏の著書『となりの一休さん』（春陽堂書店、２０２１）には、伊野氏とI君との対談「一休問答」が掲載され、ここでI君は私との出会いについて語っています。

予備校 graffiti ㉖

Hさん、無限の情熱と生命力の向かうところ

Hさんは、今紹介したI君と並走する形で予備校からドストエフスキイ研究会、そして大学院での研究まで、二十代をドストエフスキイと聖書の勉強に懸けたのでした。I君と同じく、Hさんの二十代は様々なドラマに満ちていて、それら全てを限られた紙面で紹介することは至難の業です。I君の場合はその浪人時代に的を絞り、人生の出発点となった聖書三箇所の暗記・暗唱に専ら焦点を絞りました。Hさんの場合は私がいただいたレポート・論文を基に、彼女が自らの内に見出した「闇」と、そこから「光」を求めて歩んだ大学時代の足跡を辿ってみたいと思います。I君の場合と同じくHさんもまた、二十代の若者がドストエフスキイの世界とどのように出会い、そしてドストエフスキイがどのようにその心に沁みてゆくのか——その典型的なプロセスを我々に示してくれるように思われます。

ドストエフスキイ研究会では毎年『夏象冬記』を講読していたことは、何度も記しました。今回の冒頭に紹介したK君も参加した河合文教研のエンリッチ講座では、この作品を半年間八回にわたって取り上げたのでした。ここに記された西欧文明社会に対するドストエフスキイの痛烈で根底的な批判は、西欧文明を採り入れ近代化を推し進めた日本を見る視座としても有効で、我々に様々に考える素材を提供してくれるのです。私はこれまで何度も、ドストエフスキイがロンドンを異教神・バアルが支配する終末論的状況を呈する街と見なし、それへの抵抗の象徴として「ラザロの復活」を提示したと記してきました。ところが時をほぼ同じくしてロンドンを訪れた福沢諭吉は、この街を文明の最先端を疾走する街として驚嘆の目を注ぎ、その文明を構成する様々な制度や施設の「探索」に奔走し、帰国後は祖国日本の「文明開化」と「富国強兵」に向けて獅子奮迅の活躍をしたのでした。私は二十歳前後の若者たちがこの作品と一年間取り組むことで、祖国日本と自らの生について、ドストエフスキイとの対照で様々に考える手掛かりを得られるだろうと考えるのです。Hさんはこの作品を、自らの問題としてこの上なく真摯に受け止めたのでした。

研究会での一年間の勉強が終わるにあたって、Hさんは「私の『夏象冬記』」と題したレポートを提出してくれました。大学への入学後、自らが選んだ人文科学の世界が、果たして「人間の未来に繋がるものか?」と疑問を抱き始め

ていた彼女にとって、この研究会の一年がどのような意味を持つことになったのか、こう記しています。

「ドストエフスキイの夏象冬記は、現代社会の人間の活動においても言えることを鋭く指摘していて、それは私への指摘であり、ドストエフスキイからの問いかけであった」

「この勉強会において人生で初めて人間の精神世界に触れた。私は勉強会でみんなと議論しながら、「人間がどうあるべきか」とか「真理」とか、定義がうまくできないようなものを考えているとき、いつもドキドキしてワクワクして『なんて exciting なんだろう!!』と思い、幸せにさえ感じた」

やや舌足らずですが、ドストエフスキイとの出会いの、如何にも二十歳前後の若者らしい真摯な報告であり、『夏象冬記』という作品が若者の心に如何なる作用を及ぼすものであるかが、ここからは素直に伝わってくるように思います。

二十歳の誕生日を迎えた直後、『夏象冬記』に続いてHさんは『カラマーゾフの兄弟』と取り組みます。ドストエフスキイの後期作品群の出発点から、一気に彼の文学の総決算たるカラマーゾフの世界へ。この大胆な足取りは、Hさんによれば『夏象冬記』との取り組みから生まれた必然の歩みでした。数年後彼女は『カラマーゾフの兄弟』を扱った卒論を書き上げるのですが、その前書きで数年前のことを次のように振り返っています。

「ドストエフスキイが近代文明に向けた批判のまなざしが、私自身の生を突き刺し、確かなアイデンティティーを喪失させると共に、闇へと放り込んでしまったのである」

『夏象冬記』に関する先の素朴な感想が、ここでは深く自覚化され簡潔で鋭い言葉に煮詰められています。『夏象冬記』との出会いが「アイデンティティー喪失」の体験として、また自らの生きる「闇」との出会いとして、言い換えれば新たな「光」の探求の始まりとして、的確に総括されるに至ったと言えるでしょう。

Hさんの「私の夏象冬記」に戻り、改めて彼女の心の内で進行したドラマの時系列的な整理を試みたいと思います。注目すべきは、実はここで既にHさんは自らの「カラマーゾフ体験」について記していることです。つまり『カラマーゾフの兄弟』との取り組みは『夏象冬記』とほぼ並行してなされていたのであり、それはHさんに「闇」を切り裂く強烈な「光」の体験を与えていたのです——「ロシアの修道僧」と題された第六篇を読了するや、Hさんが胸の高鳴りと共に襲われたのは、「愛」と呼ぶしかない激しい感動体験でした。しかしこの激しい超越的体験、いわゆる「カラマーゾフ体験」の明晰な言語化の試みを、この時彼女は二十歳という若さもあって十分に成し遂げることが出来ませんでした。かくしてHさんの大学生活はその後、『カラマーゾフの兄弟』の長い緻密な読解の作業と、作品の土台をなす聖書との取り組みに捧げられたのです。

数年後Hさんは卒業論文で、かつて第六篇の「ロシアの修道僧」から与えられた感動、「愛」と呼ぶしかない感動体験について、改めて正面から取り組みます。彼女が分析の対象としたのは「ロシアの修道僧」に続く第七篇、主人公アリョーシャの一連の回心体験です。数年前の「ドストエフスキイ体験」、或いは「カラマーゾフ体験」の明確な言語化のため、つまりドストエフスキイが提示する「闇」を超えた「光」を摑むため、そして「自分自身の魂の変革」への願いも込めて、アリョーシャの回心体験の検討が続けられたのです。

「今回『カラマーゾフの兄弟』を最終的にテーマとして選んだのは、自分の感動の理由を改めて問い、闇に対する答えとして、ドストエフスキイが描いた光を明らかにしたいという問題意識に拠る。アリョーシャの確固としたアイデンティティー確立のドラマの中に、自分自身の魂の変革への希望に思いを馳せ、論文に取り組んできたことを、ここに記しておく」

『夏象冬記』と出会ってからの自らの精神史が、アリョーシャの「アイデンティティー確立のドラマ」、その回心体験と重ねられ、確かな言語化の試みがなされたのです。

アリョーシャの回心体験——「初恋にも似た」熱烈な信と愛を捧げた師ゾシマ長老の死にあたり、「聖者」がもたらすであろう輝かしい奇跡を待ち望んでいたアリョーシャ。しかし彼を待っていたのは、師の死体から発せられた、あまりにも早くあまりにも強烈な腐臭でした。僧院と町の全てを巻き込んだ「聖者の失墜」劇。この大醜聞の中、深い絶望と懐疑の底に沈んだ青年が、そこから如何に救い上げられ、如何に新たな信仰の「戦士」となって立ち上がったか、そのドラマが詳細に描かれるのが「アリョーシャ」と題された第七篇です。Hさんは「自分自身の魂の変革への希望」と重ね、このドラマを丁寧に辿り、分析を試みたのです。二十代半ばの若者がこのアリョーシャの回心体験を、テキストの緻密な分析と聖書との熱心な取り組みと、そして鋭敏な宗教的感性とによってかくも的確に捉え言語化した例を私は他に知りません。

その後Hさんは大学院への進学に当たり、ゴッホの「星月夜（糸杉と村）」について論文を書き上げます。ゴッホの強烈な色彩と形象世界の底には聖書世界への没入と、殊にイエス・キリストへの感動が潜む点で、ドストエフスキイ世界と強く通じ合うものがあるのですが、Hさんはゴッホが描いた様々な「糸杉」におけるイエス像について、それらを可能な限り多角的な視点から分析し、考察を加え、「星月夜」論に凝集させたのです。

「狂気として片付けてしまうにはあまりにも調和の取れた色彩の世界。まるで音楽のシンフォニー、オーケストラさえ聴こえてきそうなこの星空は歓喜に満ちているようでもあり、以前ドストエフスキイの『カラマーゾフの兄弟』に取り組んでいた時に扱った、第七篇４章ガリラヤのカナで主人公アリョーシャに降り注ぐ星空にも似ていて、「星空」というテーマに何か運命的なものも感じ、（略）、《星月夜》を今回の研究テーマとして取り組むことに決めた……」

ここからはHさんの思索が『夏象冬記』から『カラマーゾフの兄弟』、そして聖書との取り組みを経て、それまでの宗教世界から更に芸術世界をも含む思索にまで広がったことがよく伝わってきます。この論文には大学で高い評価が与えられたと聞きます。大学ばかりか広くドストエフスキイや聖書研究の分野でも、満天の星空の下でのアリョーシャの神体験をゴッホの「星月夜」と重ね、更にはそこに十字架に向かうイエスを見るという視点は、今までにないユニークな試みとして高く評価されるべきものでしょう。

ところで大学院の修士課程を終えたHさんは博士課程への進学後、間もなく大学を去ってしまいます。本人は広く社会の中で自らの思索と活動を展開したかったと言いますが、私はゴッホとの、またドストエフスキイとの取り組みにおいて、イエス・キリストと神存在の問題の考察が不可欠だとするHさんの姿勢が、アカデミズムの場では十分に理解されず、彼女はそこに長居をする必要を感じなかったのではないかと思っています。

現在Hさんは或る放送局のディレクターとして美術関係の仕事に携わり、将来改めて正面からゴッホと取り組むことを念頭に置き、着々と力を蓄えているところです。結婚をしてお子さんにも恵まれた彼女は、仕事と家庭の両立という困難さと闘いつつ、ドストエフスキイとイエスを踏まえゴッホと取り組むという、この上なく取り組み甲斐のあるライフワークと向き合っています。しかし生涯にわたる課題が定まり、それへの準備態勢も整ったとはいえ、Ｈさんが歩むべき道のりはなお恐ろしいほど長く、そこに待つ試練も厳しいものとなることは避けられないでしょう。今彼女が身を置く放送ジャーナリズムの世界の華やかさも、一歩間違えばゴッホやドストエフスキイや聖書の世界とは正反対の軽薄さに堕しかねない危うさを持っています。お子さんを育てつつ家庭を守り、自らの課題と取り組むこと自体が大変なことです。無限の情熱と生命力と探求心を宿すＨさんには、是非それらの障壁を力強く乗り越え、夢を大きく叶えてくれることを願っています。

予備校 graffiti

余録⑤

今回はＫ君についての報告に通常以上の大きなスペースを割きました。

ここに取り上げる人たちは誰もが皆、Ｋ君と同じスペースを用いて紹介したい人たちばかりです。取り上げ切れなかった人たちも、まだまだ数多くいます。私は自分が出会った若者たちの成長史を、プラスの方向であれマイナスの方向であれ、全て可能な限り記しておきたいのですが、与えられた時間もエネルギーもそろそろこの辺が限界であり、次回で「予備校 graffiti」は一応終了とし、このＨＰ「研究会便り」は再び従来のドストエフスキイとの取り組みに戻りたいと思います。

今回の「余録」は、まずＫ君の仕事のその後について記し、次にＫ君の旅が最後に行き当たった人間の「悪魔性」について、ドストエフスキイ世界との関わりで記しておきたいと思います。それはＤ君の「勝利」体験がもたらした「後味の悪さ」や、「落とし穴に嵌まった若者たち」の例も入れ、予備校空間から見える我々人間が宿す負の現実の報告でもあります。

[1] Ｋ君の仕事のその後

今年（２０１９）、国立ハンセン病資料館（東京東村山）では、「生きるため、描き続けた」というタイトルの下、九州熊本のハンセン病療養所・菊池恵楓園・金陽会に属する患者さんたちの作品を集めた絵画展が開かれました（４・

27～7・31）。東京では初めての試みでしたが、熊本地裁におけるハンセン病家族国家賠償訴訟の判決もあり、多数の人々が来館したのでした。去年この資料館の学芸員に就任したK君も、この絵画展に力を注いだ一人だったのですが、K君は資料館を訪れた私に、ここに展示された絵画は全て社会から孤絶させられ肉体的・精神的苦しみの底に突き落とされた魂が、そこで如何なる「光」と「美」に触れたかを証するものであると目を輝かせながら語ってくれたのでした。故郷の先輩である大江満雄に導かれ、辛い重荷を負わされた「癩者《らいしゃ》」が実は未来からの「来者《らいしゃ》」であることを、その詩作を構成する素晴らしい言葉から知らされたK君は、今や「癩者」が描く絵画もまた「来者」がもたらす「光」と「美」の世界に他ならないことを確信し、我々に伝えてくれたのです。「来者」がもたらす新しい言葉と絵画――これらが今後日本の芸術と精神の世界に新たな意味を持って確実に登場することを告げる絵画展でした。

　この絵画展には今回紹介したI君とHさんも訪れたのでした。ドストエフスキイ研究会で二人はK君より年代的にひと回り後輩ですが、K君やI君やHさん、そして研究会の他のメンバーたちが世代を超えて、やがてドストエフスキイを介して始めるであろう新たな「対話」、或いは「旅」について、いつの日か皆さんに報告の出来る時が来るとすれば、※私にとってこれ以上の喜びはありません。

※その報告を早速一つさせていただきます。
K君の仕事について、親鸞仏教センターの研究員の方たちが取り上げるところとなり、今年の春（2022・2・22）、東京・本郷の同センターで講演の運びとなりました。この日のテーマは彼の最初の旅である「駐在保健婦制」について、改めてお祖母さんからの聞き書きを中心に物語ったものでした。オンラインで行われた講演でしたが、私も参加させていただき、三つの旅の末にドストエフスキイ世界と深く切り結ぶことになったK君が、これから彼自身一人の「来者」として新たに為すべき仕事が少なくないこと、そして彼への期待が大であることを改めて痛感したのでした。この記録はやがてセンターが定期的に発行する雑誌『現代と親鸞』に掲載される予定です。興味のある方はセンターに詳細を問い合わせた上で、是非御覧になって下さい。

[2] 人間が宿す「悪魔性」

今回は人間が宿す「悪魔性」ということにしばしば言及をしました。K君の場合はハンセン病に対する無知と偏見と差別意識について、D君の場合は学歴を巡る差別意識について、また恋愛や賭博の情熱が、そして「小銭の神」が人々を陥れる恐ろしい落とし穴について、更にはキリスト教や聖書に対する閉鎖的で怠惰な島国精神について、そして自覚と反省のない青春の傲慢さについて等々……改めて我々人間誰もが内に宿す厄介な「悪魔性」の存在を思わざるを得ません。次回もまた、我々が内に宿す他民族に対する醜悪な差別意識について記さねばならないでしょう。

これらの中で、私自身今に至るまで最も強く問題だと感じさせられてきたのは、あまりにも多くの人々がキリスト教に対して、殊にイエスという存在に対して示し続ける無関心さです。ドストエフスキイ研究会で聖書の勉強に取り掛かろうとした時、私に向かって「困るんです。そういうの、本当に困るんです！」と必死に訴えた大学生。真面目そのものの若者が示したこの反応こそ、日本人がキリスト教に対して示してきた、そして今もなお示し続ける無知と偏見と島国精神の極限化されたカリカチュアのように思われます。しかし実はこの姿とは、私がドストエフスキイと出会い、更に聖書との取り組みを始めるまで、否、それらとの取り組みを始めた後でさえ、なかなかそこから抜け出せない自分自身の姿だったのです。

周知のようにシベリア流刑中、ドストエフスキイはイエス・キリストについて実に印象的な言葉を残しています。「キリストよりも美しく、深く、心を引きつけ、理性的で、男性的で、そして完全なものは何もない」（フォン・ヴィージン宛の手紙、１８５４）。イエスという存在についてのこのユニークで絶対肯定の認識は、彼の遺作『カラマーゾフの兄弟』（１８８０）に至るまで一貫したものです。ところがドストエフスキイを愛し、ドストエフスキイについて熱く論じる人々の大部分が、この作家がイエスのことをこれほどまで熱烈に称讃し、「命」とし続けたという事実を熟知しながら、イエスその人に対しては正面から目を向けようとしないのです。繰り返しますが、ここにあるのは我々人間の内なる頑迷で怠惰な小市民性であり、この小市民性こそ我々の内に深く根を張り、「聖なるもの」を斥ける「悪魔性」と呼ぶべきものではないでしょうか。私には我々の内に巣食うこの頑迷で怠惰な島国精神、つまりは小市民性を指して、ドストエフスキイ世界の登場人物の誰かが顔を顰《しか》めながら呟《つぶや》いているように思われてなりません――「困るんです。そういうの、本当に困るんです！」。この問題は第二部でも、私自身の問題と重ねて改めて論じることになるでしょう。

[3]「辛い思い出」から「楽しい思い出」へ、「闇」から「光」へ

今回は「辛い思い出」というタイトルの下に、様々な

「落とし穴」に嵌まった若者たちのことを記しました。彼らについて記しつつ、私はその「落とし穴」に嵌まった彼らを引っ張り出してあげられなかった自分の無力さと無責任とを改めて痛感させられ、今も少なからぬ憂鬱にとらわれています。次回「予備校graffiti」の最終回は今回とは逆に、今も私の内に「痛快な思い出」、或いは「楽しい思い出」として残る若者たちを紹介したいと思います。だからと言って決して人間と世界と歴史を覆う深い「闇」を忘れ去り、「辛い思い出」も「後味の悪さ」も遠く棄て去り、最後は能天気な「光」の讃美で終ろうというのではありません。光が強まれば強まるほど、逆に闇は深まり、また闇が深まれば深まるほど、逆に光は輝きを増す——今までも繰り返し述べてきたのですが、このドストエフスキイ世界の中心軸と言うべき「光と闇」の極性の弁証法、或いは「肯定と否定」の逆説を改めて確認し直し、闇に対する光への展望をもってこの連載を終わりたいと思っています。

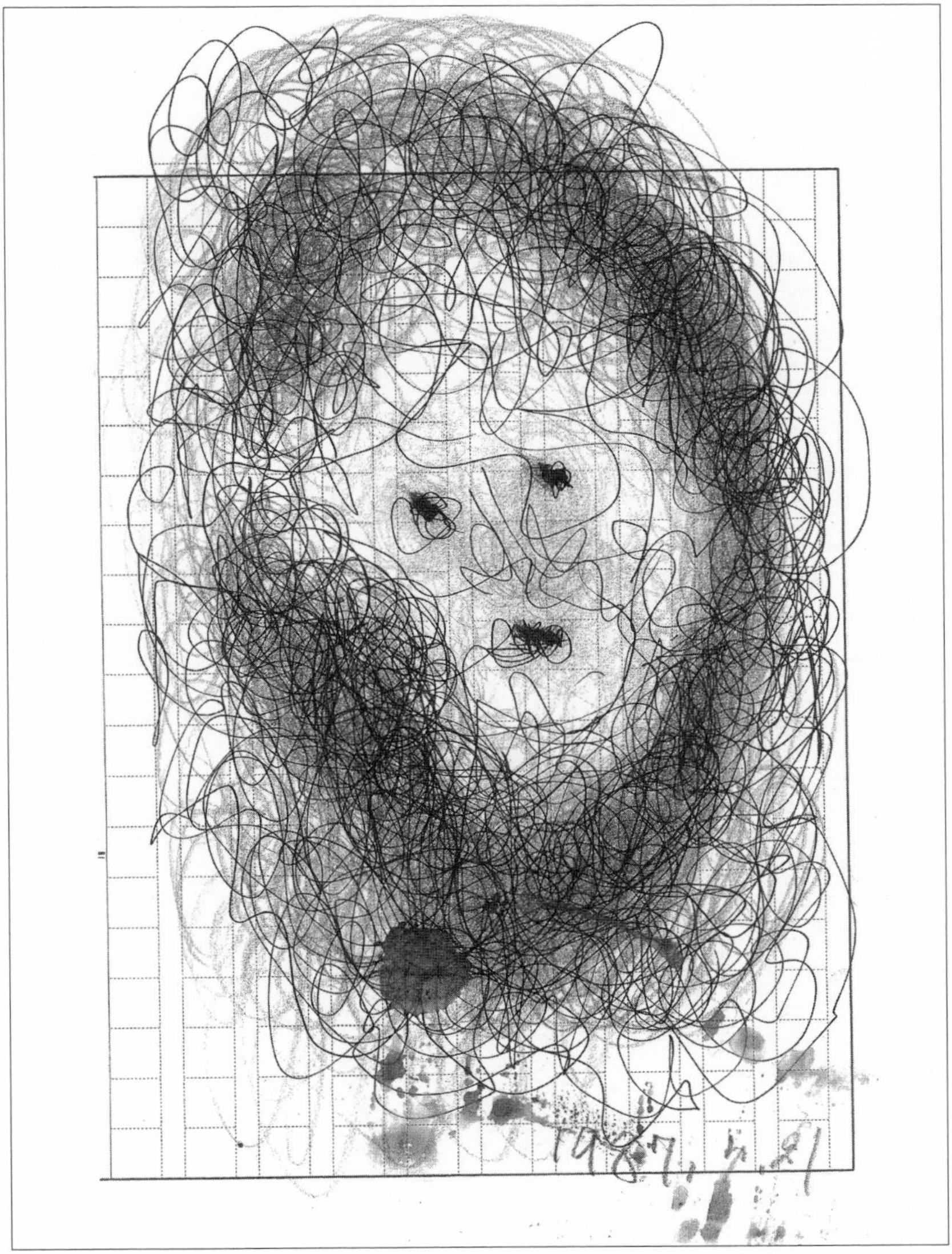

小出次雄 画

今回のデッサンには「1987.5.21」と明記されています。先生が亡くなられる（1989.9.24）二年少し前の作品ですが、描かれた対象が「青春」の内にある存在なのか、「幼な子」なのか判定は困難です。そのどちらにせよ、今回扱った人間の「悪魔性」を向こうに置いて見る時、ここには「永遠の青春」とも「永遠の童心」とも言い得る「美」、或いは「あどけなさ」が見事に描き出されていて、人間の「光と闇」について考える格好の手掛かりとなるように思われます。

予備校 graffiti《グラフィーティ》

（最終回）
私が出会った青春（六）

予備校 graffiti ㉗

U君、民族の悲劇を背負って

四十年近く予備校で教えた中で、私が直接最も強いインパクトを与えられた浪人生は誰かというと、在日朝鮮人三世のU君でしょう。この「予備校 graffiti」の第一回目、冒頭で紹介したのも在日三世のKさんでした。間もなく予備校での仕事を終えようとする私の心に最も強烈な印象を残したのが、男女二人の在日朝鮮人三世だったという事実は何とも皮肉なことであり、また極めて当然のこととも思われます。

ある年のことです。二学期が始まるや、突然一人の生徒さんが私の目に留まりました。クラスの最前列中央、こちらを睨むような鋭い目つき、猛烈な集中力、二学期初めの緊張感漂う教室の中でも、この生徒さんは抜きん出た緊張感を漂わせているのです。「気合いの入った子だ！」――間もなく私はこの生徒さんがU君であること、「在日」という苦しい事情の中で「兎に角、大学で勉強をしよう！」との堅い決意と共に予備校に飛び込んできたことを知りました。

「朝鮮人狩り」――皆さんはこの恐ろしい、また愚劣極まりない言葉をご存知でしょうか？　経済の高度成長期からバブル期にかけて、日本の右翼大学生たちが「朝鮮人狩り」という名の下に、朝鮮の民族服であるチョゴリを着た小・中・高生を見つけては、その制服を切り裂いたり、そこにいたずら書きをしたりすることが少なからず行われていたのです。現在もなお「ヘイトスピーチ」として現存する、日本人が内に宿す醜悪な差別意識の表われです。これを許せない高校生のU君は彼らを追いかけ、猛烈な反撃を試みていたのです。その結果U君は十分に勉強が出来ないまま高校生活を送ってしまいます。差別に対する怒りや焦りから、自らを裏社会に追いやってしまう若者も少なくないと言われる中、彼は決意をしたのです。「兎に角、大学で勉強をしよう！」。

予備校の学費は親戚の方から借金をしての背水の陣――二学期から入った上位クラスでU君が見せた必死の勉強ぶりは周囲の度肝を抜くものでした。例えば千五百ほどの単語が入った「試験に出る英単語」（当時「デル単」と呼ばれたベストセラー）を、U君はなんと二週間で暗記してしまったとの噂が広まりました。ところが後で聞くと「二週間」どころか「三日」だったとのこと（「試験に出る英熟語」、「デル熟」も同時に暗記してしまったそうです）。

このU君のことを、ある日一人の生徒が心配そうに報告してくれました。彼によれば、U君はトイレで血尿を流していたとのこと。健康の塊のようなU君です。スポーツ系の人が激しい運動をし過ぎた時のように、勉強に集中し過ぎての血尿でしょう。単語集の半分も終えられず、一年間勉強の「垂れ流し」を続ける浪人生には耳の痛い話です。

自習室でのエピソードも記しておきます。ここにはお喋りばかりしていて、周囲に迷惑をかける生徒さんたちがよくいます。U君はそういう連中と居合わせると、まず「静かにして下さい」と丁寧に頼みます。しかしそういう若者の群れは、注意をされると却って突っ張ってしまい、一層騒々しくするものです。このような時、彼は暫く待った後、凄まじい勢いで駆けつけ、「おい、外へ出ろ！」と一喝して相手を黙らせるか、外で「一戦」に及ぶこともあったようです。(「一戦」と言っても、たった「一回」だけだったとのこと。しかしそれは騒々しい連中を敢えて交番の前に連れて行った上での、凄まじい「一戦」だったようです)。「Uがいる！」。やがて皆は「恐れ」ではなく、「畏れ」をもって彼を眺めるようになり、自習室は静寂と緊張感の張りつめた見事な勉強の空間となったのでした。エピソードは尽きません。

民族の悲劇と辛さを背負った一青年の死に物狂いの努力。皆さんはその結果を東京の或る一流私大で目に出来るでしょう。三十代で経営学部の教授となったU君が、情熱と知性に溢れた素晴らしい授業を展開しています。

授業の解体・学校の崩壊が叫ばれる今、小・中学校を始めとして、予備校を除いた日本の学校の多くでは、生徒が静かに机に座り先生の話に耳を傾けるという光景はごく少数になってしまいました。大学もその例に洩れません。教える側の殆どが学生たちを静かにさせる力も魅力も気力もなくなってしまったのです。しかしU君は年度初め、第一回目の授業の際、大学生たちがざわついていると、黙って教壇に立ち、何分でも何十分でもそのまま立ち続けているのだそうです。教室が静かになった瞬間、初めて彼は口を開くのです。U君の内から発される気迫・オーラが教室内に染みわたってゆくのが目に見えるようです。私はこのような気迫と情熱を持って講義に臨む教師、このような緊張感に溢れた素晴らしい「瞬間」を学生に与え得る大学教授を他に知りません。

私は授業の際によくU君の話をします。そして自分が何故受験をするのか自覚の出来ない生徒、大学で何を学んだらよいのか決めかねている生徒、その他気合いの入らない生徒がいると、講師室に来るように言います。その生徒が来ると、U君が教鞭をとる大学を教えてあげ、そこで黙って（モグリで！）彼の授業に出てくるように勧めます。毎年これを実行し、目を輝かせて報告に来る生徒がいます。彼は知らずして、浪人生たちにもかけがえのない教育をしてくれているのです。

U君の夢は、いつの日か東北アジアの国々と国民が国境の枠を越えて「恩讐の彼方」、広く協力をし合う未来を経済制度の角度から創り出すことです。第一回目に紹介したKさんは、朝鮮民族と日本民族の確執を超えるべく、一方では両民族の文化の源である中国に向かい、もう一方では両者の未来を孕むロシアのドストエフスキイに向かったのでした。U君もまた個々の国々の確執や国境を越えて、それらの国々や国民が互いに協力をし合う未来を思い描いているのです。最近の世界と東北アジアの情勢は各国間の溝をますます深め、彼の夢の実現を遠ざけつつあるように見えます。しかしこのような時にこそ闘志を燃やし、夢に向かうのがU君なのです。

最後に愉快な話ではありませんが、もう一つエピソードを記しておきます。私が以前に或る雑誌で他の予備校の先生と対談をした時のことです。編集者から、それぞれの心に最も印象深く残る浪人生について語るよう依頼をされ、私の頭にすぐに浮かんだのはU君のことでした。私の話が終わると、暫くの間その場を沈黙が支配しました。対談相手の先生も編集者も強く心を動かされたのです。ところがいざ雑誌が出ると、私がU君について語った部分は全て削除されているではありませんか。「しまった！」。私はすぐに電話をしました。

「すみません。とかく民族のことを取り上げると、問題になりますので……」

「あなたはジャーナリスト、編集者として失格ですね」

問答はこれ以上続きませんでした。私の絶望と、何よりも無力さ故です。

「予備校graffiti」を六回にわたり記す中で、私が改めて強く感じることの一つは、我々人間が内に宿す偏見、差別意識の根深さです。前回、K君が行き当たったハンセン病に関する偏見と差別意識。D君が体験させられた学歴に関する差別意識。第二回目のK君の場合は、メキシコ人がアジア人に対して持つ民族的偏見と差別意識。更には第三回目のS君が突き当たった「市民の冷たい眼」等々——これらは皆、今回のU君が体験させられた日本人が深く内に宿す民族的偏見・差別意識と同じ根を持つ、人間の内なる未熟で醜悪な悪魔性、或いは偏狭な小市民性と言うべきものでしょう。大学を目指す若者がひたすら勉強を重ねる場、予備校にいるだけでも、このような問題に突き当たります。人間と世界とその歴史が宿す「闇」の深さを思わざるを得ません。

皆さんにはまず、このような「闇」・「悪魔性」・「小市民性」が、他ならぬ我々自身の内に潜むものであることに気づいて欲しいと思います。また「予備校graffiti」に紹介した若者たちが、U君を始めとしてその「闇」を正面から見つめる目を持つばかりか、逃げずにそれと闘う勇気を持ち、更には人間の心が蔵する「光」を信じて前進する若者たちであることにも是非気づいて欲しいと思います。

《付記》

ドストエフスキイについて、彼はスラブ民族・民衆へのあまりにも強い信と愛の持ち主であり、他民族に対する強い偏見を持っていた人物だとする人が少なくありません。しかしこれは私が繰り返し述べてきたように、彼のキリスト教思想を理解しようとしない怠惰さと狭さからくる正に「偏見」と言う他ありません。ドストエフスキイがスラブ民族・民衆を信じ愛していたのは、彼らが内に宿すイエス・キリストへの信と愛ゆえだったのです。（この点に関しては「ドストエフスキイ研究会便り」、「ドストエフスキイの肖像画・肖像写真・9」を御覧下さい）。イエスの十字架を見つめ、罪なき幼な子たちの涙に目を注ぐドストエフスキイの姿から浮かび上がるのは、民族や国家を超えて広く開かれた彼の魂です。これも私がこの「予備校graffiti」で繰り返し記してきたことですが、皆さんには是非『罪と罰』のソーニャ、『カラマーゾフの兄弟』のゾシマ長老とアリョーシャを知って欲しいと思います。彼らこそドストエフスキイの魂が最も素直に表現された存在であり、偏見から解放された自由で広い心を持ち、全ての人間への信と愛に生きる人たちです。

予備校graffiti㉘

Y君、日本の近代を辿って

今までの五回、私は「旅」とか「修業」という言葉をしばしば用いてきました。この「旅」とか「修業」という言葉ほど、我々人間の試行錯誤と成長の過程を的確に表徴する言葉はそう多くないと思われるのです。今回紹介するY君の場合、二十代から三十代半ばにかけて、福沢諭吉から富士川游へ、そして富士川游から波多野精一へと、福沢以外はあまり知られることのない、これら三人の先哲との取り組みの「旅」を淡々と続けてきたように見えます。日頃のY君自身、実に落ち着いた物静かな若者です。しかし彼の「旅」の足跡を辿る時、そこに浮かび上がってくるのは、この若者が内に燃やす情熱であり、彼の「旅」とは我々日本人が避け、そして斥けてきた「超越」・「實在する神」（後述）を目指しての、静かで激しい「修業の旅」であることが明らかとなるでしょう。黙々と研究と思索を重ねるY君に応え、私も彼の三つの旅を辿り、その足跡を出来るだけ的確な言葉でここに刻んでおきたいと思います。

Y君が入学をしたのは慶應義塾大学でした。私は以前ドストエフスキイの『夏象冬記』と取り組んでいた頃、この作家と慶應義塾の創立者・福沢諭吉が同年（1862）にした西欧への二つの旅を比較し、エンリッチ講座でも取り上げたのですが（前回紹介したK君が参加した連続講座です）、Y君はこの大学で福沢と、そして私の研究会でドストエフスキイとの取り組みを続けます。大学の卒業後、東北大学の大学院に進んだ彼は、福沢の研究を更に推し進めると共に、夜行バスで仙台から東京の研究会に通い、ドストエフスキイとそのキリスト教思想の研究も黙々と続けたのでした。

大きな転機が訪れたのは博士課程への進学の時でした。Y君は、福沢が「文明開化」と「富国強兵」という旗印の下に、また「一身独立して一国独立する」の精神の下に、日本の近代化に向けて果たした大きな役割を認識した上で、その日本が行き当たった限界をも見据え、いよいよ福沢が見なかったもの、一言で言えば「超越」の問題と正面から向き合うことを始めたのです。福沢的近代の限界性については、彼は既に大学生の頃から明確に認識していました。しかしなお慎重かつ綿密に福沢の思想と、彼が導いた近代日本の在り方の検討を続けていたのです。それだけY君が踏み出した一歩は必然性を持ち、説得力のある一歩だったと言うべきでしょう。

博士課程での新たな一歩。Y君が向き合ったのは富士川游でした。富士川游とは西洋医学を修めた医師であり、同時に日本の医療史に通暁する医学史家であり、更には親鸞の浄土真宗に深く帰依する宗教者でした。西洋的知性と東洋的宗教性を併せ持ち、人間の病に対しても肉体と精神という二つの方向から、つまり治癒と癒しの両面からアプローチをする富士川の精神は、西洋の合理主義と功利主義に立つ福沢の「カラリとした精神」とは明らかに異なるもので、Y君は新たにこの富士川に自らを重ね、福沢が正面から向き合わなかった、そしてまた大部分の日本人が避け続ける「超越」の問題との取り組みを開始したのです。

「超越」の問題に向けて新たな「旅」を開始したY君。この旅に彼が携えるのは「神と不死」の探求・人間の「罪と赦し」の問題という、ドストエフスキイ文学の核心を巡って十年来、彼が黙々と続けた「修業」と、彼生来の鋭く繊細な音楽的・芸術的感性——これら二つの強力な「旅の杖」だと言えるでしょう。

博士論文を書き上げた後のY君は、医師であり医学史家であり宗教者でもある富士川の精神と人間性に魅せられ、なお彼との取り組みを続けつつも、「實在する神」という一点から厳しく「超越」の問題に迫る波多野精一に的を絞り込みます。

純粋哲学を担当する西田幾多郎に京都大学に招かれ、確たる哲学的知識を土台として宗教学を担当し、日本に於いて初めて本格的な聖書学的角度からの聖書研究に着手し、更にはキリスト教的宗教体験を土台とする宗教哲学を打ち立てるに至った波多野精一——今では彼に注意を向ける人は殆どいません。しかし驚くべき博識と思索力を基に、「實在する神」の感受を不動の核とし、宗教的体験と認識の徹底的な論理化・言語化を試みた彼の仕事は、世界に誇るべきものです。福沢から富士川へ、そして波多野へ。Y君の旅は一見、これら三人の先哲を淡々と追う旅のように見えます。しかしこの旅の末に波多野に的を絞ったY君は、いよいよ「超越」・「神」の問題との取り組みに対して背水の陣を敷いたと見るべきでしょう。ここには日本近代の「光」と「闇」を見つめ続けた彼の十五年間と、そこでドストエフスキイと聖書との取り組みを基に黙々と続けられた思索の積み重ねがあり、そこから浮かび上がるのは「超越」の問題に収束する一青年の熱い情熱と修業の旅の足跡です。

ところでこのY君と前回紹介したI君とは無二の親友であり、十五年もの間互いに切磋琢磨を続けてきました。私の体験からすると、ドストエフスキイと聖書と向き合い続け、「實在する神」・「超越」の問題を巡って波多野宗教哲学や一休禅を生涯の課題とするに至った二人は、現在の世俗化し蛸壺化したアカデミズム・学会、そして世間から容易には理解されず、むしろ無視され疎外されてしまう危険性が大きいと思われます。しかし彼らは平然と、そして黙々と勉強を続けています。

強い求道心と情熱に貫かれた学問の修業者たち、新しい「ドストエフスキイ世代」が誕生しつつあることを、私は今まで何度も記してきました。その「予備校graffiti」の最終回、西洋と日本を股にかけた本質的思索を試みる若者たちについて、このように改めて報告が出来ることを心から嬉しく思います。

予備校 graffiti ㉙

痛快な、そして楽しい思い出

トルストイの『アンナ・カレーニナ』（1877）は、同時代の作家ドストエフスキイも絶賛した傑作ですが、その書き出しは実に印象的です。

「幸福な家庭は皆、似たものである。
　だが不幸な家庭には皆、それぞれの不幸がある」

「予備校 graffiti」の最後は、前回の「辛い思い出」とは対照的に、「痛快な、そして楽しい思い出」というタイトルの下に六組十人ほどの若者を紹介します。

しかしここに紹介する若者たちが、トルストイが記すように、「幸福」で「皆、似たもの」たちであり、能天気でお目出度い人たちだなどと言おうとしているのではありません。それどころか彼らは、この私の内で「闇」に対する「光」、「否定」を超えた「肯定」として輝き続ける存在であり、彼らの輝きそのものが、既に他に何も説明を必要としない力と豊かなユニークさを持っているのです。皆さんもこれら若者たちについての「痛快な、そして楽しい思い出」から、是非瑞々しい力と喜びとを受け取って下さい。

（A）「特急あずさ君」の「基礎貫徹《キ・ソ・カン》」

前世紀末の八十年代から九十年代にかけて、好調な日本経済と呼応するかのように、予備校には自由で大らかで創造的な雰囲気が強く脈打っていました。それを象徴するものの一つが、他の予備校と同じく河合塾にも数多く開設されていた「公開単科講座」でしょう。この講座のことは以前にも記しましたが（「予備校graffiti」（二）⑨）、ここでは講師がオリジナルテキストの作成を求められ、それと呼応して浪人生や高校生は各予備校の講座パンフレットを出来るだけ多く集め、自分の好みのテキストや講師を選択した上で、申し込みをしていたのです。この「公開単科講座」を核として、各予備校間での、また様々な高校間での、そして先輩と後輩間での情報の交換や生徒の行き来も非常に活発化したのでした。しかしこれらの若者たちが親となり、その子供たちがスマホにしがみつき、「大学全入」が言われる現在では、これはもう想像もつかない光景となってしまいました。

私が担当していたのは「基礎貫徹英語ゼミ」という名の

講座でした。このゼミの特色は名前の通り、英語の基礎の確認を徹底的に繰り返し、その上で雑誌「ＴＩＭＥ」や東大入試の英文を読み解くまでの貫徹を図るというものでした。こちら側から受講者の成績レベルを設定することはなく、彼らに要求した条件はただ一つ、「きつくとも頑張り抜こうとの意志を持参すること」であり、誰でも申し込み順に受講が許可されました。成績の最優秀者層から、英語が非常に苦手な生徒さんまで、また他の予備校や地方の高校からも様々な受講生が集まってきました。一時は三つの校舎に講座が開設され、千人近くがここで学び、この講座は「キ・ソ・カ・ン」という名の下に独特の熱気が渦巻く場となったのでした。

授業時間は五時から七時半までとされました。ところが分厚いテキストの「基礎貫徹」を果たすためには、どうしても九時や十時近くまではかかってしまいます。遠くから通う生徒や女子学生、更には門限の決まった寮生たちのことが気になり、当初は私も出来るだけ時間通りに終えようとしたのですが、それでは講師も生徒も共に不完全燃焼となってしまいます。するとこの授業時間のことで私に手紙をくれる生徒や、直接要望を伝えに来る受講生が次々と現われたのでした。彼らは今回のテーマ「痛快な、そして楽しい思い出」の中でも、とりわけ「楽しい思い出」を残してくれた若者たちです。

長野の松本から通う現役生がまず手紙をくれました。この生徒さんは、九時前になると授業の途中で退出する制服姿の高校生として、クラスの皆に知られる存在となっていたのですが、その手紙の趣旨はこうでした。

自分が松本に帰る特急「あずさ」は新宿駅を九時に出る。「キ・ソ・カ・ン」の授業がある千駄ヶ谷校舎からなら、一五分もあれば大丈夫だ。九時までででも十時までも授業をして欲しい。自分が帰った後のことは次週、隣の先輩に聞く。遠慮せずに「貫徹」をして欲しい！

この現役生のことを授業で紹介すると、直ちに別の受講生が私のところに訴えに来ました。彼は静岡県の熱海市から通って来る本科生で、普段もよく質問に来るユーモアと熱気に溢れる若者でした――先生、「特急あずさ君」（彼はこう呼んでいました）には感激しました。自分には十一時半くらいに東京駅を出発する最終の「鈍行・大垣行き」があります（これは前回紹介したＫ君も様々な旅に愛用した伝説的な夜行電車です）。たとえ授業が十一時に終了しても問題はありません。是非延長をお願いします。電車の「脱線」は困りますけど、僕は先生の「脱線」は大好きです。遠慮をせずに「鈍行授業」で脱線もして、ドストエフスキイやベートーヴェンや外国の話を一杯して下さい！　僕が先生の脱線を録音しておき、「特急あずさ君」にも聞かせてあげます（私の授業が「鈍行」でも、また「脱線」ばかりしていたわけでもないことは、ここに記しておかねばなりません）。

その他、宇都宮や水戸から通ってくる浪人生や、寮長さんが門限を厳しく守らせる寮生たちも訴えてきました。「時間など気にしないでいいです』「キ・ソ・カ・ンで完全燃焼をしたい」「週最後の金曜日の授業、ここから全てが始まります！」――この熱気を前にして、私の躊躇は消えました。

ところで日本経済の高度成長期からバブル期について、今まで私はどちらかと言うとマイナス面の方に重点を置いて語ってきました。日本人は二十世紀最後の数十年間で、太平洋戦争に続いて、今度は「economic animal Japan」の戦士としてバブルに突き進み、一時の経済的繁栄の代わりに国土ばかりか精神をも荒廃させ、嬉々として自らを小市民《プチブル》化させていったのでした。並行して海外ではソビエト連邦が崩壊し、ベルリンの壁が取り払われ、天安門事件が起こる等、正に歴史的な大激動が進展したのでした。バブル景気に沸く日本では、社会を覆う熱気が衰退に向かう熱気であることを本能的に直感した若者たちが、既に形骸化した公教育の場とは異質の、自由で大らかな雰囲気を予備校空間の内に感じ取り、ここに吸い寄せられるように集まってきたのです。彼らは「公開単科講座」に全力投球をし、或いは河合文教研の主催するエンリッチ講座に競って参加をし、また大学入学後にはドストエフスキイ研究会に加わり、人間と世界と歴史について本気で考えようとしたのでした。忘れてならないのは、この若者たちを正面から受け止めようという熱い職員さんたちもまた多数いてくれたという事実です。

私はこれらのことを記すことで、バブル崩壊から今に至る長い「失われた時代」の底にも、新たな再生に向けた炎が燃え続けていることを証しておきたいと思います。「痛快で、そして楽しい思い出」とは、私個人の「昔懐かし」的な回想に終わるものではなく、日本の再生に向けた若者たちの「未来を孕んだ思い出」としてこそあるものだと信じるからです。

「予備校文化論」を著わそうとする評者がこれからも出てくることでしょう。彼らが表面的情報や、自らの政治的信条や、気づかぬ偏見の上に立って論を張るのではなく、まずはここ数十年間にわたる予備校の具体的現実に広く目を向け、地に足の着いた情報収集の上に立って欲しいと思い、その具体的一例として「公開単科講座」とその熱気について記しました。

（B）ドストエフスキイ読破と「OK」サイン

私は現代日本に於いてドストエフスキイが確かな根を張る場、或いは真に棲息可能な場の一つとは、アカデミズムや商業ジャーナリズムの場よりも予備校であると信じ、また実際にそう感じつつ生きてきたため、「予備校空間・塾空間のドストエフスキイ」という言葉を好んで使うのですが、今回はこの予備校空間から生まれた硬派のドストエフスキイ青年T君について、その「痛快な」エピソードを報告しておきます。

T君は或る私立大学の法学部に入学してから一年余の間、河合塾の講師室に私を訪ね続けました。ドストエフスキイの作品を新潮文庫で一冊読むと、その都度その文庫本を手にして私の許を訪れ、作品の感想を簡潔に報告し、暫くの対話が終わると、文庫本の裏表紙に私が「OK」のサインを記すことを求めるのです。彼が通う大学と、浪人時代を送った河合塾の校舎とは比較的近くにあるため、授業の空きが一つあれば駆けつけることが出来たのです。文庫本で一作を読了し、河合塾を訪れては私に短い感想を述べ、「OK」のサインをもらっては一礼をし、サッと大学に帰ってゆく――この繰り返しを一年余続け、とうとう彼は新潮文庫に収められたドストエフスキイの全作品を読破してしまいました。ドストエフスキイの主要作品を読む若者は少なくありません。しかし新潮文庫に収められた彼の作品全てを読んでしまったという若者は少なく、前回紹介した「ドスト制覇青年」を思い起こさせる快挙でした。二人はその類を見ない集中力と、どこか「田舎青年」の素朴さを湛える点でも似ていたように思います。

あれから十年近く。彼は姿を現わしません。しかし私には、この痛快な思い出で十分です。彼もまた、この「ドストエフスキイ体験」を忘れることはないでしょう。書店で新潮文庫を手に取り、表紙のペローフが描いたドストエフスキイの肖像画を目にするたびに、私には彼の姿が思い浮かびます。ここにあるのもただの「思い出」ではなく、痛快な「未来を孕んだ思い出」です。

「ドスト制覇青年」もそうでしたが、一人黙々とドストエフスキイの作品を読むことに集中し、この作家の世界を自らの世界と重ね、様々な問題について思索を試みながら生きてゆく日本の「ロシアの小僧っ子」となること――これは決して容易なことではありません。しかしこのような若者が新たな「ドストエフスキイ世代」として一人でも多く現われてくれること、これこそ私が夢見る「来者《らいしゃ》」であり、日本の将来像です。彼らのような若者が大人になり、今度は新たに若者たちの相手をしてあげ、ドストエフスキイの本質的思索に倣い自らの頭で考える人間を創り、日本に「ドストエフスキイ体験」という「一粒の麦」をコツコツと播き続けてゆく――これ以上何を望むことがあるでしょうか？

(C)「合格判定E」を貫いた浪人生

続いて予備校ならではの「痛快な思い出」をもう一つ。つい数年前の春のことです。前年度教えたT君が、顔を輝かせながら報告に来てくれました。第一志望の医学部に合格した彼は、今年の受験生に是非伝えて欲しいことがあると言います。

彼は一年間全ての模擬試験で、第一志望校の合格判定が「E」しか出なかったのです。ご存知のように、河合塾の模試で合格判定が「A」と出れば合格は間違いなし、「B」でも合格圏内に入ったものと見なされます。しかし多くの受験生が「C」や「D」の判定しか出ないのが現実です。「C」・「D」の判定を前にして、彼らは職員チューターさんやご両親に顔向けが出来ず、自らも暫くは気落ちから立ち直れません。まして「E」というのはもう「論外」と言われるのに等しく、多くの受験生から「死刑宣告」・「門前払い」、或いは「場外退場勧告」・「強制終了宣告」として恐れられ悲しまれるのです。T君はこの「E」評価から、一年間を通じて一度も抜け出ることが出来なかったのだそうです。

しかしT君は自らに言い聞かせたのでした。

「『E』を取ったからといって、他人から自分の希望を抹消されるのは御免だ！　自分は最終的には第一志望校への評価を『A』にまで持ってゆくつもりだ！　その努力を続けている！　自信もある！　二月末まで待っていてくれ！」

歯を食いしばって頑張り続けたT君は、とうとう「初志貫徹」を遂げたのです。

人間の努力の全てが統計的数値で推し測れるものではないこと、そんなものよりも人間の意志と自由と努力の方が遥か上にあること、このことを彼は自分自身を実例として、一年をかけて見事に証明してくれたのです。

大きな模試の結果が出て、合格判定が出された翌日。予備校の教室は虚ろな目を宙に漂わせた受験生が満ち、講師の方も一瞬たじろいで引いてしまうような白々とした雰囲気が支配する場となることがよくあります。そのような中、最終的な勝利に向けて内に炎を燃やし、歯を食いしばって頑張り続けている「判定E」のT君のような生徒さんがここにはいるのだと思えることは、決して予備校の内に限定されるべき小さなことではありません。この「痛快な思い出」を是非皆さんも共有して下さい。やがて医師となったT君が重い病を抱えた患者さんにどのような姿勢で臨むのか、考えただけで胸が熱くなりませんか？

（D）「千葉太陽少年団」と「ピーナッツの情熱」

　公開単科講座「基礎貫徹《キ・ソ・カ・ン》英語ゼミ」に戻ります。授業の合間に、私はしばしば生徒さんたちに「朝日が昇るのと、夕日が沈むのとではどちらが好きですか？」と質問をしていました。『カラマーゾフの兄弟』には聖者ゾシマ長老が夕日について語り、夕日の斜光の素晴らしさを何よりも愛すると語る、実に印象的な場面があります。ゾシマの弟子のアリョーシャも、夕日の斜光が射す祭壇の前で母に抱かれていた思い出を生涯忘れることがなかったとされます。いつの間にか「キ・ソ・カ・ン」において、このゾシマ長老とアリョーシャ師弟と重ねての「朝日か？ 夕日か？」の質問が、私の「脱線」の際の十八番《オハコ》となっていたのです。この事実とこれから記す思い出とが、具体的にどこでどう結びつくのか今ではもう定かではないのですが、その曖昧さのままに記しておきます。

　千葉から二人、更に遠くの木更津から一人、千駄ヶ谷校舎に通っていた三人の本科生がいました。二学期の初めのことです。彼らは金曜日、本科の授業の後で夕方からの「基礎貫徹英語ゼミ」の授業を終え、真夜中過ぎの土曜日に帰宅をし、今度は早朝に起きて再び千駄ヶ谷校舎に戻って模擬試験を受け、それが終了するや千葉市の仲間の家に向かい、そこで一晩中語り明かすと、更にその足で「朝日を見よう！」ということになり、日曜日の早朝、勝浦の海岸へ出かけて行ったのだそうです――彼らの報告をここに書いているだけで溜息が出るほどの強行スケジュールです。若くなければ出来ません。

　朝日に感動した彼らは、その場で約束をし合ったのでした――残る半年の間、月に一回、ここで「朝日を見よう！」。

　この時以降、全員が今までより一層勉強に打ち込むようになり、また様々なことを語り合い、翌春にはそれぞれが素晴らしい結果を残すことになります。彼らからの報告を聞き、私は彼らを「千葉太陽少年団」と名づけてあげました。

そしてこの「千葉太陽少年団」が契機となり、私自身、千葉校舎への出講を決めたのでした。千葉校舎は三多摩にある私の家からは遠く、泊りがけで出かけて行く必要があり、それまで出講の依頼に色よい返事をしていなかったのです。しかし「このような子たちがいるのなら、千葉に行こう！」――その後私は、千葉校舎に二十年近く出講し、「千葉太陽少年団」たち以外からも様々な楽しい思い出を与えてもらったのでした。

千葉の生徒さんたちは概してシャイで、なかなか打ち解けてくれません。戸惑った私は、当初彼らの姿勢を「ピーナッツの情熱」と呼んでいました。つまり千葉名産のピーナッツのように味は抜群なのに、彼らは地中深くに、しかも自分の殻に閉じ籠っていて、なかなか積極的に地上の光の下に出ようとしないのです。「君たちの千葉県は成田空港に土地を提供してあげ、無数の日本人を世界中に送り出しているのに、君たち自身は鎖国した江戸時代の日本人のように目も心も堅い殻の中に閉じ込めて、ピーナッツのように地中深くに閉じ籠っているんだ！　君たちの情熱はピーナッツの情熱だ！」――これは苛立ち交じりに時々私が放った皮肉であり、何よりも檄でした。

しかしひとたびその堅い殻が割れて心が開かれるや、彼らからは驚くほどの情熱が迸り出てきて、それぞれの青春が輝き始めるのです。何重もの殻に閉じ籠る彼らの在り方が分かるまで、私には数年がかかりました。その後は楽しい思い出の連続です。

私は海外に出かける時、成田空港に向かう車中で「千葉太陽少年団」のことを思い、「ピーナッツの情熱」のことを思い、また彼らの朝日とゾシマ長老やアリョーシャの夕日のことや、その他様々な楽しい思い出を振り返りながら、私のピーナッツたちが大きく成長し、地上に現われ出て、広い世界の光の下でその殻を弾《はじ》けさせる瞬間を思い描くことを楽しみにしています。

今年（2019年）千葉県は度重なる台風によって甚大な被害を受けました。この心痛む光景をテレビで目にしながら、私はこのような時にも彼らが決して負けてはいないこと、「ピーナッツの情熱」がやがて自らを力強く地上に押し上げ、必ず立ち上がることを信じ、声援を送っています。（県民を打ち捨て自分の別荘の「視察」に駆けつけたと言われる知事も、まずは自分のピーナッツの殻を大事にする千葉県民だと考えれば、ただ怒りの対象として弾劾するよりも、やがて殻を破り再生する日を待つ「未成年」だとして受け容れてあげられるように思うのです）。

(E)「curious《キュアリアス》 boy《ボーイ》・好奇心坊や」、ベストの問い

N君は自分の質問はそそくさと片づけてしまい、その後は私のことについて次々と質問を浴びせる、と言うよりは熱心に「探索」を開始する少々変わった生徒さんでした。先生の出身地は？ 出身校は？ 年齢は？ 外国旅行歴は？ 好きな国、嫌いな国は？ 好きな建物は？ 好きな本は？ 好きな作家は？ 好きな音楽は？ 好きな絵画は？ 好きな食べ物は？ 初恋はいつ？ 奥さんはどんな人？ お子さんは何人？ 等々……

勿論、一度にこれら全てを聞くわけではありません。彼にはその日に決めたテーマがあるらしく、系統的にサクサクと質問をしてくるのです。しかも何故か彼の質問には嫌味がなく、その「探索」の系統性には独特の知性さえ感じさせられます。つい私も乗せられて気軽に答えると、彼はフンフンと聞いていていて、好奇心が満たされるや、それ以上の突っ込みはせず、ニコニコして帰ってゆきます。爽やかな一陣の風が吹き過ぎていったかのようで、残されるのは不思議議な後味の良さでした。やがて私はN君のことを、秘かに「curious《キュアリアス》 boy《ボーイ》・好奇心坊や」と呼ぶようになりました。

N君はいわゆる「講師の追っかけ」などではなく、恐らく人と話すこと自体を生来の喜びとしていたのではないでしょうか。大人にせよ若者にせよ、世に「話し好き」の人は数知れず、しかも自分の話ばかりする人が大部分で、真の「聞き上手」はごく稀にしかいません。「聞く・話す」はフィフティ・フィフティが理想なのですが……

そもそも予備校という場は大学合格を第一の目的とする場であり、授業の質問以外に浪人生が口にするのは勉強の悩みの訴えや、合格判定のことや、大学の情報を求めることや、志望する専門についての質問・相談が主で、話が自分中心となることは当然なのです。N君の場合のように、講師に向かって質問を畳みかけてくるというようなことはまず起こりません。そんなわけで、好奇心をもって講師に語りかけ質問をしてくる生徒さんがいると、こちらもハッとさせられてしまいます。「この子は心の開いた子だな！」と。

curious boy から投げかけられた中で、最も驚かされた質問はこれです。

「先生、先生が一番好きな言葉って、何？」

これが私の人生で、自分が受けたベストの問いではないかと思います。平凡で常識的な私ですが、さすがにこの時「愛」だとか「友情」だとか「誠意」、或いは「大志」だと

か「努力」などという言葉は頭に浮かびませんでした。私は一瞬、身構えました。

実は私は、この時N君がした質問と或る意味で同じような問いを当時も今も、ドストエフスキイに関して問い続けているのです。「ドストエフスキイの究極の一語とは、何だろう?」。

当時の自分にとって、それは「憂愁（タスカ）」という言葉であり「地下室（パドポーリエ）」であり、更には「肯定と否定（プロ・エト・コントラ）」・「激震が走る（トリャスチース）」などでした。しかし彼からズバリ「一番好きな言葉は?」と問われ、この時私の内から咄嗟に飛び出してきたのは「晴々とした（ヴィショールイ）」という形容詞でした。

весёлый（ヴィショールイ）「晴々とした」――これは『カラマーゾフの兄弟』の中で、聖者ゾシマ長老とその弟子の青年アリョーシャを中心に用いられる形容詞です。ドストエフスキイ世界とは罪や罰、殺人や自殺、死に至る病や狂気、貧困や泥棒、陰謀や裏切り、憎悪や背信、懐疑や不信等々……人間の陥る地獄・陥穽、或いは人間が内に宿す悪魔性が「これでもかこれでもか」と繰り返し描かれ、その「闇」の中から「光」を求めるドラマが展開する世界です。そしてこの「晴々とした」という形容詞こそ、難しい思弁や概念は措いて、「幸福な（シャスリーヴイ）」とか「喜ばしい（ラーダスヌイ）」とか「静かな（チーヒー）」などの形容詞と共に、ドストエフスキイが最終的にその登場人物たちに与える「究極の一語」だと言ってよいでしょう。※同じ問いを今出されたとしても、私はこの「晴々とした」という一語をドストエフスキイの「究極の一語」として選ぶことでしょう。その一語をこの青年は二十年ほど前、私の内なる「闇」の中から図らずもごく自然に引き出してくれたのです。

※この「晴々とした」という言葉については、拙著『カラマーゾフの兄弟論―砕かれし魂の記録―』の「あとがき」を御覧下さい。

私の答えと簡単な説明を聞くと、curious boy は満足げに帰ってゆきました。それ以降彼と私との間で、この言葉についてもドストエフスキイについても、更なる会話が交わされた記憶がありません。またその後彼からの連絡も一切ありません。しかし先に記したように、この人生で縁あって出会いを与えられた人との間に、一瞬でも絶対の瞬間が与えられた以上、その出会いを更に引き伸ばすべき理由を私は見出せません。互いにそれ以上の何を望むことがあるでしょうか？このような瞬間の絶対性は、我々の心を正に「晴々と」させてくれ、別れの潔さをも自然に与えてくれるのです。

この curious boy を尽きぬ探索に導いた「好奇心」とは一体何だったのか？ その後私は折につけこのことを考えています――およそ人間同士の間で交わされる問答の中で、相手の一番好きな言葉とは何かを尋ねること以上に、美しく素晴らしい問いがあるでしょうか？ この時質問者は、その言葉の奥に潜む相手の心の最も大切なものの開示に耳を傾け、自らを無にして心を凝らしているのです。ここにあるものが「好奇心」だとすれば、それは最も上質で高貴な「好奇心」であり、言葉の真の意味で「探求心」とも呼ばれるべきものでしょう。今では私はこの青年が、正に好奇心の塊であったドストエフスキイが予備校に、また私の人生に遣わしてくれた探索の使徒、聖なる「好奇心・探求心」を手にした天使だったのではないかと思っています。

(F)「案山子《かかし》少年」

「千葉太陽少年団」、「curious boy・好奇心坊や」と続く「楽しい思い出」の線上で、「案山子《かかし》少年」のことも報告したいと思います。残念なことに、私は彼の名前を忘れてしまいました。その代わりに、彼は「案山子少年」という名で私の内に今も鮮やかに生き続けています。「痛快な、そして楽しい思い出」を残した若者たちの多くが、ニックネームの形で心に刻まれているのも、思えば不思議なことです。

この若者は、ダサイ私でさえも「お洒落だな！」と思うような服の着方を常にしてくる生徒さんでした。上から下まで真っ黒に決めて登場し、教室の女生徒さんたちをハッとさせる時があるかと思うと、清潔感に溢れる白いシャツ一枚で、ひたすら辞書を引き続けている時もあれば、紫っぽい色で妖しげな雰囲気を漂わせている時もありました。身につけるものがお金をかけたブランド品などでないことは私にも分かります。「センスがいいのだな！」と私は思い、毎回彼が学ぶ教室に行くのを楽しみにしていました。他の生徒さんたちも、きっと同じだったと思います。

二学期が進んで秋たけなわの頃、教室に入った私の目に飛び込んできたのは、洗い晒しの紺の絣《かすり》のようなものを着てニコニコしている彼の姿でした。よく見ると、どうもお百姓さんの野良着のようです。両腕の後ろから背にかけて一本の細長い棒を通しているようで、両肩が一直線に見えます。

「今日は、君、どうしたの？ 何なの？」

「今日は、僕、案山子です。刈り入れ時ですから！」

教室は笑いに包まれました。私もこの日ほど心楽しく授業をしたことがありませんでした。それから二十年以上、秋が来ると必ずこの「案山子少年」は私の心の田圃《たんぼ》に現われて、ニコニコと微笑みかけてくれるのです。

この「案山子少年」の内から溢れ出ていたものとは、「気障さ」とか「目立ちたがり」などの精神とは全く異質のもの、健康で屈託のない青春の輝き、或いは人間の内なる「童心」、無垢で明るい「悪戯《いたずら》心」だったのではないでしょうか？「楽しい思い出」の「楽しさ」というものがどこから来るのか、彼は見事に教えてくれたように思います。

私はいつの日か、今までの死者も今生ある者も、この地球上の人間全てが、否、動物や植物も含めた万人万物一切が相集い、「案山子少年」・「案山子少女」、或いは「悪戯小僧」・「悪戯小娘」になって、世界中至る所の田圃で秋の陽光の下、「晴々と」収穫を祝い合う日が来るという夢を持ち、その日のことを楽しみにしています。その日とは『カラマーゾフの兄弟』のイワンが苦しんだ地上の不条理と謎の一切が解き明かされる日であり、個人的には田圃の真中でニコニコと微笑む「案山子少年」ばかりか、「千葉太陽少年団」や「curious boy」たちに、この地上での出会いと別れを超えて再会出来る時だと思っています。

予備校graffiti㉚
Eさんの「笑顔」と、「汚れつちまつた悲しみに……」

Eさんが「笑顔」を絶やさない人だと私が気づいたのは、彼女が辛い体験を重ねている間のことでした。ドストエフスキイ研究会で一年間、サブテキストとして取り上げた遠藤周作と出会った頃の彼女は、この作家とドストエフスキイに体当たりをし、キャンパスライフを目一杯に謳歌する心身共に健康な女子学生でした。

ところが大学卒業と共に或る難病に罹ってしまったEさんは、三十代に入るまで辛い日々を送ることを余儀なくされます。この頃のことです。私は時おり予備校を訪ねてくれるEさんが、決して悲しい顔も沈んだ表情も見せず、常に笑顔を絶やさないことに気づきました。その後幸いにも病気は快方に向かい、Eさんは教員採用試験にも通るのですが、なかなか望み通りの教職は与えられず、なお辛い日々が続いたのでした。しかしこの間も、彼女から決して笑顔は消えませんでした。

Eさんがドストエフスキイ研究会を「卒業」してから何年もが経った時のことです。或る時、友人のAさんと研究会を再び訪れてくれました。Aさんは結婚のことを、Eさんは希望していた教職を得られたことを知らせに来てくれたのです。ところが突然サッと研究室のドアを開けて登場した彼女は、なんといつもの笑顔に加えて、頭にターバンを巻いているのです。私は日頃研究会のメンバーに、ドストエフスキイと聖書との取り組み以外にも、音楽や絵画の分野で一級の芸術作品と取り組むことを勧めていて、当時は皆で数年間にわたり、フェルメールの「デルフトの眺望」と向き合い続けていました（「予備校graffiti（二）⑥」を参照）。これはオランダ・ハーグのマウリッツハイスに展示され、同館のターバンを巻いた「真珠の耳飾りの少女」と並び、この画家の最高傑作とされていることは皆さんもご存知だと思います。この日も「デルフトの眺望」を検討しようとしていた矢先に、突然ターバン姿のEさんが飛び込んできたのです。前回の㉕で紹介したI君も丁度そこに居合わせた一人だったのですが、この名うての「悪戯小僧」でさえ、今も「あの時は度肝を抜かれました」と語っています。I君ならずとも、研究会にターバン姿で「不意打ち」をかけたあの瞬間の、Eさんのあのお茶目な笑顔を忘れる人はいないでしょう。

私はこれを記している今、先に紹介した「案山子少年」のことも一緒に思い出しています。そこで記したように、この時Eさんを突き動かしていたものとは、私や後輩たちを驚かして「受け」を狙おうとする「邪心」などではなく、何よりも青春の健康な輝きそのもの、人間誰もが内に持つ「童心」であり、またそこから発動してくる無垢で明るい「悪戯心」とその「笑顔」であったことは、私ばかりかそこにいた誰もが感じ取ったことだと思います。長い病と、それに伴い就職もままならぬ辛さの底から、Eさんは「悪戯心」と「笑顔」を摑んで起ち上がったのです。

人間が内に宿す「童心」・「悪戯心」、そしてそこから送り出される「笑顔」――このように記すと、Eさんは強く否定するに決まっています。「私の笑顔なんて、そんな高尚なものではありません！ 私の内は醜いもの・邪心で一杯ですよ、先生！」。

しかし我々の個人的な表情そのものである「笑顔」が、内なる「童心」・「悪戯心」と結びついた時、個を超えた普遍的・永遠の表情として輝き出るということが、どうしてあってはいけないでしょうか？ ルネッサンス以来、レンブラントやフェルメールやゴッホなど、オランダ絵画の巨匠たちが表現してきたものとは、正に個を通して顕われ出る普遍、その個が日常の中で生きる永遠そのものだったのではないでしょうか？

少々煩わしいことを記しましたが、理不尽な運命によって重い軛を負わされ、それに伴い就職もままならぬ辛さの底からEさんは、先に述べたように「童心」・「悪戯心」と「笑顔」と共に起ち上がったのだと私は考えています。

Eさんは今或る高校で国語を教えています。いわゆる「受験校」とは遠く、この高校では、生徒さんたちは授業に身を入れることは少なくスマホをいじり、平気で教師を茶化し、逆らい、教室を「学びの場」として成立させてはくれず、傍から見ても彼女の毎日は決して楽なものではありません。先日私が「教えるということは、身を削ることですよね」と言うと、彼女は笑顔で大きく頷いていました。しかしその目には涙も光っていました。決して声高に弱音や愚痴を漏らす人ではないだけに、彼女が内に抱える辛さが窺い知れたのでした。

最後に彼女の笑顔と、その笑顔が新たに直面させられることになった人間と世界の「病」、殊に日本社会の「病」について、二つのエピソードを通して考えたいと思います。

一つは夕日の写真についてです。

Eさんが私に送ってくれるメールには、よく添付ファイルが付されていて、開けると夕日の写真が現われてきます。以前から天気と時間が許す限り、夕日を撮り続けているのだそうです。校庭から撮った夕日。休暇で訪れたハワイの、抜けるような空に透明に輝く夕日。雲の合間に一瞬顔を出した夕日……

Eさんの愛読書『カラマーゾフの兄弟』には、「千葉太陽少年団」でも記したように、聖者ゾシマ長老とその弟子アリョーシャの魂にとって、沈む夕日の斜光が如何に大切な役割を果たしているかが実に印象深く描かれています。彼らにとり夕日の斜光とは、人間と世界が抱える病を癒す力の象徴なのです。Eさんも一日の終わり、夕日に向かいシャッターを切ることで、その日出会った悲しさや怒りを断ち切り、夕日から新たな力をもらおうとしているのでしょう。

その日の疲れや憂さを酒やテレビやゲームやスマホで晴らす人もいます。私はそのような一日の終わりも決して否定はしません。しかし一人空を見上げ、夕日の写真を撮るEさんの姿の方に軍配を上げたくなります。夕日に向かいシャッターを切り続ける彼女の精神の底から生み出されるもの、それが童心・悪戯心と結びついた彼女の笑顔であり、そこには人間と世界の「病」に正面から向き合う力が、たとえそれは未だ微かなものであろうとも、既に確実に宿されていると思うのです。

もう一つのエピソードはEさんの授業についてです。

ドストエフスキイを読み続け、遠藤周作を愛するEさんが日頃高校でどのような授業を展開しているのか、私は「好奇心」(?!)を掻き立てられるのですが、先日その授業について、彼女が珍しくメールでレポートをしてくれました。中原中也の詩「汚れつちまつた悲しみに……」(『山羊の歌』所載)を授業で扱った時のことです。

汚れつちまつた悲しみに
今日も小雪の降りかかる
汚れつちまつた悲しみに
今日も風さえ吹きすぎる

この一聯を始めとして全部で四聯。そこで八度繰り返される「汚れつちまつた悲しみに」。中原中也のこの絶唱が生徒さんたちの心を摑んだのです。日頃教師の言葉などは平気で無視し、私語を交わし、スマホをいじり、興味のあることにしか関心を示さない生徒さんたちが、耳と目どころか、その心さえも「汚れつちまつた悲しみに」という表現に釘付けにされたのだそうです。更にEさんが生徒さんたちにこの詩の続編を書いてみるよう勧めると、なんとそれに一人ひとりが応えてくれたのだそうです。

その内の数篇がEさんからメールで送られてきました。どれもが心を揺り動かすものばかりです。しかし残念なことに、それらは生徒さんたちが自分たちの教師Eさんに対して示した魂の表白であり、またこの授業のことも、Eさんがそっと私だけに打ち明けてくれたものです。「汚れつちまつた悲しみに」の顚末についてはEさん自身が、いつの日か何らかの形で皆さんに報告が出来るようになる日が来るでしょう。私はそれがドストエフスキイと遠藤周作との取り組みを土台とした、今までのEさんの教育体験の総括となると思っています。つまりそれは彼女の新たな闘いの報告、彼女が直面させられた時代の病との闘いの報告となることでしょう。

その報告をするEさんを想像する時、私の脳裏には泣き顔も怒った顔も浮かんできません。「汚れつちまつた悲しみに」を超えた向こうにある、彼女の笑顔しか浮かばないのです。しかしここで私が再び、Eさんの笑顔とは「童心」・「悪戯心」と結びついた笑顔なのだと言って、能天気でお目出度い「終わり」を仕立て上げることは許されません。繰り返しますが、彼女の笑顔とは「汚れつちまつた悲しみに」を通り抜けた先に浮かび上がるはずの笑顔なのです。つまりそこには彼女が向き合う生徒さんたちの生があり病があり、彼らの生と病を包む家族の生と病があり、そしてそれらの生全てを包む日本社会とその病があるのです。これらとの正面からの直面と対決を超えたところに生まれる笑顔――そこに至るまで彼女が歩むべき道は、なお依然として長く険しいものがあることをここに記しておかねばなりません。

この秋（２０１９）日本の文部大臣が大学入試改革に当たり、受験生は「身の丈に合った」試験を受ければよいと語りました。高みから思慮無き言葉を発するこの大臣は、日本の若者たちの「身の丈」をどのように捉えているのでしょうか？　Eさんが日々向き合う生徒さんたちは文部省検定の教科書に向かうどころか、教科書になど殆ど目さえ向けぬ若者たちであり、そもそも大学進学そのものが困難な境遇に置かれた若者たちなのです。彼らの「汚れつちまつた悲しみに」と、彼らをそこに追いやる日本社会の病とを知り、それを自らの悲しみとするために、まずは己の「身の丈」を知るべきはこの大臣に他なりません。

「汚れつちまつた悲しみに」の先に我々が求めるべき、そして生きるべき笑顔は果たしてどこに、また如何なる形で見出されるのか？――ここにEさんが直面し、かつ我々に課す重い課題があり、繰り返しますが、そこには人間と世界と歴史が、殊に今の日本が抱える重い病が潜むことを忘れてはならないでしょう。Eさんは、この病の根を「家庭崩壊」の内に見ています。この病について、私もこの連載で様々な角度から浮き彫りにしてきたつもりです。

最後に私はEさんに倣い、「予備校graffiti」を読んで下さっている皆さんに一つの宿題を課したいと思います。

「汚れつちまつた悲しみに……」――中原中也のこの詩に、一語でも、一表現でも、一聯でも、自分自身の続編を書いて下さい。期限は自由とします。しかしこの宿題は「予備校graffiti」の読者にとってmustであり、書かなかった人には落第を覚悟してもらいます。

予備校graffiti ㉛

T君、辛さと悲しみと涙を超えて

我々は誰もが涙の内に運命を呪い、生の店仕舞いをしてしまいたくなるような時があります。「予備校graffiti」の最後に紹介するのはT君です。私はT君ほど立て続けに過酷な運命を味合わされ、涙の内に立ち上がろうと苦闘し続ける人を知りません。以下ではこのT君が悲しみの内で向き合う三つの言葉について取り上げたいと思います。後半で説明しますが、それらはドストエフスキイとイエスの言葉で、この「予備校graffiti」で考えてきた様々な問題を凝集したものと言えるでしょう。これをお読みになる皆さんも、T君の悲しみに沿い、T君と共にこれら三つの言葉について考えることで、ドストエフスキイと彼が生涯土台とした聖書世界に思いを凝らし、この連載に於ける最後の思索の場としていただければと思います。T君もきっと喜ぶことでしょう。

ご両親とT君と弟さんが看護を続けた妹さんは、生まれた時から脳障害を抱え、床に就いたままの生を三十年近く送った末に、三年前あの世に旅立ちました。しかし翌年にはお母さんが、お嬢さんを追うかのように亡くなってしまいます。そして今年、双子の弟さんが突然入院するや、翌日には帰らぬ人となってしまったのです。これらの不幸の間に続いた幾多の病のことは記しません。私が今なすべきことは、涙の底でT君が何に触れつつあるのか、どこに向かって歩み出そうとしているのか、傍観者の的外れを恐れず、出来るだけ正確な言葉を見出し、それをここに記しておくことだと思います。

稀に見るほど善良・素朴で真摯なT君。日頃この上なく寡黙で、本人も自らを口下手だと言うT君――立て続けの不幸に打ちのめされた彼が、涙と共に発する言葉は僅か数語でしかありません。

「先生、辛いです」
「母が死んでしまって、悲しいです」
「涙が止まりません」
「仕事はしていますが、家に帰って一人でいると泣いてばかりいます」

「辛い」。「悲しい」。「涙が止まらない」――電話でも、メールでも、まずT君から出てくるのはこれらの言葉だけです。ある時の電話では、一時間私の耳に響いてきたのは殆ど全て泣き声だけでした。私にはT君にかけてあげる言葉が見出せず、一時間にわたり電話機にはただ彼の嗚咽が響くだけでした。

涙に続いてT君から発せられるのは、過酷な運命に対する嘆きと疑問です。

「人生からの課題は辛いものがあります」

「何にも悪いことはしていないのに。

　誠実に生きているのに。

　人生は辛い課題を与えるのですね」

「頑張りますけど、本当に辛いです」


　妹さんの死。お母さんの死。そして弟さんの死。T君は何度計り知れぬ辛さと悲しみを味合わされ、「人生からの課題」の重さにたじろがされ、涙を流したことでしょう。次々とご家族を襲う病に対しても、挫ける心を抱えて何度故郷と東京の間を往復し続けたことか。

　このT君に対して今私がしてあげられることは、せいぜい彼を私の故郷に誘い、昔恩師に連れられて散歩をした海岸とか、私が今住む町の近くにある大きな公園を一緒に歩くことくらいしかありません。以前T君も私と同じ町に住んでいて、お母さんがお嬢さんの看病をされるのを手伝う合間に、私とよくこの公園を散歩したのです。そして以前彼が双子の弟さんと出席していた私の基礎貫徹英語ゼミのこと、ドストエフスキイのこと、音楽のこと、そして彼が生涯を捧げようとしている発達支援教育のこと等々を語り合ったのでした。

　T君はドストエフスキイの作品の中でも『カラマーゾフの兄弟』、殊にゾシマ長老とアリョーシャ師弟が大好きです。私が当時取り組んでいたイワンやスメルジャコフについて、またこれら二人が人間と世界とその歴史に対してぶつける懐疑や否定について語っても、T君はニコニコと耳を傾けているだけです。彼はこれら叛逆の異母兄弟よりも、ゾシマ長老とアリョーシャについて話題にし、この師弟から発される静かで優しい言葉のこと、不幸な人たちに対して彼らが与える「一本の葱」のこと、その「実行的な愛」のことを語り合う方が好きなのです。彼は公園を歩きながら息を弾ませて言うのでした。


「僕はゾシマ長老とアリョーシャが表わす光について深く理解したいです。そしてその光を自分の内に沁み渡らせたいです」


　ゾシマとアリョーシャの光について語る彼の視線の向こうには、長い間病床に臥す妹さんが、そしてその看病を続けるお母さんやお父さんや弟さんが活き活きと浮かび上がっていることは明らかでした。頬を紅潮させ、広大な公園の樹々と草花の間を歩くT君。私にはこの青年が既にその光の内にいると思われました。

　その後お父さんが仕事を定年退職され、お母さんと共に故郷に帰られる時が来ました。仕事からも都会からも解放された豊かな自然環境の中で、ご両親は新たにお二人でお嬢さんの看護を始められたのです。T君はなお私と同じ町に住み、大学院で発達支援教育の勉強を続け、勉強の合間を見つけては、ご両親のお手伝いをするために、また妹さんに会うために田舎に戻っていたのでした。田舎でご家族の皆さんがベッドに近づくと、或いは車椅子で外に連れ出してあげると、妹さんは微かに笑みを浮かべて喜びを表わしてくれたのでした。しかし遠くなってしまった距離。T君の心の内には、妹さんがいつまでも自分を覚えてくれているかどうか、微かに不安も芽生えていたのです。その頃のことです。公園での散歩の際、彼は素晴らしい報告をしてくれました。久しぶりにご両親の許に戻り、妹さんが横たわるベッドの脇に座ると、妹さんはその表情の内に、兄の帰宅を感じ取った喜びを微かに表わしてくれたのだそうです。「先生、嬉しかったです!」。こう語るT君の顔は、公園に満ちる緑の中で喜びに光り輝いていました。

この妹さんが亡くなり、それを追うかのようにお母さんが、そして命を分けた弟さんが立て続けに逝ってしまったT君。その計り知れぬ悲しみと辛さ故に、彼の心がゾシマ長老やアリョーシャから離れ、叛逆の人イワンやスメルジャコフに向かってしまっても仕方がないでしょう。そして彼の視線が人間と世界とその歴史を覆う闇に釘付けとなり、自らの運命を嘆き呪う方向に向かったとしても、誰もそれを止めることは出来ないでしょう。事実、メールにも記されていました——「何にも悪いことはしていないのに。誠実に生きているのに。人生は辛い課題を与えるのですね」。この一歩先はイワンとスメルジャコフの道です。

[1] T君が向き合うゾシマ長老の言葉

しかし涙に暮れるT君を前にして、私が心を動かされずにいないのは、彼がイワンやスメルジャコフが歩む道が決して自分の選ぶべき究極の道ではないことを直観的に感じ取っていることです。心をイワンやスメルジャコフに預け切れず、かといって過酷な運命を受け容れ切ることも出来ない苦しみの中で、彼が向かうのはまずは『カラマーゾフの兄弟』であり、ゾシマ長老です。「光か闇か」「肯定か否定か」「信か不信か」、これら両極の間で揺れ動くイワン。草庵を訪れたこの青年の苦悩を見抜いて、長老が静かに指し示すのは絶対的な「肯定」への道、「高き」への道です。二人の会話の最後を見てみましょう。

「しかしこの問題が僕の内で解決されることがあり得るのでしょうか? 肯定的な方向に解決されるという

ことが？」

「肯定的な方向に解決されない限り、決して否定的な方向にも解決されません。あなたご自身がご自分のこのような特性をご存じでしょう。そしてそこにこそ、あなたの心の苦しみの全てがあるのです。だがこのような苦しみをあなたに授けて下さったことで、創造主に感謝することです。

『高きを惟《おも》ひ、高きを求めよ。
我らが住居《すまひ》は天にあり』
（コロサイ書三2・1、ピリピ書三20）

神があなたの心の解決を、あなたがまだ地上にある内にあなたにお与えなさるように、そしてどうかあなたの道を祝福なさいますように！」
（『カラマーゾフの兄弟』二6）

「肯定的な方向に解決されない限り、決して否定的な方向にも解決されません」——私自身、これがドストエフスキイの行き着いた究極の認識であり逆説だと思っているのですが、T君も今、このゾシマ長老の言葉と正面から向き合いつつあるのです。闇の極まるところに光が、否定の極まるところに肯定が——T君はその悲しみと辛さの底で、ゾシマに導かれ、涙と共にこの逆説を摑み取ることでしょう。

[2] T君が向き合うイエスの言葉（一）

ゾシマ長老の言葉と共に、今T君が向き合っているのはイエスの二つの言葉です。その一つはイエスが十字架上で発したとされる次の言葉です。

「エロイ、エロイ、ラマ、サバクタニ」
（我が神、我が神、なんぞ我を見捨て給ひし）
（マルコ福音書十五34）

福音書記者マルコによれば、この言葉を発した後イエスは大声で叫び息が絶えたとされます。「神の国」の到来をひたすら伝え歩いたイエス。しかし母を始めとする肉親もその他の人々もイエスのことを理解せず、弟子たちさえもが遂には師を裏切り、十字架上に追いやって逃げ去ってしまいます。彼を受け容れる人間は誰一人としていなかったのです——イエスと人間を見つめるマルコの眼はリアルで厳しく、彼が描くイエスの生の行き着く先はゴルゴタ丘上の十字架であり、そこでイエスが発したのは、今挙げた

「我が神、我が神、なんぞ我を見捨て給ひし」という懼るべき絶望の叫びです。しかしマルコは他ならぬこのイエスに感動をし、自らが著わした「イエス伝」、「マルコ福音書」の中心部に次のようなイエスの言葉を記したのでした。

「人もし我に従ひ來らんと思はば、己をすて、己が十字架を負ひて我に従へ。己が生命を救はんと思ふ者は、これを失ひ、我が爲また福音の爲に生命をうしなふ者は、之を救はん」

（マルコ福音書八34-35）

己の生命を救おうとする者は生命を失い、生命を失うものは生命を救う――この厳しい生と死の逆説は、これから己が負う十字架を指して語ったイエスの言葉であると同時に、マルコ福音書を読む全ての人間に対して発せられた、誰もがこのイエスに倣い己の十字架を負えとの、マルコ渾身の叫びだと考えるべきでしょう。

涙に暮れる眼で十字架上のイエスを凝視し、その絶望の叫びに耳を傾けているT君は、マルコに導かれ、やがてこの絶望を自らの絶望と重ね、絶望そのものの内に絶望を超えたものの存在すること、悲劇が悲劇として終わらない逆説を摑み取るのだと思います。

[3] T君が向き合うイエスの言葉（二）

T君が今向き合っているもう一つのイエスの言葉は、ドストエフスキイが『カラマーゾフの兄弟』の冒頭に置いた「一粒の麥の死の譬え」です。

「誠にまことに汝らに告ぐ、一粒の麥、地に落ちて死なずば、唯一つにて在らん。もし死なば、多くの実を結ぶべし。己が生命を愛する者は、これを失ひ、この世にてその生命を憎む者は、之を保ちて永遠の生命に至るべし」

（ヨハネ福音書十二24-25）

これら二節が示すのは、イエスが自らの十字架を前にして弟子たちに語った、人間が「永遠の生命」を与えられるための絶対不可避の条件です。その条件とは「この世にてその生命を憎む」こと、つまり「一粒の麥」として「地に落ちて」死なねばならないということです。福音書記者ヨハネによれば、イエスにとって、また弟子たちにとって、そして福音書の読者全てにとって、つまり人間全てにとって、この地上の生とは「一粒の麥」としての死、つまり十字架を己の身に負うことに帰結し、このことが神から「永遠の生命」を付与される必須の条件なのです。イエスの十字架を向こうに置いてなされる十字架への覚悟、この上なく厳しい死への覚悟と勧告であり、これがヨハネ福音書の中心メッセージだと言うべきでしょう。

マルコと同じくヨハネもまたイエスの十字架を凝視し、絶望そのものの内に絶望を超えたものの存在すること、つまり死を超えた「永遠の生命」の活きた現前を感じ取ったのだと考えられます。そしてこの逆説はそのままドストエフスキイの究極の認識となり、今T君もまたご家族の相次ぐ死の悲しみの底で、ドストエフスキイやマルコやヨハネに導かれ、この逆説を涙と共に摑み取ろうとしているのです。妹さんの、お母さんの、そして弟さんの死もまた「一粒の麦の死」として、T君の内できっと「豊かな実」を結び、その「永遠の生命」を輝かせてくれるに違いありません。

ゾシマ長老が語る「否定と肯定」の逆説。マルコが記す「絶望」の逆説。そしてヨハネが示す「一粒の麦の死」の逆説――うち続く悲しみの底で、ドストエフスキイとマルコとヨハネが提示するこれら究極の逆説に触れつつあるT君は、ゾシマ長老の死によって絶望の底に投げ込まれたアリョーシャと同じく、やがて涙を拭い、否、涙に暮れつつも、これらの逆説を摑み取り、倒れた大地から新たな「戦士」となって起ち上がることでしょう。私の役目はなおこの青年と一緒に公園を散歩し、彼とドストエフスキイのこと、そしてイエスのことを語り合うことであり、更には彼が大好きなベートーヴェンの「合唱幻想曲」を聴きつつ、「肯定的な方向」に確かに道を歩み出すのを見届けることだと思っています。

（予備校 graffiti・了）

予備校 graffiti

余録⑥

春に始めた連載「予備校 graffiti」も今回で最終回。季節は既に秋から冬になろうとしています。

①から㉛まで、延べ六十人近くの若者たちの思い出を記し、彼らが触れたドストエフスキイとキリスト教の問題について考えてきました。この連載中になお数多くの若者たちのことが思い出され、中には夢に現われ「忘れたのですか?!」と語りかける人たちもいまし

た。私との間に解けぬ課題を抱えて離れたままの人たちも少なくありません。人生で互いに軌跡を切り結ばせる人は数知れず、しかもやがて大部分の人たちは互いの心の片隅にそっと消えてゆく。そこに残るものとは何なのか？——出会いと別れが織りなす生の感慨は深く、底知れぬものがあります。

何度も記してきたように、経済の高度成長期からバブル期にかけて、物質的繁栄と引き換えに我々日本人は確実に精神的衰退の道を辿り、ドストエフスキイの作品もまたその棲息すべき場を失ってしまったかのように見えます。このような状況の中で、大学への入学後再び予備校空間に戻り、ドストエフスキイ研究会で学んだ若者たちは、ドストエフスキイと彼が「命」とするイエスを正面から受け止め、人間と世界と歴史について、そしてそれらが宿す「病」について広く深く考えようとしてきたのでした。この「予備校 graffiti」は、そのような彼らの青春の報告を目的としたのですが、結果として彼らの青春と切り結んだ一つの「ドストエフスキイ論」ともなったように思われます。つまり六十人近くの若者たちのドストエフスキイとの出会いを描くことは、図らずも彼らを介してドストエフスキイ世界の構造とその思想を説明することになり、更には日本と世界の現実についての証言となり、それについて考察する様々な素材を提供することにもなったように思われるのです。未来の日本を背負う若者たちが、これをドストエフスキイ世界への旅に携える「杖」としてくれるならば、更には日本の現状とその未来を深く憂慮される方たちが、ここに記された若者たちのドストエフスキイとの出会いと取り組みの中に新たな希望と力を見出して下さるならば、そしてその方たちがドストエフスキイ研究会を「叩き台」として、若者たちと共に学び、彼らを励まし力づける新たな創造的空間を創り上げていって下さるならば、私としてはこれに優《まさ》る喜びはありません。

《終わりにかえて、そして次につなげて》

私の浪人時代の夏
—朝顔の十秒の凝視—

「私が出会った青春」というタイトルの下に、様々な若者たちとの出会いの思い出を記してきました。最後に《終わりにかえて、そして次につなげて》というタイトルでもう一つの青春の思い出、約半世紀前に私自身が浪人時代の夏に体験したエピソードを記したいと思います。この連載で私は、若者たちを紹介する黒子に徹しようとしてきました。最後に屋上屋を重ねて、私自身のエピソードを持ち出すということは憚られるのですが、このことで「予備校graffiti」に時間的な奥行きが与えられればと思い、敢えて記すことにしました。

　この後の第二部で記しますが、私も皆さんと同じように予備校時代、未熟な自分を抱え受験勉強の進捗もままならず鬱屈した日々を送っていました。そのような中、恩師の小出次雄先生から一つの決定的な体験を与えられたのです。あれから既に半世紀以上が経ちますが、私はこれが今に至るまで自分の生涯を貫き励まし続けてくれた決定的な体験の一つであったと思い、機会があるごとに若者たちの参考にと語ってきました。この体験の延長線上に私は師の許で修業時代を送らせていただき、またこれがその後、私の若者たちに対する姿勢の原点となった体験であるとも思っています。これを「予備校graffiti」最後のエピソードとして、また次の第二部をより理解するための出発点としてもお読みいただければと思います。

朝顔の十秒の凝視

田舎から上京しての浪人生活。右も左も分からぬ異郷・東京の中で、時はあっという間に過ぎてゆきました。「夏は天王山だ！」。予備校の一学期が終わり近くになると私はこう強く心に期し、様々な計画をギッシリと立てたのでした。

　ところがいざ夏休みが始まると三畳間の下宿は蒸し暑く体調は狂い、近くのスーパーの騒がしさで勉強は全く捗りません。隣家の犬の吠え声も堪え難いものでした。漸く取れた有名講師の講習は自慢話や余談ばかりで、隣に座った人は貧乏ゆすりの連続。計画は狂いまくってしまいました。受験生が歩む夏の「常道」です。

「思い切って一週間ほど故郷に帰り、気分転換をしてこよう！　故郷では恩師の小出次雄先生とも、浪人が決まった春以来久しぶりにお会い出来る！」

そそくさと荷物をまとめ、夕方電車に飛び乗り、数時間後に着いた駅からお宅に直行した私を、読書中だった先生は「よおっ！」と心から喜んで迎えて下さり、一晩中私の話に耳を傾けて下さいました。

　短い夏の夜の闇が白み始めた頃、先生が言われました。「君、家に帰る前に、僕の散歩につきあうか？」。射し始めた陽の光の中、町の外を流れる大きな川の堤防を歩いてゆくと、むせかえるような夏の草々の中に朝顔の花が咲いています。

「見たまえ、芦川君、素晴らしいな！」

「はい、素晴らしいですね！」

私の相槌に対して、突然先生の怒りが炸裂しました。

「この馬鹿もの！　嘘をつくな！」

私には訳が分かりませんでした。

人っ子一人いない朝の堤防に、先生の太く高い声が響き渡りました。

「君は朝顔など見ていないだろう！　君は久しぶりに僕を訪ねてくれた。だが、この一晩中君の話したこととは何だ。成績が思うように伸びないとか、下宿が暑くて騒がしいとか、予備校がどうだこうだとか、ただただ自分の愚痴を垂れ流すに過ぎなかったではないか！」

「久しぶりに僕を訪ねて来ても、君は夜の突然の訪問を詫びもせず、六十五歳になる僕の安否一つも尋ねはしなかった。ただただ自分の話をしていただけだ。君ら若い連中は自分、自分、自分、自分しかない。ゴキブリ以下だ！」

「そんな君に、この朝顔の美しさが見えるのか？　上っ面の答えなど返すな！」

「浪人して東京にゆくと、そんなに自分のことだけが大事で可愛くなるのか？」

「志を持って東京に出かけて行ったのではなかったか？　馬鹿もの！」

この上なく優しい先生は、同時にこの上なく懼ろしい怒りの人でもあったのです。私は恥ずかしさと悲しみで、その場に泣き崩れてしまいました。

その後、私も予備校で教えて気づいたのですが、なるほど受験生は自分のことしか考えず、自分のことしか話さない余裕のない人が多いのです。curious boy の項でも記したように、この心の狭さ・心の閉じは、未熟さ・エゴイズムに他ならず、克服されるべきものでしょう。

この未熟な、しかも我々の内に深く根を張る自己中心主義に対して、最後に一つのアドバイスを記したいと思います。怒りのカミナリの炸裂を受けた後、その場で泣き崩れていた私に対して恩師はこう語って下さいました。

「芦川、浪人生が自分の成績を気にしないでどうする。大いに気にしろ！　だがいいか、自分のことばかり気にしている小ささと狭さ、そして醜さにも気づくのだ！」

「君に一つアドバイスをしよう。それは自分のことばかり考えている日々の中で自分を離れ、自分以外の素晴らしいものに目と心を向ける時間を少しでも持てということだ。毎日十秒でいい。花でも、木でも、雲でも、夕日でも、人でも、文章でもいい。〝これは！〟と思う素晴らしいものを見つけたならば、兎に角黙ってそれを十秒間見つめるのだ。ちっぽけで醜い自分は消えてゆき、その素晴らしさや崇高さが向こうから君に乗り移ってきてくれるだろう」

「分かったら、さあ、今からあの朝顔をもう一度、十秒間、見つめ直せ！」

あの夏の朝、私は人生への決定的な目覚めを、先生とこの十秒の凝視から与えられたのでした。

このデッサンが描かれた紙の質と、その古さから判断すると、恐らくこれは1930年代から40年代にかけての作品と推測されます。描かれた女性が誰であるかは不明です。今まで紹介した五つの作品と較べると、この女性像は第三回目の聖母像と思われるものと同一方向にあり、この上なく穏やかで高貴な静謐さを湛えたものです。小出先生にとって最も心の落ち着く女性美が描き出されたと言えるのではないでしょうか。

小出次雄 画

《第二部》

「絶対のリアリティ」の探求

―様々な問いとの出会い―

はじめに

第一部の「予備校graffiti」では、私が河合塾とドストエフスキイ研究会で出会った若者たちを取り上げ、彼ら／彼女らがドストエフスキイと如何なる出会いをし、そこから人間と世界と歴史について如何に考えるに至ったかについて報告をした。

この第二部は、私自身のドストエフスキイとの出会いについての報告であり、前半と後半に分かれる。前半では私が祖父の死から受けた衝撃を始めとして、未熟な心に次々と湧き起こる様々な問いを扱いかね、私の生涯の師となる小出次雄先生の導きによって、それらの問いと取り組みつつ、如何にドストエフスキイとの出会いに至ったかを記してゆきたい。後半は大学闘争（紛争）を向こうに、小出先生の許でドストエフスキイとの取り組みを主軸として、如何に「絶対のリアリティ」探求の修業に向かったか、またその延長線上に如何に社会との対峙を試みたかについての報告をしたい。

これらの報告の試みは、今まで二度にわたってなされている。まずは２０１４年７月、拙著『ゴルゴタへの道』の出版を機として、東京大学宗教学科の大学院生の皆さんが主宰する「日本宗教思想史研究会」に招かれての小講演である。「様々な問いとの出会い」というタイトルの下に、私は地方の一少年が祖父の死を契機として如何なる問いを抱くに至ったのか、その過程で如何にして生涯の師と出会い、また如何にしてドストエフスキイと出会ったのか、更にそこから如何なる新たな問いが生まれ、如何なる生と思索を迫られるに至ったのか、主に三十代半ばまでの精神の自覚史について語らせていただいた。

それから六年後の２０２０年、私は河合文化教育研究所のＨＰ「ドストエフスキイ研究会便り」に、この小講演を加筆修正の上で掲載することにした。ドストエフスキイ生誕二百年を一年後に控え、改めてドストエフスキイとの出会いについて振り返り、自分の生涯におけるその意味について考えようと試みたのである。

これら二つの段階を踏む中で、私は自分の過去に向ける視線が少なからず変化をしていることに気づき驚かされた。変わったのは過去の事実自体ではない。それらの事実を振り返り構成する私の視線である。私の視線には自分を超えて、自分を包んでいた大きな摂理・経綸が新たに浮かび上がって来るように思われたのだ。つまり私の祖父の死を遠い出発点とするドストエフスキイとの出会いは、恩師小出先生との出会いによってもたらされたのだが、その奥には小出先生とその恩師西田幾多郎先生との出会いがあり、更にその奥には、これら小出・西田両先生とドストエフスキイとの出会いがあったこと、またその遥か向こうにはドストエフスキイとイエスとの出会いがあったことに気づかされたのだ。自分の存在は自分が創るもののように思われて、実は自分を超えた時空の深い奥行きと、様々な先哲との出会いという文脈の内に取り込まれてあること、この不思議に気づかされたのである。このことは更に私に、私が主宰してきたドストエフスキイ研究会が根を張る奥行き・文脈についても考えさせずにはいなかった。私とドストエフスキイとの出会いは、そのまま河合塾と河合文化教育研究所を含む近代日本とドストエフスキイとの出会いの一コマであることに気づかされたのである。

先に述べたように、本論の出発点は宗教学を専攻する大学院生の皆さんを対象とする小講演であり、私の個人史を通して主にドストエフスキイと聖書を巡っての宗教的認識論に関して語られた部分も少なからずあり、読者の皆さんはここから或る硬さを感じられるのではないだろうか。しかしこの硬さは私の叙述の至らなさが一因であるが、キリスト教に関して我々日本人が示し続けてきた狭小な島国性に対して、若い皆さんへの忠告とアドバイスも兼ねて、私が敢えて様々な角度から疑問と問題を提起したことからくるものでもあろう。読者の皆さんには、ここに記された私とドストエフスキイとの生涯にわたる取り組みが、地方の田舎の一少年が次第次第に世界に目と心とを開かれ、どのような歴史と文明・文化の奥行き・文脈の内に導かれていったかの記録として、自らに重ねつつ読んでいただければと思う。

本書の第一部も第二部も、基本的には具体的な一つ一つのエピソードの積み重ねの上に構成されている。読者の皆さんには、まずはそれらを楽しみながら読んでいただき、そのことを通して一つ一つのエピソードが持つ意味と、それらを包む更に大きな文脈と奥行きについて思いを致していただければ幸いである。

《前半》 **目 次**

《後半》

日本宗教思想史研究会　公開講演会

ゴルゴタへの道 ―ドストエフスキイと日本人―

日時　平成26年（2014）7月20日（日）14時〜17時
会場　東京大学本郷キャンパス　学生支援センター3F　ディスカッションルーム2
講師　芦川進一氏（河合文化教育研究所研究員）

盛夏近づく梅雨空の候、皆様におかれましてはご健勝のことと拝察します。

本研究会は、「日本宗教思想史」という視座の下に文献講読と論議を重ねることを目的に、2011年3月に発足致しました。知識の多寡や経験の差異を問わず、自由闊達な質問と応答が繰り返される場となっております。これまでにも、本居宣長、白隠慧鶴、福沢諭吉、丸山眞男、遠藤周作、清澤満之など、興味深い宗教思想的テーマを提示する著作に正面から取り組んできました。また最近は、東北大学日本思想史研究室とのジョイントゼミナールなども行われ、活動は一層拡がりと深まりをみせております。

本研究会では、ゲストスピーカーをお招きし、現代日本の重要問題についてご提題いただくことに致しております。今回は、一貫してフョードル・ドストエフスキイ（1821〜1881）と聖書の関係を研究されてきた芦川進一先生にお話しいただく運びとなりました。

世界の文学や思想において、自らの人生を決定するほどの衝撃を与える「ドストエフスキイ経験」がしばしば語られます。西欧近代に不可避的に飲み込まれた歴史や社会では、人間の肉体と精神は次第に病み傷つき、ちっぽけでどうしようもない「自己」は解体を余儀なくされる――ドストエフスキイは、そうした血生臭い危機を解き明かすカギを、イエスがその命を賭した「ゴルゴタへの道」に求めます。そしてドストエフスキイの激しく厳しい問いは、古今東西に影響を与えてきました。近現代の日本文学やカント以来の西欧哲学はもとより、資本主義vs社会主義の超克とその後の世界を構想する近代社会論、自己の認識と「分裂」の問題を扱う精神分析、キリスト教と仏教の近代的な受容から新たな死生観を模索した日本宗教思想史など、その分野は枚挙に暇がありません。いわば我々は生きている限り、〝既に〟ドストエフスキイ的磁場に招き入れられており、「ゴルゴタへの道」という問いを突きつけられています。

ドストエフスキイのこうした影響力と重要性については、芦川先生の近著『ゴルゴタへの道―ドストエフスキイと十人の日本人―』で詳述されています。ドストエフスキイの宗教的境地と日本文化の宗教や芸術（芭蕉や親鸞や西田哲学など）を比較し、それらがご自身の決定的な問いとなって宗教的・芸術的認識が覚醒されてきた有様を語られています。今回は、西田幾多郎（１８７０～１９４５）門下の哲学者・小出次雄（１９０１～１９９０）に出逢って以来、社会、大学空間、そして師や先哲たちと交わりながら決定的な問いと苦闘した若き時代を振り返り、その思索の原点が形成されてきたプロセスについて、御講演頂きます。

参加は無料です。ご関心のある方はどうぞお気軽にご参加下さい。

日本宗教思想史研究会　飯島孝良

［前ページのパンフレットに掲載された小出次雄先生のデッサンと、芦川のメッセージです］

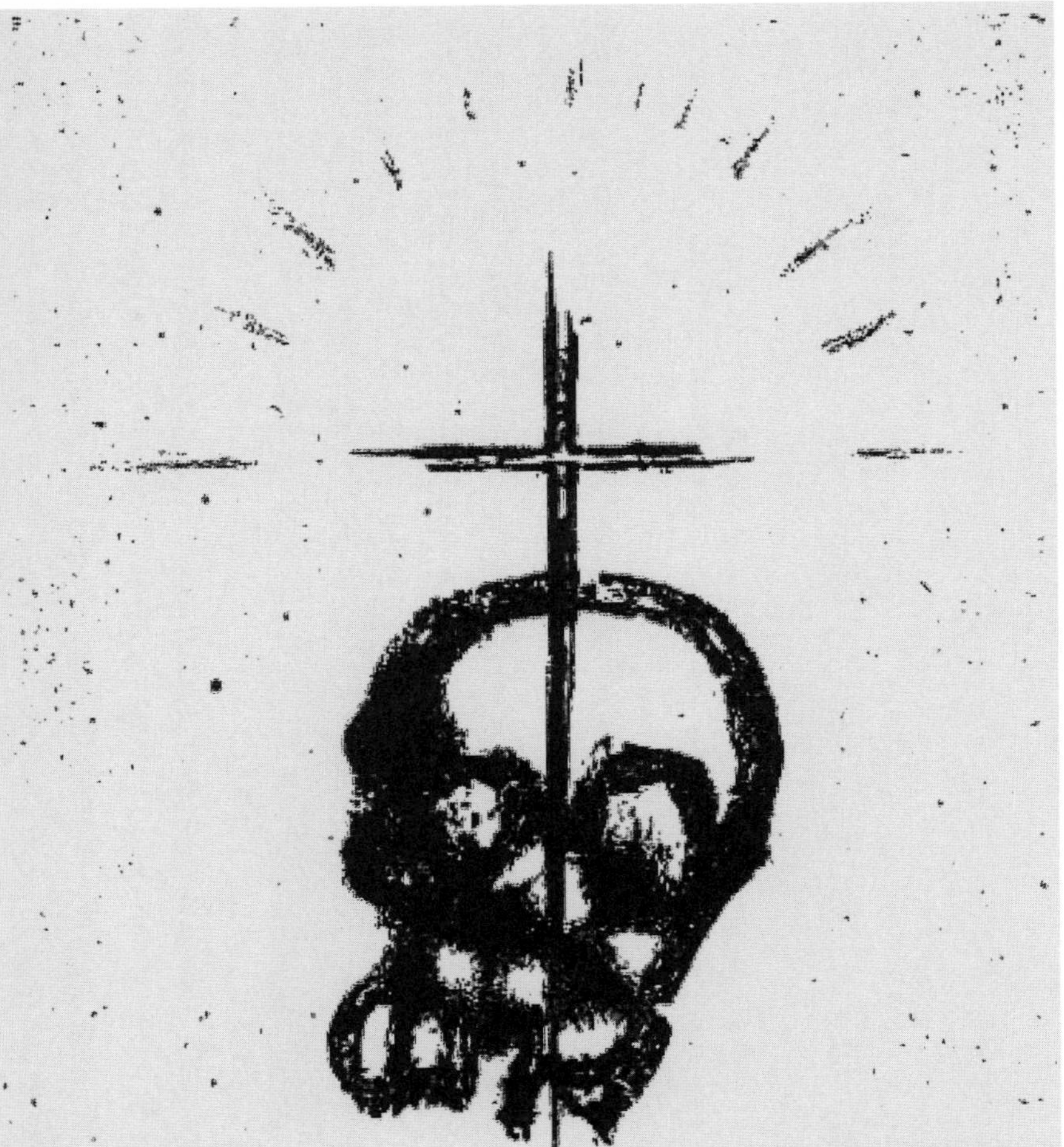

雑誌「聖髏（ゴルゴタ）」Ｉ　表紙
1949年２月発行

話者からのメッセージ

様々な問いとの出会い

ドストエフスキイの『カラマーゾフの兄弟』において、イワンが弟のアリョーシャに語ります。「俺もお前と同じロシアの小僧っ子だ。（中略）そういう連中が、飲み屋でわずかな時を捉えて何を論じると思う？ 他でもない、神はあるのかとか、不死は存在するのかとかいう世界的な問題なのだ」（第五篇第３章）。二十代初め、イワンのこの言葉に出会った時の衝撃が忘れられません。ひたすらマモン（金銭）の神を追い求め高度経済成長からバブル経済への道をひた走る日本、メタフィジカルな問いを受け容れる土壌のないこの社会において、イワンの言葉は遠い異次元の世界の響きを持つと同時に、不思議な牽引力も持って私の心に飛び込んできたのでした。

「神はあるのか？」「不死は存在するのか？」。その後、この問いをめぐって私が辿ってきた試行（思考）錯誤の道。それは私を導いて下さった師と先哲たちとの出会いと、そこで新たに与えられた様々な問いとの格闘の過程でもありました。この日本において「ロシアの小僧っ子」であることは如何に可能か、或いは如何に困難か。このことについてお話をすることが、学問の道に踏み出しつつある皆さんの何らかの参考となるならば、また皆さんと私との世代を超えた議論の叩き台ともなるならば幸いです。

芦川進一

「絶対のリアリティ」の探求

―様々な問いとの出会い（一）―

前半

恩師の死の床で

　今日これから何度もお話することになる私の恩師小出次雄先生の思想については、拙著『ゴルゴタへの道』（新教出版社、２０１１）で詳しく紹介しておりますので、まずは今回のテーマである「問い」との関係で、一つのエピソードの紹介から入らせていただこうと思います。

　先生が既に最期の床に就かれていた１９９０年の夏のことです。病室では安静第一と思い、出来るだけ静謐を心掛けていた私に、突然先生から問いが投げかけられました。

「芦川君、何か話す問題はないか？」

　私の頭は真っ白になってしまいました。咄嗟のことで、「問題」など何も浮かんでこないのです……暫くして沈黙を破り、先生がポツリと言われました。「君は問題というもの、問いというものを持たないのかね？」。続いて言われました。「クウェートに侵攻したフセインはその後どうした？」「世界は、日本は、これからどうなる？」。この時のことを思い出すと、恥ずかしさと無念さとで私の胸は張り裂けそうになります。この時「死」に近かったのは先生ではなく、私だったのです。

　今日は私の様々な問いとの出会いについて、ただの「昔懐かし」的な回顧談などではなく、師の厳しさを前に襟を正して語らなければと思っています。

　これから様々な問いとの出会いをお話したいと思いますが、当然今私自身の内では、それらが時系列的にも意味的にも一連の強い繋がりを持ったものとして思い出されています。しかし皆さんはそれらを、取り敢えずは一つ一つの独立した話・エピソードとしてお聴きになり、それを皆さんご自身の経験と突き合わせ、ご自身で全体の構成をし直していただくのがよいかと思います。そこに各人の新しい「思索」と、お互いの「対話」の可能性も自然と生まれるのではないでしょうか。

1 「この炎を超えるものはあるのか?」
――祖父を燃やす炎――

焼き場での経験

最初にお話をした「問い」に関する辛い思い出、恩師の死の床で私の内から何も「問い」が出てこなかったという経験は、四十代初めのことです。これに対して、私の人生に於ける「問い」との最初の出会いは小学校六年生、十一歳の夏のことでした。より正確には、その問いの基となる経験をしたのが十一歳の時だったと言うべきでしょう。それは祖父の死に関わるものでしたが、この時の私には、その経験を「問い」として明確に言語化することは出来なかったのです。

長い間結核を患っていた祖父が死に、その夜の内に火葬場に運ばれました。当時この病は不治の伝染病として恐れられていて、市役所も死亡当日の火葬を許可したのです。翌朝には祖父の寝ていた隠居に保健所の消毒班が到着し、徹底的な消毒が施されました。悲しい手際の良さでした。夜の火葬場には親族が駆けつけ、慌ただしく別れの儀式がなされ、火葬ボイラーの点火となりました。ボイラー係のおじさんが、点火口のある裏の部屋に喪主の父とその息子の私を呼び入れました。ボンという爆発音と共に点火がなされると、父は皆のいる遺族待合室に戻って行ったのですが、係のおじさんは何故か私をそのまま薄暗い部屋に留まらせ、祖父が焼かれる一部始終を火力調節用の窓から眺めさせたのです。

この炎の経験はあまりにも強烈でした。しかし未だ十分に目覚め切れていない私の意識の閾の狭さが、この強烈さに対して安全弁として働いたからなのでしょうか? 或いは私の意識下のどこかに、この焼き場の光景を一旦強制終了させてしまうようなメカニズムがあったからなのでしょうか? 勿論この光景を忘れることはなかったのですが、その後の数年間、私はこの光景を正面から受け止めることはなく(と言うよりは、受け止め切れずに)、概して田舎の平凡で呑気な中学生としての生活を送ったように思います。

「文学青年」の二つの経験

焼き場での経験が改めて強く甦ってきたのは、高校進学後のことでした。地方の受験校に進学した私は、ここを覆う小市民的なエリート意識に馴染めませんでした。この反発心の目覚めと、青春の血（?）の目覚めと、祖父の死の思い出などからでしょう。（小出先生のことは後でお話をします）。私は少々神経症的な「悩める若者」になり、常に一人でいることを好み、手当たり次第に文学作品を読み漁るようになりました。様々な「世界文学全集」や「日本文学全集」が次々と出版されていた頃です。そのような中、高校二年生の時、私は文学青年的な読書経験を、懼ろしさと感動との相反する方向で与えられたのでした。

一つは、鴨長明の『方丈記』と与謝野晶子訳の『源氏物語』を続けて読了した時のことで、私は海の潮が一斉に沖に向かって引いてゆくように、突然自分と世界の存在一切が、目に見えない引き潮のようなものによってどこかに連れ去られてゆくような感覚に襲われました。この時私はこの感覚に、高校の授業や私の読書から得た知識で「無常感」という言葉をあてたのですが（「無常観」よりも「無常感」と言う方が自然に思います）、この「無常感」というものがただ受験用に暗記すべき重要単語ではなく、現実のリアリティを持って存在することを実感させられたのでした。この感覚は今も私の心の底を、大きな引き潮のようにゆっくりとゆっくりと流れ続けています。またこの時私は、「無常感」という言葉があの焼き場で与えられた感覚と通じるものであること、人間の生の行く末に待ち受ける「死」と結びついたものであることを強く感じたことを覚えています。

もう一つは、『聖書』が切っ掛けとなった経験です。高校を訪れたギデオン教会の方が、受験にも使えるからと生徒全員に英和対訳の新約聖書を配布されたのです。生まれて初めて『聖書』というものを手にした私は、好奇心であちこちのページをめくっていました。「イエス」とか「十字架」とか「キリスト」とかいう言葉は、その時の私の意識には入ってきませんでした。しかし偶然ヨハネ伝の内に「永遠の生命」という言葉を見つけると、そこで私の目と手は止まってしまいました。生命というものを「永遠」という角度から見て表現すること、死を超えた「永遠の生命」。これは私には全く初めての展望で、田舎の文学青年は新鮮な感銘を与えられたのです。この言葉をノートの端に何度も何度も書き写しながら、私はこれもまた祖父を焼いた炎とどこかで通じることを感じていたのでした。

「無常感」と「永遠の生命」。これら二つは異質な、と言うよりは死を挟んだ全く相反する感覚・感情でした。一方では、全てが引き潮のように死に向かって流されてゆくという懼ろしい感覚。他方では、死を超えた「永遠の生命」が存在するということへの新鮮な驚きと感動——これら二つは混沌のままに、不思議な響きと力をもって私の心を揺さぶり、共に私の意識を新たにあの祖父を焼いた炎に向かわせていったように思います。そしてこれら二つの経験と、それらから与えられた両極的な感覚・感情の混沌に明晰な言葉を、しかも「問い」の形で与えて下さったのが小出次雄先生だったのです。

小出次雄先生との出会い

ここで私の師小出次雄先生との出会いについて、ごく簡単ですが説明しておきます。

祖父の死んだ年が明けて正月のことです。両親は息子が中学に進む前に、予め英語に慣れさせておこうと、小出先生が開いておいでだった英語塾に通わせ始めました。先生のご家族三人は疎開後貧困の底に陥り、生活と研究の継続のために、数年前に英語塾を開かれたのでした。しかし先生は当時の進学状況には全く無頓着で、町にもう一つあった大きな進学塾とは違って、入塾にあたっての学力査定など一切されず、教えておいでの教科も英語だけでした（専門の哲学との関係で、先生の代数・位相幾何学の知識は相当のものでしたが）。つまりここは学校の予習と英語カルタをするだけの、また祖父以来のクリスチャン家庭としてクリスマスを盛大に祝う、「変わり者の学者先生」が教える「町の英語塾」でしかなかったのです。しかし意識がまだ眠り続ける田舎坊主の私にとって、また仲間の腕白坊主たちにとっても、中学生時代に毎週二回、町の真ん中にある小出先生のお宅に塾通いをし、英語カルタに熱中することはこの上なく楽しく、またクリスマスを祝うこともハイカラなことであり、今思ってもかけがえのない三年間でした。この「町の英語塾」に於ける最初の授業で、私が先生から与えられた驚きについては次章でお話をします。

高校クラスになると、先生の授業は一変しました。与えられた英文を一点の誤魔化しもなく読むことが要求される、この上なく厳しいものになったのです。呑気だった田舎坊主たちも、これは今までの中学校時代とも、自分たちが通う高校とも異質な空間だということにハッキリと気づかされたのでした。改めて見回すと、分厚い書籍類や原稿類が、幾つもの部屋や廊下の至る所に山のように積み上げられているではありませんか。そっと覗いた或る部屋の壁には、先生が描かれた油絵やデッサンが幾つも架けられていました。いつの間にか「町の英語塾」は、土曜夜の厳しい授業後、その日読んだ英文について、ベトナム戦争について、国内や地元の公害問題について、政治の腐敗について、また各自の読書経験や恋愛について等々、生徒たちが様々な問題を先生にぶつけ、夜中過ぎまで語り合う熱気溢れる場となったのでした。

英文の厳密な読みに加えて、私が何よりも驚かされたことは、我々がぶつける問いに対して、思いもよらぬ角度から直ちに熱く明晰な答えが返ってくることでした。どこからこんな知識や言葉が出てくるのか、不思議でなりませんでした。山のように積まれた分厚い書籍が、哲学・思想・宗教から文学・芸術に至るまで、高校の図書館に並ぶ概説的な書物とは全く異質の「専門書」というものであることも分かってきました。

そのような中で、受験を一年後に控えた頃、他の生徒さんたちと同じように私も個人的に時間を割いていただき、成績のこと進路のことから始めて、祖父のこと、「無常感」のこと、「永遠の生命」のことに至るまで、思い切り質問をさせていただく機会がありました。それまでの五年間にわたる「塾通い」と、土曜夜の議論の積み重ねもあり、既に先生は私のことはよくご存じで（中学生の妹もこの「町の英語塾」に通っていました）、私の拙い話をじーっと聞かれた後で最後にこう言われたのでした。

「君のぶつかっている問題は、結局「永遠の生命」の問題だ。君がおじいさんを焼いた炎から受け取ったのは、「この炎を超えるものはあるのか?」という問いであり、更には「死を超えた永遠の生命はあるのか?」という問いでもある」

「この炎を超えるものはあるのか?」「死を超えた永遠の生命はあるのか?」――このような問題を考えるのに、大学では何を専門としたらよいのかとお聞きすると、先生は答えられました。「哲学か宗教だろう」。先生が哲学者西田幾多郎の許で学ばれたことを知る私は、躊躇せずに哲学を選びました。その後私がドストエフスキイとそのキリスト教思想の研究をすることになった経緯については、この後の4と5以降で改めてお話をします。

経験の属するところ

祖父を焼いた炎から受けた衝撃が「この炎を超えるものはあるのか?」、更には「死を超えた永遠の生命はあるのか?」という言葉、問いとして結晶化するまでに、私には約五年の時間が必要でした。しかもこれらの問いは、私自身の力でというよりは、小出先生によって最終的に結晶化され定式化されるに至ったものです。その途中で私自身、高校時代に文学作品を乱読したこと、そこから「無常感」と「永遠の生命」という二つの概念との出会いがあったことも事実です。しかしそれでもなお小出先生の英語塾終了後の、あのもう一つの熱い塾経験がなかったならば、そして先生との個人的対話がなかったならば、祖父の死の経験はこれら明確な問いにまで結晶しなかったでしょう。明らかに私の意識と認識力は、あの祖父を焼いた炎を抱えながらも、大抵は眠るような呑気さと平安の内にあったのです。

私には、ここに人間の経験というものの本質の一端が顕われ出ているように思われてなりません。つまり我々の経験は我々自身のものでありながら、実は同時に我々を超えたところに属するもの、更に言えば我々を超えたところで創られるもの、つまりは我々に与えられるもののように思われるのです。ここには我々の意識とか自覚とか認識の在り方について、そして我々の存在自体の在り方について重大な問題が潜んでいるように思われます。これを私の今日の問題提起の一つとしていただき、皆さんが考えるための手掛かりとしていただければと思います。

２「東京には何があるのか？」
―「田舎」と「都会」、そして「田舎者」―

箱根山の向こう

私の故郷は静岡県の三島です。伊豆半島の付け根、田方平野の北端に位置し、北を富士山と愛鷹山、東を箱根連山、南を天城連山、西を低い沼津連山と駿河湾に囲まれた風光明媚な土地で、住人の性格も概しておっとりとしたもので、「静岡」という県名そのままの穏やかな土地柄だと言えるでしょう。

この三島の町外れで育った私は、物心がついてから東に連なる箱根の山々をよく眺めるようになりました。理由は簡単です。箱根の向こうには東京という大都会があることを強く意識するようになったのです。日本経済は高度成長期で、「所得倍増」のスローガンの下に大会社が各地に工場を次々と建設し、テレビがどんどん普及してゆき、その中心地である東京が、否が応でも幼い私の心に刻印されていったのです。小学生と中学生の頃、箱根から登る朝日を見ながら「あの山の向こうの東京には何があるのか?」と、漠然と好奇心を燃やしていた自分を今もよく覚えています。

それから半世紀以上が経った今も、この「東京志向」は日本中の若者を捉え続ける願望であり、むしろこの傾向はその後更に強まり、今では東京への一極集中化が極まってしまった感さえあります。「猫も杓子も東京へ!」――私もまた、「東京には何があるのか?」と箱根を仰ぎ見る「田舎猫」だったのです。

「田舎」と「都会」

東京に出てきてから半世紀。僅かですが家族との海外生活も入れて、この間私は自分自身の、更に広くは日本人の「田舎者性」ということについて少なからず意識をさせられ、考えさせられてきました。自分が「田舎者」であることの露呈を怖れたわけではありません。またいつの間にか「都会人」になった自分が、「田舎者」に優越感を覚えるということでもありません。この半世紀間の様々な経験が私に教えてくれたことは、「田舎」であれ「都会」であれ、「日本」であれ「外国」であれ、およそ人間の本性に変わりはないということです。ナイーヴな優越感情を隠してなされる「田舎―都会」の比較対照論など、私には興味がありません。

しかし現実に我々が人間を考える上で、「田舎(者)」とか「都会(人)」という概念が、相当有効な判断基準として生きる場合が少なくないことも事実です。皆さんの経験でも、或る人がそのハイセンスさや教養や収入の多さや地位の高さなどで注目を浴びていても、その人のどこかに違和感を覚える場合、「田舎者」という言葉を当ててみると、サッと一瞬にして全てが了解されてしまうこと、いわゆるその人の「素性(おかど)」が知られてしまうという経験があるのではないでしょうか? 私の場合も「田舎―都会」という対照枠が、人間や世界や歴史について考える上で、究極のではなくとも、相当程度有効な frame of reference(思考の基準枠)となってきたことは事実であり、いつ、何が自分にそのような思考の枠組、価値観を与えることになったのか、しばしば考えています。そしてこの時常に突き当たるのが小出先生と私の父と母、これら三人の存在です。「田舎―都会」という対照枠を、また「田舎者性」という思考の基準枠を私の内に刻むことになった三人について、「東京には何があるのか?」という問いと共に振り返ってみたいと思います。

「be動詞」の二相、存在論と認識論

先にも述べましたが、私が小出先生の英語塾に通い始めたのは祖父の死の翌年、中学入学の数ヵ月前の正月でした。その一回目の授業でのことです。新聞の折り込み広告の裏にペンで「be」と書かれると、先生は私たちに「be動詞」の説明をされ始めました。

「君たち、be動詞には〝我、在り〟という〝存在のbe動詞〟と、〝我は〜なり〟という〝説明のbe動詞〟との二つがあるのだよ。前者が哲学の「存在論」、後者が「認識論」に対応する。このようにbe動詞というものは、人間の最も根本的な二つの相を担っているのだよ」

「be動詞」「存在論」「認識論」「相」——小学校六年生の田舎坊主の頭に、こんなことがどうして理解出来るでしょうか？ 今も私の脳裏には、広告紙にペンで書かれた「be」という文字と共に、この時先生が語られた「認識論」と「存在論」という言葉が鮮やかに活きて踊っています。この時、何かが私の胸に突き刺さり、何かが始まったのです。

三十年前、先生が亡くなられた直後、私は基本動詞の多義性をまとめた学習参考書を出版したのですが、冒頭でこのエピソードを紹介し、次のように記したのでした。

「この時、私はbe動詞そのものが持つ不思議な多義性への好奇心から、更に言葉というもの、人間というものが持つ奥深さと神秘を垣間み、その感動に触れていたのだと、今改めて振り返り思うのです」
『芦川の英語基礎貫徹ゼミ—多義動詞—』（河合出版、1990）

この本の出版から更に三十年が経った今も、この時の私の驚きと感動に変わりはありません。「田舎—都会」の対照、そして人間の「田舎者性」ということについて考えようという時に、まずこのようなエピソードと文章を取り上げたのは、小出先生の許で与えられた驚きと心の躍動が、六十年とか三十年とかいう時間の経過や、三島と東京、日本と海外の間の空間的移動などとは全く関係がなく、むしろ自分にとっては時間・空間の原点であり核であり続けたことを確認しようとしてのことです。つまり先生の「be動詞」の説明にポカンと口を開けて聞き入っていた時間と、小学六年生の心の震えのみが活きて脈打っていた空間——これらを前にすると、年齢の高低とか性別、教育の有無、国の違いや時間の経過等々は消えて、更にまた私が東

京に出てきて以来身につけた、そして人々が持つ「田舎―都会」とか「田舎者―都会人」とかの対照枠、また「田舎者性」「都会人性」などという判断の基準枠も、全く入り込む余地などないもののように思われてくるのです。西田幾多郎を師として哲学を学んだ小出先生は、我々人間にとって「良きもの・大切なこと」はいつでもどこでも「良きもの・大切なこと」であり、誰もがそれらの前に本気で立ち、真剣勝負の思索を、つまり本質的思索をすべきだと考えられていたのであり、「be動詞」の説明は小学生の田舎坊主たちにもなされるべき、時空を超えたmustだったのです。

「田舎者!」、炸裂したカミナリ

話が少々抽象的になってしまいました。ここで今まで私がお話をしてきたことと一見矛盾するように思われるエピソード――小出先生が「馬鹿者!」という言葉と共に、私に「田舎者!」という言葉を叩きつけられたエピソードを紹介します。

先にお話をしましたが、中学校を卒業すると小出先生の英語塾の高校生クラスは、授業の厳しさ(テキストを誤魔化さず厳密に読むことが要求されました)とその後の議論で、緊張感と熱気の溢れる場に一変しました。しかし中学生クラスの方は、教科書の予習が済むと(あの「be動詞」の延長線上で、決して授業のレベルは低くなかったのですが)、あとは英語カルタの争奪戦が中心となり、我々生徒も今日はカルタを幾つ獲得出来るかに夢中で、毎回楽しくのんびりとした雰囲気に包まれていました。好きなだけカルタ取りが許され、自由に菓子が食べられるクリスマスも楽しみでした。或る時私はカルタ取りに熱中し過ぎて友人と悪ふざけをし、学習机の下に身を隠そうとして、床や壁際の至る所に積まれた先生の書籍類や原稿の入った封筒の山を崩してしまいました。

「馬鹿者! 本や原稿に触るな! この田舎者!」

その後何度も何度も私に向かって炸裂したカミナリの、これが最初の一撃でした。誰よりも優しく紳士だった先生は、誰よりも激しい怒りの人でもあったのです。そもそも先生は、お亡くなりになるまで原稿類と書籍類を、と言うよりは一字でも文字の記された物は何でも「聖遺物」のように大切にされていたのです。あの「be」とお書きになった新聞の折り込み広告一枚に至るまでそうでした。その原稿類や書籍類を悪ふざけして突き崩す田舎坊主に、カミナリが炸裂するのは当然だったのです。

猛烈な落雷の後、茫然とした私の耳の奥で「馬鹿者!」

「田舎者！」という言葉が鳴り響き続けました。殊に「田舎者！」という言葉は、この時何故か強烈に私の心を打ちました。そこにあったのは、この一語で私の存在の全てが吹き飛ばされてしまったような懼ろしさと、触れてはならないものに触れてしまったという畏れの感覚だったように思います。勿論明確には自覚されなかったのですが、これらの感覚が「田舎者！」という一語に凝縮されて、ヒリヒリとするような痛覚が私の耳と胸を刺し続けたのでした。

神田の古本屋街

この時以来、私はどんな原稿類や書籍類に対しても無条件の畏怖の念のようなものを抱くようになりました。今も神田の古本屋街を歩く時、私は不思議な感覚に領されます。御茶ノ水駅から明大通りの坂を下ってゆくと、「田舎のお上りさん」のように胸がときめき始め、靖国通りに突き当たると、自分が再び小出先生の塾空間に戻ったような懐かしさと緊張感に領されます。このような時、耳の奥に先生の「田舎者！」という一喝が甦ってきます。そしてこの一語が一瞬にして私の存在を焼き尽くしたことを思い出すと共に、私が改めて自覚させられるのは、「田舎」とか「都会」という言葉を超えた遥か先にあるもの、あの原稿類と書籍類の山の内にあって、この神田の町の奥にも潜むもの、そして古書店の骨ある主人たちが守り続けようとしているもの、再び抽象的で大袈裟な表現になりますが、敢えて言えば「真理」というものへの関心と畏怖の念を、この一語が遠く目覚めさせてくれたのだということです。「馬鹿者！」「田舎者！」という一喝は、「真理」に無頓着で無感覚な者に向かってのカミナリの一撃だった——今神田の古書店街でしみじみと思うのはこのことです。

さて先生のカミナリの炸裂は私を先生から遠ざけたどころか、むしろ私は以前よりも一層熱心に「町の英語塾」に通い、カルタ取りに熱中するようになりました。先に「be動詞」の説明が私に驚きと感動を与えたと述べましたが、この「馬鹿者！」「田舎者！」というカミナリの炸裂もそうで、先生の英語塾には、私ばかりか仲間の田舎坊主たちにとっても、不思議な魅力を持った時間と空間が脈打っていたのです。しかし実際にはこの一瞬の覚醒の後に来たのは、なお以前と変わらぬ田舎少年の日常であり、そこでは眠るように呑気な意識が流れ続け、私は相も変わらずカルタ取りに熱中し、至る所に山と積まれた先生の本や原稿の中身になど関心は向かわなかったのです。

父と母、そして「田舎者」

私に「田舎」とか「田舎者」という言葉を意識させ、同時にその遥か向こうにあるものへの意識を呼び覚まさせてくれる出発点になったのは、小出先生の「田舎者！」という怒りの炸裂でした。更にもう一つ別の角度から、私にこれらの言葉を強く意識させることになったのは両親であり、殊に父でした。しかし小出先生の場合とは違い、父が私に与えたのは我々が日常生活で使う「都会」とか「田舎」とか「田舎者」という言葉の、極めて普通の意味と価値観でした。そしてこれはこれで世間というものが、また人間というものが如何なる価値観を宿して生きるのかを教えてくれた点で、少なからぬ意味を持つものでした。

父は三島の町外れにある大きなタイヤ工場の工員でした。タイヤやチューブの成型のため高熱となった作業場で働いていた父は、毎日疲れ果てて家に帰った後も、バター作りの職人だった祖父が耕作をする畑に出かけ、家計の助けにと暗くなるまで働き続けていました。汗にまみれて働くだけの父、働いてさえいればご機嫌な父とは、母に言わせれば「働くことしか能がない人」だったのです。また父に負けぬ働き者だった母は、父との諍いの時は常に「こんな人のことを田舎者と言うんだよ！」と罵っていました。これは今思うとなかなか含蓄のある表現で、改めてあの世の母に「田舎者」の意味を聞いてみたくも思うのですが、当時の私は母の罵りの中に怒りと軽蔑以上の意味は感じませんでした。私にとり、ただただひたすら働く存在が父であり母であり、二人の内面に分け入ろうという気持ちなど一切持たなかったのです。両親の内にあったのは、息子と娘を日本の中心地・東京の立派な学校に送り出すという、田舎の親ならば誰もが持つ夢であることは私にもハッキリと感じられていました。しかし中学生の頃は眠るような意識の中に生きていた私は、高校生になると、先にお話をしたように、地方の受験校の模範的「受験生」とは遠い「文学青年」気取りの若者となったのでした。毎週土曜日の小出先生の塾が生活と意識の中心を占め、家では部屋で本を読みまくり、父や母を手伝うどころか二人に目を向ける余裕も思いやりもなく、両親が子供にかける夢も当然のように思っていたのです。私こそが「こんな奴のことを田舎者と言うんだよ！」——母の言う正に「田舎者」だったのです。

父と上司と「田舎者」

話が少し先に飛びます。

「田舎者」という言葉とその持つ厄介な毒性が、父を介して新たに私の胸に強く刻印されたのは、私が東京に出てから後のことでした。工場の上役の方が、五十歳を過ぎて重労働の現場にいる父のことを気遣ってくれ、タイヤ製造の現場から守衛所へと配置換えをしてくれたのです。実際には父の体力は相当のものでした。しかし筋肉質で痩せていて目も落ち窪んでいたため、同情を買ったのだと思います。父は六十歳の退職時まで守衛として勤務をするのですが、肉体の酷使からは解放されたものの、精神的にはここで些か辛い時を過ごしたようです。人付き合いの苦手な父が工場に出入りをする千人以上の従業員と顔を合わせ、場合によっては会話もしなければならないのです。ぶっきら棒な口しかきけず、「失礼な守衛がいるぞ!」という苦情も寄せられたようです。

そうこうするうちに、どうにか仕事にも慣れてきた父は、工場の上司数人を社用車で駅まで送迎する仕事も任されるようになったのでした。上司の方たちは単身赴任をしていて、普段週末には東京に戻るのですが、時にそのまま三島に留まり、そのような時、時折父が呼び出され、車で箱根や伊豆巡りをさせられるのです。父に観光ガイドなど出来るわけはなく、当初はひたすら運転に集中していたようです。しかし恐らく退屈紛れにでしょう、父は意地悪な質問をされるようになったのです。帰郷した私に、時折ボソッと父がそれらの質問のことを話してくれました——「新橋って、知ってる? うちの本社があるところなんだけどね」「うちの会社の上の方は、慶応大学の出身者が多いってこと、知ってる?」「慶応というのは、最初は日吉で学んで、その後は三田に行くのだけど、日吉とか三田って所、知ってるかな? 三田会というのはどうかな?」——新橋も本社も上の方も慶應義塾大学も日吉も三田も三田会も、父が知るわけがありません。この上司たちは、父のあまりにも完璧な無知ぶりが可笑しかったのでしょう、ある時言ったそうです。「三島って、田舎だね!」。彼らにとり、父は紛れもない「田舎者」だったのです。

その後私はこのような人たちを生んだ大学や社会の歴史、そしてその構造やメカニズムもある程度は理解するようになり、それが生んだ人間の心の貧困・小市民性を心から気の毒に思うのですが、父からこの話を聞いた時は、怒りで身体が震えました。更にその後私はドストエフスキイ初の西欧旅行記『夏象冬記』の研究をし、その延長線上でドストエフスキイと福沢諭吉の比較研究もすることになり、福沢についての知識もそれなりに得たように思います。そして私の知る限りでの福沢、私の好きな諭吉は、このような学生が慶應義塾大学から生まれたことを知ったならば、「この馬鹿者! 田舎者!」と一喝し、自らの創った大学を一気に廃絶してしまうのではないかと思います。福沢とはそのような気性と姿勢の人だと思います。いずれにせよ父の話から私は、学歴と共に「田舎—都会」という対照枠が我々人間の持つ基本的な思考と価値の基準枠の一つであること、しかも優越心や差別心と結びついた実に厄介なものであることを痛感させられたのでした。その後私が大学院に進んだ時のことです。無口の父がボソッと言いました。「大学院でお前は、気取ったり、威張ったりするなよ！」。父のため、ここに敢えて付け加えさせていただきます。

「原点」としての二つの問い

父と母を通して教えられた「田舎―都会」「田舎者―都会人」などの、我々人間が普通に持つ対照枠、或いは思考と価値の基準枠。そして小出先生から与えられた「田舎者！」という叱責と、この言葉の背後に存在するものへの畏怖と憧れの感覚。これら相異なる田舎経験が、私の「東京には何があるのか？」という問いの背後に存在し、また東京に出てから私の人間観察における、唯一ではなくとも大きな基準となったのでした。

この「東京には何があるのか？」という問い。また祖父を焼いた炎から与えられた「この炎を超えるものはあるのか？」という問い――これらは共に小出先生の導きで明確化され、自分の内に活きて働く問いとなったのですが、これからお話をする問い、東京に出てから私が出会った様々な問いは、これら二つの問いを核として生まれ、かつその延長線上にあるものだと言えるでしょう。

3 「猿を聞人《きくひと》捨子に秋の風いかに」
―浪人時代、芭蕉の一句との出会い―

浪人生活の開始

東京での生活は浪人生活として始まりました。「東京には何があるのか？」という問いを抱えた私を、この都会はまずはその混雑をもって迎え、仰天させたのでした。

私が上京したのは１９６６年、その二年前には東京―大阪間に東海道新幹線が開通し、東京でオリンピックが開催され、日本は正に高度経済成長の道を突き進んでいる最中でした。道路には車と排気ガスが溢れ、「光化学スモッグ」が世を騒がせ、熊本に続いて新潟でも水俣病の発生が確認され、間もなく新宿の空には高層ビル群が聳え立ってゆきます。団塊世代のはしりで、予備校の大教室には数百人の生徒がすし詰めとなり、有名講師がマイクでする授業は熱気に溢れていました。ラッシュアワーというものを初めて経験したのも、予備校への通学時のことです。この年にはビートルズが来日し、公演の場が予備校からそう遠くない武道館だと聞いて興奮したことも覚えています。私の予備校での一学期は田舎青年が都会に圧倒された数ヵ月であり、あっという間に過ぎ去ってしまいました。

芭蕉の「暗唱」

その夏のことです。久しぶりに田舎に帰り、浮足立っていた私に小出先生からカミナリが炸裂しました。（この話は「予備校graffiti」六回目の最後、《終わりにかえて、そして次につなげて》に「私の浪人時代の夏」として記してあります）。このこともあり、二学期、新たに気合を入れて机に向かうようになった私は、毎晩三鷹の下宿から吉祥寺の井の頭公園まで玉川上水に沿って散歩をし、この一時間余りの間に「暗唱」を試みることにしました。高校時代に様々な文学を読み耽った私は、古文と漢文はある程度得意だったのですが、一学期に手を抜いていたため夏の模試で悲惨な成績が出てしまい、急遽芭蕉の『野ざらし紀行』と『唐詩選』とを散歩ごとに一区切りずつ暗唱することにしたのです。芭蕉を研究されていた小出先生も強く勧めて下さいました。この作業を半年近く続けると芭蕉の俳文と発句の、そして漢詩の読み下し文の韻律が散歩の歩行リズムと一つになって、自分の内に沁み込んでくるような感じがするようになりました。その後私は予備校で教えるようになると、生徒さんたちに学習の大事な一手段として「暗記・暗唱」を勧めてきたのですが、これは浪人時代の暗唱経験が基になったものです（「暗記・暗唱」ということの重要性については、「予備校graffiti」の各所に記しています）。

この毎晩の暗唱が私に新しい一つの視野を与えてくれました。つまり芭蕉の『野ざらし紀行』を全文暗記・暗唱したことで、私には入試古文への自信がつくと共に、少々大袈裟な言い方ですが、日本には一切を捨てて「旅」に生きるという文化的・宗教的伝統が存在することを教えられたのです。大きな組織に所属せず、一人「一筋の道」に命を懸ける人間を「浪人」と呼ぶのならば、芭蕉こそ「浪人」であり、この自分もまた「浪人」の端くれとして、日本の文化的伝統の内にあるのだなどと勝手な理屈をつけて、一人で虚勢を張っていました。今も私は、高校時代の「無常感」の経験と共に、俳諧という「此《この》一筋の道」に命を懸けた芭蕉という芸術家と出会ったことが、受験勉強に於ける最大の収穫だったと思っています。

「野ざらし」の旅

ご存知の方も多いでしょうが、『野ざらし紀行』とは貞享元年（１６８４）、芭蕉が江戸から十年ぶりに故郷の伊賀上野に帰郷した際の紀行俳文集で、『甲子吟行』とも呼ばれますが、この旅は前年世を去った母の霊を弔う旅でもあったのです。

冒頭に置かれた一句、

野ざらしを心に風のしむ身哉

母の死を向こうに置き、たとえ自分も旅に死して「野ざらし」（髑髏・どくろ・されこうべ）となり果てようとも、俳諧「一筋の道」に生きようとの決意を表明した悲壮感溢れるこの一句は、心に強く響いてくるものでした。夏に小出先生から叱り飛ばされた経験が、私を新たに厳しい姿勢で浪人生活に向かわせていたこともあったと思います。東京で一人勉強をする孤独感や悲壮感、そのセンチメンタリズムが働いていたことも否定出来ません。いずれにせよ「野ざらしを心に」という、この句を貫く悲壮感がこの時の自分にはピッタリで、心の奥深くにまで沁み込んできたのです。ここからは自然に祖父の死のこと、そしてあの問いのことも思い出されました。今も私は、独特の短調的韻律を持つ『野ざらし紀行』と『唐詩選』を交互に暗唱しながら、玉川上水に沿って歩いている自分の歩調を身体の底に感じられるように思います。

「捨子」の句との出会い

「野ざらしを心に」、この句と共に私が強く胸を打たれたのは、芭蕉が富士川のほとりで詠んだ一句でした。前後の俳文も入れて紹介します。

富士川のほとりを行《ゆく》に、三《み》つ計《ばかり》なる捨子《すてご》の、哀《あはれ》氣《げ》に泣《なく》有《あり》。この川の早瀬にかけてうき世の波をしのぐにたえず。露計《ばかり》の命待《まつ》まと、捨置《すておき》けむ、小萩《こはぎ》がもとの秋の風、こよひやちるらん、あすやしほれんと、袂《たもと》より喰物《くひもの》なげてとをるに、

猿を聞人《きくひと》捨子に秋の風いかに

いかにぞや、汝ちゝに悪《にく》まれたる歟《か》、母にうとまれたるか。ちゝは汝を悪《にくむ》にあらじ、母は汝をうとむにあらじ、唯《ただ》これ天にして、汝が性《さが》のつたなきをなけ。

息子と会えぬまま故郷で死んだ母。道の辺に「野ざらし」となることを覚悟し、一切を捨て己を「乞食《こつじき》」の身に貶めて旅に踏み出した芭蕉。その彼が富士川のほとりで見出した捨子。この子が富士川の急流に呑み込まれるのを見るに忍びず、束の間でも命あれと川のほとりに捨て置いた親。捨子に食べ物を置いて去る芭蕉。杜甫ら中国の古（いにしえ）の詩人たちに悲痛な問いを投げかけ、最後に捨子に呼びかける芭蕉――ここに込められたあまりにも多くのものを受け止め切れぬままに、私はその悲劇性に胸を抉られたのでした。ずっと後に知ったのですが、芭蕉はこれより十年近く前にも「霜を着て風を敷寝《しきね》の捨子哉」という発句を作っています。ここにも捨子の現実をじっと凝視し、その悲しみに己の身を重ねる芭蕉がいて、読む者の胸を打たずにはいません。

当時ベトナム戦争は次第次第に泥沼化の様相を呈していました。米軍が無差別に投下する枯葉剤やナパーム弾によって親を殺された子供たちや、大怪我を負って血まみれで泣き叫ぶ子供たちの悲惨な光景が新聞やテレビで次々と伝えられ、人々の心を怒りと悲しみと遣り切れなさで引き裂いていたのです。ベトナム戦争とそれが生み出す悲惨な現実は、私のみならず当時の日本の若者たちの胸に重くのしかかる問題であり、やがて「大学闘争（紛争）」の一因となったのでした（4）。いつの時代にも世に満ちる幼な子たちの苦しみと涙。この現実に自分は何が出来るのか？杜甫ら古の詩人たちに「猿を聞人捨子に秋の風いかに」と問いかけた芭蕉。そして捨子に「唯これ天にして、汝が性のつたなきをなけ」と言い残して立ち去った芭蕉――彼がこの問題を解けているとは思えません。しかし誰が芭蕉を非難出来るでしょうか？今に至るまでこの問題を解いた人がどこにいるでしょうか？まして浪人の自分に何が出来るのか？芭蕉から、浪人時代から、私が受け取った厳しい課題がここにあります。

地上に満ちる「罪なくして涙する幼な子」たち――大学への入学後「大学闘争（紛争）」の混沌の中で私はドストエフスキイと出会ったのですが、この時ドストエフスキイがこの問題を正面から取り上げる作家であること、また彼が「命」とするイエスが「罪なくして涙する幼な子」に寄り添う愛の人であることを初めて知ったのでした。そしてこの問題は「予備校graffiti」でも記したように、ドストエフスキイ研究会でも繰り返し取り上げられ、ここに学ぶメンバーの胸を刺し続ける問題・課題となっているのです。

死の意識の拡がりから、再び原点の問いへ

もう一つ、ここで思い出し確認をしておくべきことがあ

ります。この時私は「捨子」という現実の前に立たされると共に、芭蕉の母の死や、彼の「野ざらし」を覚悟しての旅立ちを始め、捨子を巡り何重にも張り巡らされた「死」のイメージに強く心を動かされたのでした。捨子と死――地上に生を受けたものが投げ込まれる運命、その悲劇的リアリティが芭蕉俳文の流れるような韻律に乗って私の内に沁み込むと共に、先に述べたように、自然と私には祖父の死と祖父を焼いた炎が思い起こされたのでした。芭蕉を介して、私は改めて最初の問いに戻ったのです。高校時代、『源氏物語』や『方丈記』から押し寄せてきた「無常感」が心を離れることはありませんでした。これとも連なり、私は死を巡る問いが、そのまま広く人間に普遍的なしかも喫緊の問いであること、死の問題こそが古今を貫いて人間の文化・宗教の正に核心をなす問題であるという事実に、芭蕉を介して新たに正面から向き合わされたのです。後のドストエフスキイやイエスの十字架、そしてトルストイやハイデガーとの出会いとも繋がる、死の意識の拡がりと深まりです。

小出先生も手紙で、この暗記・暗唱の作業を強く励まし続けて下さいました。この時私はまだ十分に知らなかったのですが、先生が残された原稿には哲学・宗教関係の論考に加えて膨大な芭蕉研究があり、その中には「髑髏三句考」として『野ざらし紀行』の徹底的な考証も含まれていました（6）。しかも中学生時代に私がふざけて崩してしまい、「馬鹿者！　本や原稿に触るな！　この田舎者！」というカミナリが炸裂することになった原稿の山は、この芭蕉論の一部だった可能性が高いのです。ここでも私はいつの間にか、自分の原点に連れ戻されていました。

かくして芭蕉が刻む一句・十七文字の世界は、ただ浪人生の受験知識の内に収められて終わるどころか、遠く中国の古典文学と連なり、更にはベトナムを始め世界中至る所で流されつつある無辜の幼な子たちの血の問題とも繋がり、ひいては人間一人ひとりが必ずその前に立たねばならない死の問題にまで直結することを私は知らされたのでした。

そして祖父以来の死の問題との取り組みに於いて、私が決定的な一歩を与えられたのがドストエフスキイとの出会いでした。これについてお話をするには（5）、まずその出会いに至る大学生活についてお話をしておく必要があるでしょう。

４「この混沌とは何なのか？」
―高度経済成長期の日本、大学闘争（紛争）の中で―

「教育」の場について

私は日本の教育の現状、殊に大学の在り方に強い疑問を抱いています。大学が「レジャーランド」だと言われるようになったのは1970年代から1980年代にかけて、経済の高度成長期からバブル経済の到来にかけての頃だったと思います。しかし最近では、大学を果たしてこの呼称で呼べるのか、また呼ぶべきかについて賛否両論が渦を巻いているようです。このことは人が大学を見る視座により、また大学での経験により、その大学観が大きく変わるのですから当然でしょう。私自身は、私の経験した限りですが、大学というものが本来強烈な求道者的情熱と厳しい学問的探求の精神とが共存する場であるとするならば、日本で今その役割を真に果たしている大学はほぼ存在しないと考えています。その原因については様々に考えられ、今回私がお話していることも、先の小出先生の「町の英語塾」での「be動詞」の話から始まって、そこでの土曜日夜の熱い議論や、芭蕉やドストエフスキイやイエスとの出会いも入れて、この問題への答えの試みのつもりなのですが、一度にあまりにも多くのことは語り切れません。大学に入学してから私が経験したことに沿って、この教育の問題を四番目の問い「この混沌とは何なのか？」という問いと重ねてお話をしたいと思います。

大学への失望

大学は東京外国語大学のフランス語学科に入りました（1968）。哲学を学ぶ土台としての語学習得のためです。しかし入学式で出鼻を挫かれてしまいました。（以下には母校や恩師に対して失礼に当たること、極めて主観的な表現が続くと思いますが、当然その責は私自身が負い、敢えて記させていただきます。最終的な判断は皆さんにお任せします）。何に出鼻を挫かれたかと言うと、学長の祝辞でした。「皆さんは、東京大学と共に江戸幕府の開成所の流れを引く本校、輝かしい伝統を持つ学問の場に入ったのです！」――このことを赤子に説き聞かせるかのように、延々滔々かつ得々と語り続ける学長に、心底愕然とさせられたのです。授業が始まっても、私が学ぼうとしていた「永遠の生命」については無理だとしても、教壇に立つ教授・助教授・講師たちに、人間の生と死について思索をしている雰囲気は感じられません。それが大学というものだ、そもそも自分はここに語学の勉強に来たのではないかと思い直しても、違和感と失望感は収まりません。では日本社会や世界が抱える問題についてはどうかと言うと、語学専門の大学ということもあったのでしょう、自分の海外経験や語学力を嬉しそうに得々と語る教師たちはいても、当時泥沼状態に入っていたベトナム戦争について、水俣病や光化学スモッグなどの公害問題について、また身近で進展していた東大・日大紛争について、学生たちに真剣に語りかけてくれる教師とは出会えませんでした。学生たちはと言うと、キャンパスに満ちるのはサークルへの新入生勧誘、そしてコンパ勧誘のお祭り騒ぎでした。ここは調子の低い「混沌」の世界でしかない！——小出先生や芭蕉を通して、高校時代から浪人時代にかけて、私が想像し期待していた大学はどこにも見出せませんでした。

疲れ果てて下宿に帰る日が続きました。心を開くことの出来ない、また行動範囲の極めて狭い「田舎者」の「新入生《フレッシュマン》」が、キャンパスを勝手に「混沌」と呼び、自らは何もすることなく、ただ不満顔をして徘徊《うろうろ》していたに過ぎないではないか！——こう言われれば、それまでなのかもしれません。しかしあの違和感と失望感は半世紀が経った今もなお鮮やかで、それらが「懐かしさ」の感情にまで昇華される時はどうしても来ないのです。

暫くして私は思い直しました。「これは！」という鋭い眼力をもった学生を見つけよう！　そういう若者と出会ったら是非話を聞かせてもらおう！　私はキャンパスのあちこちを探し回り始めました。いわば「眼付け《がんづ》」ということが、誰に教わったのか、小さい頃から私の「悪ガキ仲間」発見の手段の一つだったのです。数日後に一人、異様に鋭い目つきをした学生を見つけました。その人は学生自治会の幹部の一人で、校門近くに置いた演壇上で「アジ演説」をしていて、その表情の内には「狂気」のようなものさえ認められたのです。「よし、これだ！」。私は演説が終わった彼の前に進み出て、お話を聞かせて下さいと申し出ました。

彼の口からはベトナムに於けるアメリカ軍の暴虐について、そのアメリカに追随する自民党政権の腐敗について、更にその延長線上にある大学の教授たちの無気力と無能さについて、既に東大や日大で進行していた「闘争」について等々、立て板に水の如く「言葉、言葉、言葉」が迸り出てきました。しかしその雄弁さは紋切り型の定型句でしかなく、「狂気」が混ざったと思われた表情・目つきも、間近で見ると、こちらの胸を刺し貫く力を持つものではありませんでした。彼の目を見つめながら、私の脳裏には何故か「野心」という言葉が浮かんだことを覚えています。私は礼を言って去りました。その後私は彼の消息を耳にしたのですが、そこにあったのは「野心」と言っても、世俗化した「政治的野心」の延長線上を着々と歩んでいる彼の姿でしかありませんでした。

あっという間に一学期は終わってしまいました。夏休みが明けて起こった「大学闘争（紛争）」と、そこで出会った新たな「混沌」――以下ではまずこれらについて取り上げ、夏休みのことはその後でお話をしたいと思います。

「大学闘争（紛争）※」

※これからお話をする出来事、いわゆる「大学闘争（紛争）」については、一般に「大学闘争」と「大学紛争」という二つの呼び名があります。これと積極的に関わった人々には「大学闘争」、或る距離を置いていた人たちには「大学紛争」という表現が馴染むのかと思います。一般的には「大学紛争」という表現が定着しているようですが、ここでは両者を容れて「大学闘争（紛争）」と記します。私はこの表現を用いる時、これから記すように、「闘争」が「紛争」に変質してしまったという複雑な負の思いを込めています。

二学期に入ると「大学闘争（紛争）」の波は東外大にも押し寄せ、学生たちによって教師たちは大学から締め出され、あっという間にキャンパスは封鎖されてしまいました。夏休みが明けると、突っ込んだ話をする同級生も見つかり始めていて、そこから分かったのは、入学式後、あの学長の祝辞を始めとして私が感じていた大学への違和感と失望感は決して私だけのものではなく、表面には出ずとも多くの学生たちが共有するものであったということでした。東大の場合は医学部の登録医制度や研修医制度の問題、日大の場合は不透明な経営体制・体質の問題、東京教育大は筑波への移転問題、そして後発の東外大は学寮建て替えの問題など、直接は具体的で個別的な問題から出発して、間もなく全学的な「闘争（紛争）」にまで拡大したのですが、そこには学生たちの大学への強い違和感や失望感があったことは疑いありません。更に１９６８年当時、国外では東西冷戦とベトナム戦争が激化し、国内では経済の高度成長と共に政治の金権化と腐敗が進行し、各地で公害問題が顕在化するなど、様々な形で若者たちは不安に陥れられ、また怒りに駆り立てられていたのです。この学生たちの不安や怒りを、サークルやアルバイトやコンパなどの方向に逸らさせることなく正面から受け止め、一緒に考え学ぼうという姿勢を打ち出してくれる教師たちはまず殆どいませんでした。ごく少数はいたとしても、残念ながら学生たちを再び教室に連れ戻し、教壇に向かわせる力とはなり得なかったのです。教授や助教授たちが追い払われ封鎖されたキャンパスに立ち、晴れ上がった秋空を見上げ、私は得も言われぬ解放感を味わったことを覚えています。これは私だけのものではなかったはずです。

「解放空間」の現実

ところがこの解放感は一瞬にして消え、新たな違和感と失望感、そして空虚感が襲ってきました。「解放」されたキャンパスの内にあったのは、詳しくは説明しませんが、正に「混沌」そのものと、それと表裏一体の「空虚」でしかなかったのです。日本社会と世界への疑問と不安を抱え、教授たちの無力と無責任に怒り、大学封鎖にまで至った学生たちは、自らが闘い取った「解放空間」で、自らの未熟さと怠惰さからの「解放」を果たすことが出来ず、そこに現出させたのは混沌と空虚の空間でしかなかったのです。親しくなりかけた同級生たちともそれ以上語り合う機会はなくなり、それぞれが再びそれぞれの世界に戻ってしまいました。残されたのは「この混沌とは何なのか?」という新たな問いだけでした。

その後私は「大学闘争(紛争)」に積極的に参加した人たちや、反戦運動を闘った人たちが「俺たち、やったよな!」とか、「負けたけど、面白かったよな!」と語るのを、様々な場で何度も耳にしてきました。私はこれらの言葉に直接反論をすることはしません。しかし素直に耳を傾けることも出来ません。これら世の不正義と不条理に抗議をして闘った勇気ある人たちは、あの「解放空間」を支配していたものが真の解放・自由だと考えていたのでしょうか?彼らはそこに私が混沌と空虚のみを見出したことを、勝手な「ブルジョワ的幻想・妄想」だとして斥けるのでしょうか? ——私の内ではこの問いが、それに答えてくれる人は誰もいないまま、今に至るまで燻ぶり続けています。当時私には私を突き動かす幾つかの問いがあったのですが、あの「解放空間」はそれらの問いに対する答えを与えてはくれず、「この混沌とは何なのか?」という新たな問いを突き付けただけでした。

新たな「大学生活」

「解放空間」の内を支配する混沌と空虚。東京の下宿に籠り本を読み続ける私に、小出先生が声をかけて下さいました。

「じゃあ君、暫く僕の所で勉強をするか?」

それから大学院入学まで、延べで六年余り続くことになった新たな生活――東京で読書とアルバイトを続けながら、時間のある限り故郷の三島に戻り、小出先生の許で勉強をさせていただくという新しい「大学生活」が始まりました。私には東京と三島の行き来に新幹線を利用する金銭的余裕はありませんでした。しかしその分在来線の鈍行で読書の時間はたっぷりと取れ、下宿から家までの間で優に一冊は読み終えることが出来ました。この六年余りが私の真の大学生活であり、生涯の土台を作ってくれた最も貴重な時となりました。この新たな大学生活で、小出先生から私が何を教えていただいたかについては第六回目と七回目のテーマとして、今は東京での大学生活について、夏休みを中心としてもう少し振り返っておこうと思います。

二つの課題

大学に入学が決まった時のことです。小出先生から私は二つのことを命じられました。

一、本を読まない大学生など大学生ではない。四月から十二月の末まで、一日一冊は本を読むこと。

一、新しく始める語学の勉強を大学の悠長なペースに任せず、一学期の内に文法は全て自分で終えてしまい、夏には辞書を片手に哲学の原書一冊を読み終えること。

小出先生は若者に大学への進学を勧めるものの、「アカデミズム」という場が実際には如何なるものかよく知っておいででした――「現代の大学生は遊ぶとよく言われる。しかし本当に勉強をする大学生は、昔もそんなに多くはなかった。君たちは勉強をするのだ！」。また私たちは、よくこうも言われていました――「大学で君たちがすることは、まず語学を学び、良き友を見つけ、夜を徹して議論をし、あとは本を読み、思索をすることだ。それ以外に何があるのだ?!」。このような「町の英語塾」以来の指導の背景があり、また自分の問いを抱え、私は予備校時代の緊張感とは異質な大学の緩《ゆる》い雰囲気に違和感を覚え、あちこち「眼付け」などまでして歩いたのです。

二つの課題をこなすことは大変でした。しかし大学への違和感と失望感が、私を「一日一冊」の課題をこなすことに全力を集中させたのでした。「辞書を片手に哲学の原書一冊読了！」という課題は、夏の三ヵ月の間にどうにか終了しました。取り組んだのはベルクソンの『道徳と宗教の二源泉』でしたが、小出先生のアドバイスで、四月に日本橋の丸善に注文をして予め取り寄せてもらっていたのです。六月末から取り掛かり、一ページの一行目から単語を一つ一つ辞書と首っ引きで調べ、ノートに記してゆきました。その「単語帳」三冊は今も原書と共に田舎の書庫に残っています。夏休みはひたすら『道徳と宗教の二源泉』と取り組み、九月の初めに一応読了した時、或る達成感が訪れたことは事実です。しかし今も覚えていますが、ベルクソンを通してフランスの現代哲学と古典哲学とキリスト教の計り知れぬ広さと奥行きに触れたことで、私はむしろ自分の語学力や知識の乏しさに強い焦燥感を覚えたのでした。この達成感と焦燥感を抱えて、私は二学期の大学に戻ったのです。（この時私は、この夏本当に勉強をしてきたと思える同級生二人と出会いました。この二人のことは次回にお話をしたいと思います）。しかし我々を待っていたのは、先にお話をしたように「大学闘争（紛争）」という嵐、新たな「混沌」だったのです。

「混沌」との直面、ドストエフスキイとの出会いへ

大学入学から「大学闘争（紛争）」へ、そして夏休みへ。話が前後し、また様々な方向に拡がってしまいました。ここで最後に「この混沌とは何なのか？」という問いを、もう一度確認しておきたいと思います。

浪人時代に私が東京で得た印象がまずは「混雑」だったとすれば、大学入学後夏休みの前にもその後にも、私が出会ったのは大学ばかりか日本と世界の、更には人間精神の「混沌」と、その底にある「空虚」だったと言うしかありません。この現実を前にして、私の内に生まれたのが「この混沌とは何なのか？」という問いでした。そしてこの混沌と空虚の内にいる私に向かって指し出されたのが小出先生の救いの手であり（「じゃあ君、暫く僕の所で勉強をするか？」）、東京と三島を往還しての勉強の開始でした。この新たな勉強の場を、私は次第次第に「塾大学」として自覚してゆくのですが、この中で私はドストエフスキイと出会ったのです。

5 「神はあるのか？ 不死は存在するのか？」
―「ロシアの小僧っ子」と「聖書」との出会い―

「混沌」と「空虚」、そして「ロシアの小僧っ子」

「東京には何があるのか？」——先にお話をしたように、東京の大学の「解放空間」もまた新たな混沌と空虚が支配

する世界でしかありませんでした。最早大学に行く意味を見出せなくなった私は、小出先生が呼びかけて下さったのを機に、秋から故郷と東京の往還を繰り返しつつ、先生から与えられていた二つの課題の内、まずは「一日一冊」に集中しようと手当たり次第に本を読み漁りました。読書は高校生の頃から好きで、読書の新たな核となったのがドストエフスキイの作品群でした。彼の作品は長編が多く、それまで「一日一冊」の対象としてはなかなか手が出せないでいたのです。

小出先生が常に話題にされていたドストエフスキイとの、いよいよ正面からの取り組みが始まりました。私が最初に手に取ったのは、以前からタイトルに魅かれていた『白痴』でした。「キリスト公爵」とも呼ばれる主人公のムイシュキン公爵。この「白痴」たるムイシュキンの魂の純粋さと、彼を巡って繰り広げられるドラマの激しさと悲劇性は、作品の背景をなすH.ホルバインの衝撃的な絵画「死せるキリスト」と相俟って、私の心を揺り動かしました。身体が「金縛り」のようになり、胸も鳴り、時間が来てもアルバイトに出かけられなかった日もありました。「ドストエフスキイ体験」とはこれかと思いました。

東京では手に入れたドストエフスキイの作品を手あたり次第に読み、故郷では真夜中でも小出先生のお宅に駆けつけ、その感動と感想を報告し続ける私を、先生はいつも「よおっ!」と迎えて下さり、私の質問に嬉しそうに耳を傾け、丁寧に答えて下さいました。東京と三島を往還しつつ、熱に浮かされたような新たな「大学生活」が始まったのです。

数ヵ月間にわたる、このいわゆる「ドストエフスキイ体験」の中で、私を最も驚かせ感動させたのは『カラマーゾフの兄弟』の次男イワンでした。世に満ちる「罪なくして涙する幼な子」たちを凝視し、神の世界の不条理を弾劾するこの青年に心を震撼させられると共に、この時私は、彼が弟のアリョーシャに語る次の言葉に息を呑まされました。

「俺もお前と同じロシアの小僧っ子だ。〔中略〕そういう連中が、飲み屋でわずかな時間を捉えて何を論じると思う? 他でもない、神はあるのかとか、不死は存在するのかとかいう世界的な問題なのだ」

(『カラマーゾフの兄弟』第五篇第3章)

「神はあるのか?」「不死は存在するのか?」——世の不条理に憤ると共に、このような問いを「飲み屋でわずかな時間を捉えて」論じ合う若者たち! ——私が大学に入って探し求めていたのは正にこのような「ロシアの小僧っ子」だったのです。「神」を求め「不死」を求め、これらの問題に命を懸けて生きる若者たち。私は「日本の小僧っ子」でしたが、「ロシアの小僧っ子」にもなろうと思いました。

「神と不死」

ところでイワンの言葉に感動はしたものの、「神と不死」という言葉自体は私には決して親しいものではありませんでした。尤も「神」と「不死」の内で、「不死」という言葉の方には問題を感じませんでした。祖父の死と祖父を焼く炎との出会いを契機として、小出先生から「この炎を超えるものはあるのか？」「死を超えた永遠の生命はあるのか？」という明確な言葉・問いの形で、既に死と不死の問題はハッキリと自覚させられていたからです。しかし「神」とか、更には「聖書」とか「イエス」とか、或いは「十字架」とか「復活」「キリスト」という言葉は、未だ私には遠いところに存在するキリスト教固有の用語・概念でしかなく、小出先生のようなクリスチャンの方たちが専ら問題とするものだと漠然と考えていました。私の頭も心も共に、なお島国的な呑気さと怠惰さの内に留まっていたのです。これらの用語・概念に対して、ドストエフスキイやベルクソンやパスカルとの取り組みと共に、自分の意識が如何に徐々に目覚めていったかについては、なおこの5から7までの主要テーマとしてお話をしてゆこうと思います。更に次回の6では、小出先生の許での「大学生活」について取り上げる際、明治初年からのクリスチャン家系の三代目である先生が、それゆえに突き当たった信仰と哲学の問題についてもお話をする予定です。

年の暮れ。ドストエフスキイとの初めての取り組みの最後となる『カラマーゾフの兄弟』を読み終えた時、私はイワンに次いで、彼の弟である主人公アリョーシャに心を揺さぶられ、その魂の純粋さと崇高さに涙が止まりませんでした。小出先生がよく語られていたアリョーシャとその師ゾシマ長老の聖性に、そしてそれを小説世界に表現し得るドストエフスキイの力に心から驚かされました。殊にアリョーシャが長老の死を契機として陥る危機と、その底で与えられる回心・復活体験は圧倒的でした。そこに働くキリスト教的救済の構造については、この時の私には未だ十分に理解出来ませんでしたが、少なくともこの場面はドストエフスキイが、私が東京で見出した混沌や空虚を超える「光」を、そして祖父を焼いた炎を超える更に強烈な「炎」を知る人であり、かつそれらを描く力のある作家であることを確信させるに十分でした。私はその「光」と「炎」

が挑って来たるものを確かに知りたいと思いました。「神」という言葉が、ドストエフスキイを通して初めて自分の心に或るリアリティをもって入ってきた時だと思います。

三島に帰り、ドストエフスキイを生涯学びたい、イワンやアリョーシャのような「ロシアの小僧っ子」になりたい、あの「光」と「炎」の源を突き止めたいと報告した時、先生は深く頷いて下さいました。かくして「この炎を超えるものはあるのか？」という問いは、今までお話をしてきた幾つかの問いと合流し、新たに「神と不死」を巡る問い、「神はあるのか？ 不死は存在するのか？」という問いとして、私の心に住み始めることになったのです。

以下では、新たにこの問いを抱えて東京と三島を往還しつつ、私がその後大学院で本格的にドストエフスキイとそのキリスト教思想と取り組むに至るまでの、主に東京での「試行（思考）錯誤」を振り返っておきたいと思います。「ロシアの小僧っ子」イワンやアリョーシャとの決定的とも言うべき出会いを果たした後も、小出先生の許での勉強を続けながら、私はなお「神」とか「イエス」とか「十字架」という基本的な言葉・概念の理解に向けて、様々な「行きつ、戻りつ」を繰り返す「田舎者の小僧っ子」でしかなかったのです。宗教学を学ぶ皆さんに、この「行きつ、戻りつ」のお話が参考になることを願っています。

新たな問いと「試行（思考）錯誤」、ロシア精神の奥深さ

「大学闘争（紛争）」は、学生によって封鎖をされていた各大学の構内に次々と機動隊が導入され、「終息」を迎えました（１９６９）。しかし既にお話をしたように、その前から私は大学には殆ど行かなくなり、下宿でひたすらドストエフスキイを始めとするロシア文学を読み漁り、そして三島の小出先生の許に駆けつけるという生活が始まっていました。

具体的にはドストエフスキイの作品を繰り返し読みながら、神田で手に入れたプーシキンやゴーゴリ、トルストイやツルゲーネフ、そしてアンドレーエフやアルツィヴァーシェフなどへと読み進めてゆきました。これらの卓越した作家ばかりか、小出先生に教えられ、ロシアにはシェストフやメレジコフスキイやベルジャーエフなど、ドストエフスキイの精神を深く鋭く受け継ぐ思想家・評論家たちも存在することを知った時は、「ロシアの小僧っ子」たちの底知れぬ精神性を実感させられ、もし自分がこのままこの世界を知らずに生きてゆくならば、自分は本当に「田舎者の小僧っ子」で終わってしまうだろうと思い、ゾッとしました。下宿と神田と三島を往還してのロシア文学・評論の乱読は、ドストエフスキイとそのキリスト教思想と取り組む

上で、かけがえのない下地となったと思います。

ところでその後私は主宰するドストエフスキイ研究会で、「先生はドストエフスキイ以外にも、トルストイなどは読まれるのですか?」という類の質問を少なからずされてきました。私はドストエフスキイが扱う問題と向き合う時、同時にプーシキンやトルストイやツルゲーネフなどはどう考えているかを常に意識しているのですが、若者の負担を慮って、トルストイなどにはあまり言及しないのです。ロシア文学・評論が競って読まれた大正・昭和の時代から、残念ながら現在は精神的地盤沈下が驚くほど進んでしまい、人口減少よりも遥かに深刻な問題がここには存在することを指摘しておきたいと思います。神田の古書店街の、たとえば田村書店の一階に足を運んでみて下さい※。かつて日本人がロシア人の精神性の深さに如何に感動して熱い目を向け、如何に多くの文学・評論を翻訳していたかが知られ、また書店の御主人が現状を如何に深く嘆いておいでかも知られ、皆さんは心を揺り動かされることでしょう。

※神田・田村書店一階のご主人、奥平晃一さんが本書の準備中に亡くなってしまわれました。奥平さんは「ずっと残る本を書いて下さい。私らはそういう本をこそここに置きたいのだから」と言って、長い間私を励まし続けて下さいました。奥平さんとその許で働く有能な助手・菊地さん、私の本集めに協力をして下さったお二人の最後の仕事の一つが、私と小出先生の蔵書の整理であったことは奇縁であり、光栄なことでした。奥平さんのご冥福と、新たに中島屋書店を開かれた菊地さんのご健闘をお祈りいたします。

パスカルの「火」

ロシアの文学・評論を読み進める一方、私は小出先生の「辞書を片手に哲学原書講読」という課題も忘れてはならないと思い、ベルクソンの主な著作を読み終えた後は、フランス哲学・宗教の古典であるデカルトとパスカルの世界を理解しようと、二人の作品を少しずつ読み進めてゆきました。デカルトの知性の鋭さもそうでしたが、殊にパスカルの『パンセ』と「覚え書」はその精神性の深さで私を驚かせました。

パスカルの『パンセ』は、「栄光」と「悲惨」という人間の両極性の徹底的分析から、イエス・キリストを介し人間の目と心を神に向かわせるという目的の下に書かれた書物で(「キリスト教弁証論」としての断片集)、私はここにもまた「ロシアの小僧っ子」ならぬ「フランスの小僧っ子」、

「神と不死」の厳しく真摯な一級の探求者が存在することを知らされました。ベルクソンの宗教理解の深さも驚くべきものでしたが、イエス・キリストの存在に焦点を絞り切らない点がもう一つ物足りず、私の関心はパスカルの方に傾斜してゆきました。ドストエフスキイとパスカル。私が求めていることに正面から応えてくれる巨人たちがいること、そして彼らの思索の土台がまずは聖書世界、殊に新約聖書の四福音書にあり、その焦点はイエスの十字架に絞られること、そしてこのイエス理解から神に向かうという、キリスト教的認識の基本的な構造も次第次第に理解されていったのでした。

何よりも私が驚かされたのは、パスカルの死後に発見された「覚え書《メモリアル》」です。彼は自らの回心体験を羊皮紙に書き記して胴着に縫い込んであったのですが、私の目に飛び込んできたのは、最初に記された「火（feu）」という一語でした。数行先には「確か（certitude）」という言葉が二度記されています（「確か、確か、感情、歓喜、平安」）――私はパスカルが、私の祖父を焼いた炎を超える「火」と出会ったこと、その「火」が「神」であり、死を超える「永遠の生命」であることを確信しました。ここにはイエスを通して神に至るというパスカルの信仰の精髄も簡潔直截に記されていて、私はパスカルの『パンセ』を卒論のテーマとして選び、ドストエフスキイの作品と並行して二年ほど取り組みました。

話が少し先に飛びます。パスカルで卒論を書いた後、私はドストエフスキイを措いて、東京大学の大学院でこのまま暫くパスカルを学ぼうと、その試験を受けたのでした。ところが面接試験に臨んだ時のことです。パスカルを専門とする高名な教授は、私がパスカルとの取り組みで何を考えてきたか、これから何をしたいかについては一切質問をされず、テキストは何版を用いたか、この研究書は既に原書で読んでいるか等々の専門知識をひたすら問うてこられたのです。私は十分に答えられず、パスカル研究に必須とされるラテン語も未修でした。ドストエフスキイについて語ろうとしましたが、聞いてもらえませんでした。大学院で必要とされる「パスカル学」への基本的な準備もせず、ドストエフスキイを語る資格などなかったのです。不合格は当然でした。私の姿勢に「迷い」が、より厳しく言えば「誤魔化し」があったのです。

一方でドストエフスキイにあれほど感動をし、生涯の課題だと思い定めておきながら、新たにロシア語を学び大学院でのドストエフスキイ研究に備えるには時間がかかり過ぎると思い、取り敢えず暫くはフランス語で済ませて大学院でパスカルを学んでおこう、その間にロシア語も学び、厳密なテキスト講読に備えようと思ったのです。日頃テキストとの誤魔化しのない対決を迫る小出先生は、ドストエフスキイの前にパスカルと向き合い、パスカルの角度からキリスト教思想を学んでおくのも精神の奥行きを得るために良いだろうと、ゆったりと鷹揚に構えておいでででした。しかし自分の安易さと中途半端さ、二股をかけた邪心にパスカルとドストエフスキイ二人から罰が下ったのです。

江川卓先生との出会い

大学院の不合格は、私に自分の進路について厳しい再考を迫りました。一年間留年をした私は様々に迷った末に、やはりまずはロシア語を学び大学院でドストエフスキイを学ぶべきだという結論に至りました。そのために一度大学を出て、アルバイトで生計を立てながら、二年間マヤコフスキー学院に通うことに決めました。遅まきながらの背水の陣です。

マヤコフスキー学院とは、大学とは離れて自由にロシア語・ロシア文学を教えたいという先生方が東中野で始められた、私塾とも言うべき小さな学校で、江川卓先生や水野忠夫先生や安井侑子先生・渡辺雅司先生を始めとする先生方は皆、人間味に溢れた熱心な方たちばかりでした。小出先生の許での勉強が新たに東京でも開始されたように思い、私は全力投球をしました。

マヤコフスキー学院は「大学闘争（紛争）」の混沌の中から生まれた素晴らしい一つの結実だと思います。皮肉なことに私は、大学を出て初めて大学の先生方の許で真剣に勉強をしたのです。大学院入試と大学院での勉強に必要なロシア語を週一回の授業で、二年間の内にマスターしてしまおうという必死さもありました。

江川卓先生は私の夢をお知りになると、キリスト教を土台としたドストエフスキイ研究は日本では乏しい。是非この道を貫くようにと、熱く励まして下さいました。しかしその後私はドストエフスキイと聖書との取り組みにあまりにも多くの時間を費やし、江川先生の許をお尋ね出来ないままでいました。先生の「謎解き」シリーズの出版予告を見るたびに、「謎解き」という言葉を切り口に、次々とドストエフスキイ世界に分け入ってゆかれる先生が、『カラマーゾフの兄弟』論では「神と不死」の問題という最大の「謎」をどう解かれるのかと、私は出版の日を楽しみにしていました。ところがその感想を述べにお伺いしない内に、先生はお亡くなりになってしまったのです。

恐らく私は先生の「神と不死」の問題に関する「謎解き」に対しては、仮に先生がなおご存命でお会いすることが出来たとしても、少なからず異を唱えることになっただろうと思います。そこには私が学んできた、そして理解するドストエフスキイのキリスト教とは大きく違うキリスト教理解の世界が展開していたのです。しかしそのような時も先生は、この不肖の教え子の異論にもあの変わらぬ笑顔で耳を傾けて下さったに違いありません。マヤコフスキー学院での二年間は充実した楽しい修業期間でした。この未熟な私を温かく受け入れ、励まし鍛えて下さった全ての先生方に心から感謝をしています。

三島の小出先生の許には、ロシア語の勉強とアルバイトのため以前ほど頻繁にはお伺い出来なくなりました。しかし先生の許での勉強が核であることは変わりませんでした。

荒井献先生と聖書学との出会い

大学院は東京大学の人文科学研究科・比較文学比較文化学科に入りました。ロシア文学科や哲学科を選ばなかった理由をよく聞かれるのですが、ここにも小出先生の影響が強くありました。つまり自分をロシア文学や哲学の枠に閉じ込めることなく、ドストエフスキイを核に聖書や宗教・芸術・文学などを幅広く自由に学びたいと思ったからです。所属学科の自由な学風に甘えさせていただき、私は比較の対象を「ドストエフスキイ文学と福音書文学」と定め、授業はロシア文学を担当される川端香男里先生と、西洋古典学科の荒井献先生のゼミを中心に組み立てました。「神と不死」を求める「ロシアの小僧っ子」になろうという願望は、私をドストエフスキイのキリスト教、殊にその聖書理解の研究に向かわせ、そのためにもドストエフスキイと聖書、両テキストとの取り組みをまずは第一の課題としたのです。

ドストエフスキイに於けるキリスト教、殊に十字架を中心とするイエス像構成の重要性は、既に小出先生の空間では自明のこととされていました。所属する比較関係や露文関係に於いては、このことに注意は殆ど向けられず、少なからず当惑させられましたが、この重要性を改めて強く自覚させられたのが荒井献先生のゼミでした。荒井先生の新約聖書学とは、ちょうどその頃出版された『イエスとその時代』（岩波書店、１９７４）からも明らかなように、イエスに関わる伝統的・主観的信仰の前提を一度全て捨て去り、まずは「イエスとは誰か？」、この単純な問いを出発点として、人間としてのイエス像を歴史学的・文献学的・批判的に構成しようとするところに最大の特色があると言えるでしょう。たとえ我々が如何に魅力的なイエス像を見出したと思っても、テキストに即して歴史学的・文献学的な証明が厳密になされない限り、この土俵では恣意的かつ主観的信仰の表明だとして斥けられてしまうのです。

小出先生はその半世紀前、京大・純正哲學科で西田幾多郎教授に師事されると共に、宗教學担当の波多野精一教授の許でも学ばれ、それ以来ブルトマンを始めとする新約聖書学に注目され、イエス像の構成を最大の課題とされてきました（「イエス像の構成」1942）。それから半世紀近くが経った1970年前後、八木誠一・田川建三・荒井献・佐竹明という気鋭の聖書学者たちのイエス研究が次々と発表されると、それらを非常に評価され、先生の許で学ぶ私の友人佐藤研君を励まし、荒井先生の許での新約聖書学の研究に送り出されていたのです。小出先生は私も荒井ゼミで学ばせていただくことを勧められ、佐藤君の紹介もあって、荒井先生は私をゼミに迎えて下さったのでした（佐藤研君は、大学一年次の夏明けに私が出会った二人の真摯な同級生の内の一人です。彼らが小出先生の許で勉強をするようになった経緯は、後半でお話をします）。

荒井先生の新約聖書学のゼミでは、佐藤研君やその先輩の大貫隆さんたちが聖書テキストに臨むに当たって、そしてイエス像の構成に当たって、実に厳しい歴史的客観的な批判的考察を要求されました。ゼミの発表を前に食欲をなくし、神経をピリピリさせていた佐藤君の顔を昨日のことのように思い出します。不十分な準備のため、日頃温厚な荒井先生から顔を真っ赤にして怒鳴られ、泣き顔になった院生もいました。『罪と罰』のマルメラードフから「信」の本質を教えられたと言われる先生は、私がドストエフスキイを学んでいるということでゼミに迎えて下さり、私には新約聖書学を専攻する院生の皆さんと同じ厳密さは要求されませんでしたが、ここの数年間で学ばされたことは計り知れないものがあります。

荒井先生や佐藤君や大貫さんを始めとして新約聖書学に取り組む人たちの多くは、ドストエフスキイの大変な愛読者です。ここでの経験から私は、ドストエフスキイ研究は新約聖書学に学ぶことによって、ドストエフスキイ世界のより深い理解が可能となり、逆に新約聖書学もドストエフスキイ世界に学ぶことによって、より豊かで深いイエス像の構成が可能になるということを確信させられました。「聖書熟読といふ體驗」（小林秀雄）を土台としてドストエフスキイ世界に触れる新約聖書学者と、「ドストエフスキイ熟読といふ體驗」から聖書世界に分け入るドストエフスキイ研究者――これら両者が今後次々と生まれ、イエス像の構成を核として相互の交流が自然になされる日の来ることが切に望まれます。私が若い人たちに期待をし、ドストエフスキイ研究会を主宰してきた目的の一つはここにあります。これからの私の仕事は更にここに重点を置いたものとなるでしょう。

イエス像の構成、そして日本人の島国性

新約聖書学に触れることが出来たことは、ドストエフスキイの聖書テキストに対する姿勢、殊に彼のイエス像の構成について理解する上で大きな参考になりました。宗教学を学ぶ皆さんのために、そして日本に於けるドストエフスキイ研究の将来ためにも、このことについてもう少しお話をして前半の終わりとしたいと思います。

シベリア流刑中のドストエフスキイが最初の四年間、懲役囚として読むことを許されたのは新約聖書だけであったことはよく知られた事実です。このシベリアに於ける「聖書熟読といふ體驗」から始まり、その後ドストエフスキイがイエス・キリストについて、そして「神と不死」の問題について記す時、問題が抽象的に論じられることはまずありません。彼の念頭には聖書テキストの何れかの箇所が必ず置かれ、そのイエス像を基に思索が展開されると考えてよいでしょう。これもよく知られたことですが、ドストエフスキイの思索は「闇と光」「否定と肯定」「不信と信」の間で絶えず揺れ動き続けました。これと呼応して、彼はイエス・キリスト像を作り上げては突き崩し、また挑むという熾烈なイエス・キリスト像構成の「試行（思考）錯誤」を生涯続けたのです。正にこの事実こそ、彼をして言葉の真の意味での「キリスト教作家」「キリスト教思想家」たらしめていると言うべきでしょう。

ここから日本のドストエフスキイ受容に於けるキリスト教、殊にイエス像の扱いについて私の限られた知見でしかありませんが、また「予備校graffiti」にも記したのですが、改めて述べたいと思います。明治期以来、日本に於けるドストエフスキイの読者・評者・研究者に共通するのは、まずはこの作家に対して示してきた類まれな愛と情熱であることは間違いありません。しかしその一方で、ドストエフスキイが生涯あれほど問題とし続けたキリスト教と、その核となるイエスという存在に対しては、敢えて言えば、変わらぬ呑気さと怠惰さと島国性の内に留まり続けてきたことは否定出来ないように思われます。

この半世紀私が触れてきたドストエフスキイ研究で、聖書テキストとの正面からの批判的取り組みを土台としたものは殆どありません。つまり「ロシアの小僧っ子」としてのドストエフスキイ、シベリアに於ける「聖書熟読といふ體驗」を経てきたドストエフスキイを正面から受け止め、研究者自らが「神と不死」の問題と取り組み、聖書テキストとの格闘をした上でなされた研究書はまず見当たらないのです。たとえこれらの問題について言及をしたとして

も、ドストエフスキイが聖書テキストのどこと、また何と向き合い、そこから如何なる思索を展開したのか、またドストエフスキイが聖書から如何なるイエス像を摑み取り、それを後の作品に於いて、肯定の方向であれ否定の方向であれ、如何に展開していったのか系統的で批判的な検討をした論考は見られません。「ロシアの小僧っ子」ドストエフスキイとの正面からの「対話」「対決」が、そもそも成立していないのです。

ソビエト政権が崩壊したロシアでは、今や「旧き良きロシアとその信仰」が復活しつつあると言われます。しかし私の知る限り、ドストエフスキイ研究に於いては、イエス・キリストを核とする彼のキリスト教についての理解を「我こそ本家本元」として前面に押し出しはするものの、先に述べたようなドストエフスキイの新約聖書との厳しい取り組みを批判的に追い、そのキリスト像を提示する前に、そもそもその基となるイエス像構成の「試行（思考）錯誤」を十分に経た研究は未だしの感があります。しかし私は、ロシアの研究者たちがやがてドイツに発する新約聖書学の厳しい洗礼を受け、その方法論と成果をドストエフスキイ研究に生かし、「旧き良きロシアとその信仰」を真に復活させる可能性を持つと考えています。なぜならば彼らは「旧き良き」信仰の立場から、少なくとも聖書との取り組みを重ねる「ロシアの小僧っ子」であることは止めていないからです。日本に於いてもドストエフスキイの読者・評者・研究者が、まずは自らを「聖書熟読といふ體驗」の中に投げ込むことから始め、新約聖書学に触れることも厭わず（日本には優秀な研究者が多いのです）、やがてそこからイエス像の構成を巡るドストエフスキイ生涯の苦闘に目を向けるようになることを願わずにはいられません。

宗教学を志す若い皆さんもその専門が何であれ、日本に於けるドストエフスキイ受容が持つ問題を「他山の石」として、是非聖書テキストへの注意は怠らないようにすべきだと思います。私の長い「試行（思考）錯誤」が、少しでも参考となってもらえるならば嬉しく思います。この問題は後半でも改めて別の角度から取り上げたいと思います。

（前半了）

参考資料(3)

小出次雄略歴

・1901年、静岡県三島に生まれる。家は代々の地主で質屋を営む。明治の初め、宣教師J．バラが三嶋大社の鳥居前で布教をし、人々から石を投げられているところを祖父の市兵衛が保護して匿い、その縁でキリスト教に改宗。続いて一族も改宗をし、キリスト教教育を施すバラ女学校を設立。以来小出家は三島キリスト教会の長老的存在としての伝統を保つ。

・しかし幼児洗礼と型に嵌った信仰に留まることをよしとせず、堅固な机を叩いた手応え以上の確かな神感覚を得るべく、一高から直接京大・純正哲學科の西田幾多郎教授の許へ。西田幾多郎・波多野精一・田邊元の下で学び、カントの批判書を読了後、カントを捨てて静座に徹し、数年後決定的な神体験を与えられる。京大を卒業後、同志社大学で教え始めるもすぐに退職。柳宗悦を仲人として満鉄総裁・仙石貢家の婿に入る。師の西田幾多郎や純正哲學科の旧友や白樺派との交流を保ちつつ、一人在野で哲学・宗教・文学・芸術の分野で研究と創作を続ける。離婚後は吉祥寺に住み、自由学園で教えると共に、思索と芸術創作に打ち込む。この時期に「イエス像の構成」を始め様々な宗教・芸術論や絵画を残す。

・太平洋戦争の勃発と共に、バルトの原典講読で牧師たちを指導。やがて戦争の激化と共に故郷三島近くの江間村に疎開し、思索と詩作と芭蕉研究の生活に入る。戦争終結と共に「聖髏《ゴルゴタ》塾」・「基督禪堂」・「聖坐徹神道場」を開き、地元の青年・農民に聖書を指導し、「ゴルゴタ論」や「落葉讃歌」を完成させる。その後「聖髏塾」の解体、窮乏生活の末に三島に戻り、英語塾を開く。芭蕉研究と並行して宗教・哲学の分野での執筆を、また絵画・詩歌の創作をしつつ、大学闘争(紛争)で行き場をなくした若者たちに、二十年間にわたり「馬鹿の日会」で「絶対のリアリティ」探求の指導を続ける。1990年没。

小出次雄関係の著作・論考 〔各項末尾の〔 〕内が執筆年〕

・「宗教の妥當根據」(京都大學・純正哲學科・卒業論文)、〔1927〕
・「イエス像の構成」(未出版)、〔1942〕
・『落葉讃歌』(私家版、1978)、〔1946〕
・雑誌「聖髏(ゴルゴタ)」(Ⅰ)(Ⅱ)(Ⅲ)、(ガリ版刷り)、〔1949〕
・『基督教的空間論としての ゴルゴタの論理』(驢馬小屋出版、1984)、〔1949〕
・「しわくちゃな五ルーブリ」(雑誌『心』7月號、平凡社、1956)
・『内村鑑三』(国土社、1965)
・山田順子著『神の火を盗んだ女』(紫書房、1937)
・芦川進一著『ゴルゴタへの道』(新教出版社、2011)

小出先生が残された遺稿は、絵画や詩・俳句・短歌も含めて膨大なものであり、現在まずはそれらの保存と整理を第一としていますが、その整理を経て発行に至るまでには、恐らく半世紀以上の時間が必要になると思われます。しかしその価値を認識し、保存と整理に協力をしてくれる若者たちも現われてくれています。やがて彼らの力で、また彼らの努力を理解してくれる更に若い人たちの力によって、小出先生の仕事が世に出る日が来るでしょう。(芦川)

画材から判断すると、恐らく太平洋戦争末期、小出先生が四十代半ば、伊豆江間村への疎開前に東京で描かれたものと思われます。近代日本の終末を向こうに見据えた激しさと透徹 —— この自画像は小出先生の内面を鮮烈に表現するもので、本書が紹介する先生とは、まずはこのような激しさと透徹の人であったことを知っていただきたいと思います。

「絶対のリアリティ」の探求　―様々な問いとの出会い(二)―

後半

はっきりと浮かび上がってくるのは、自分は小出先生とドストエフスキイによって、眠るような意識の中から一歩一歩この生の中に導き出されてきたのだという人生の大きな道筋です。またそこに湧き上がってくるのは、自分の人生は自分が創ったというよりは、創られたものだという実感であり感謝の思いです。

後半では改めて恩師の小出先生に焦点を絞り、私が先生から如何なることを如何なる形で学ばせていただいたかについて、出来るだけ具体的に振り返ってみようと思います。このことで哲学者・宗教思想家・芸術家、そして教育者としての小出先生のユニークな姿が浮き彫りになり、生涯を真理探究の一筋に捧げ、全く無名のままに世を去った先生の存在とその精神の在り方が皆さんに伝わればと思います。

6 「今ここの、絶対のリアリティを摑めているか?」
―恩師との散歩、突きつけられた問い―

意識の目覚め

前半で「大学闘争（紛争）」とそこに現出した混沌について語った際（4、5）、私は大学一年次後半の秋から大学院入学までの約六年間は、故郷の三島と東京の間を行き来しつつ、小出次雄先生の許で勉強をさせていただいたことをお話し、これが自分の真の「大学生活」となったと語りました。殊にその最初の数ヵ月間は、東京でドストエフスキイの作品を読むや三島に駆けつけ、その感激と感想を先生に報告しては先生から様々なアドバイスをいただき、熱に浮かされたような「ドストエフスキイ体験」の日々を送ったのでした。今それらの日々と続く年月を思い返し、

新たな「大学生活」

小出先生の許で始まった新たな大学生活についてのお話の中には、「絶対のリアリティ」を始めとして「ヌミノーゼ」とか「ゴルゴタ」とか、「十字架」や「イエス像の構

成」など、普通一般に馴染みの薄い言葉・概念も登場します。しかしこれらは皆、半世紀前の小出先生の磁場を構成する基本的な言葉・概念であり、先生ご自身が誰にとっても不可欠のものとして常に口にされていたものです。前半の[2]では、小出先生が「be動詞」が持つ「存在論」と「認識論」の二相について、小学校六年生にも一切手加減を加えずに正面から説明されたことをお話しました。先生の師である西田幾多郎先生が認識対象の本質、実在の実相を捉えるためには、「純粋経験」から始まり「絶対無」・「外在的超越」・「内在的超越」、更には「絶対矛盾的自己同一」に至るまで、それらが極めて抽象度の高い難解語（ジャルゴン）だとしても、敢えて新たな言葉・概念さえ創り出したのと同じく、小出先生にとっても「良きもの・大切なこと」を表わす際に、言葉の難易について配慮するよりも、まずはそれに最も相応しい言葉・概念を探し求めた末に用いたのだと考えられます。この[6]では、小出先生の磁場では具体的に何が「良きもの・大切なこと」とされていたのか、それが如何なる言葉・概念によって表現されたのかについて、以下の四つのテーマに沿って具体的にお話を進めてゆこうと思います。それらが先生の求道の生と思索と創作の現場そのものであり、また若者たちの教育の現場でもあったことがお分かりいただけるのではないでしょうか。

[1] 散歩というキャンパス
[2] 絶対のリアリティ
[3] 馬鹿の日会
[4] 「聖髑《ゴルゴタ》塾」・「基督禪堂」・「聖坐徹神道場」

[1] 散歩というキャンパス

沼津の夕日

「大学闘争（紛争）」を契機とし、私がドストエフスキイの作品を持って東京と三島との行き来を繰り返すようになると、先生はよく私を散歩に連れ出して下さるようになりました。（浪人時代の散歩については、第一部「予備校graffiti」最終回の末尾に「終わりにかえて、そして次につなげて」と題して掲載してあります）。主な散歩コースは先生のお宅近くの三嶋大社の境内と、三島の町の東を北から南に流れる大場《だいば》川の堤防、三島からやや離れて、この大場川をも合流させ、南から西の沼津へと大きく蛇行して流れる狩野川の堤防、そして駿河湾に臨む沼津の千本浜公園などでした。最短の散歩は深夜に三嶋大社の境内をゆっくり回って帰るというものでしたが、先生に時間の余裕がある場合は、午後早くに三嶋大社前から出るバスで沼津まで行き、千本浜や沼津港の防波堤で日の沈む一部始終を眺め、その後ラーメンを食べて三島に帰り、深夜に大社境内を一回りして帰るというのがお決まりのコースでした。これが私に与えられた新たな大学生活、いわば「塾大学」の「課外実習」と言うべきものになりました。

芭蕉という関門

散歩への先生の必携品は一つ、芭蕉の俳句でした。芭蕉の研究家でもあった先生は、存疑句も入れて千数百にのぼる芭蕉俳句のほぼ全てを諳んじておいでで、実際に「句集」を携える必要はありません。沼津行きのバスに乗り込むや、例えば「野ざらしを」と、上の句を一つ私に口頭で投げて寄こされます。私が下の句をサッと返せずに言い淀んでいると、暫くして「心に風のしむ身哉」と続けられます。私が浪人時代に『野ざらし紀行』を暗唱したため、最初の頃はこの紀行文集から一句を選んで下さいました。しかし間もなく先生は私も芭蕉俳句を全て暗唱しているものと思い込んでしまわれ、どこからでも上の句を投げて寄こされるようになりました。私にはこの散歩の出発点がこの上なく辛い「関門」でした。先生は私の記憶力をチェックされたのではなく、ましてご自分の知識を誇ろうとされたわけでもありません。「良きもの・大切なこと」は誰もが所有し、いつでも自由に向き合うべき人類の「共有財産」であり、中でも芭蕉俳句は最上位に位置する一つだったのです。

長崎から阿蘭陀へ

先生が八十歳を過ぎてヨーロッパを旅された時のことです。この時先生は一冊、岩波文庫版の『芭蕉句集』をお持ちになりました。芭蕉最後の旅は元禄七年、五十歳の時のことで、鎖国日本に於ける唯一の開港地長崎を目指し、この地で西洋南蛮の空気に触れることが目的の一つでした。「阿蘭陀《オランダ》も花に来にけり馬に鞍」。最後の旅から十五年前（延宝七年）、芭蕉は既にオランダ使節の江戸参府の光景を詠っています。「變化にうつらざれば風あらたまらず」（「あかさうし」）。「不易」に立つと共に、絶えず「流行」「新しみ」を求めるのが芭蕉精神だったのです。しかし彼は長崎への旅の途上、大坂で生涯を終えたのでした。

先生はこの芭蕉の句集を携え、芭蕉に代わって阿蘭陀の地を訪れたのです。『芭蕉句集』が先生の懐に納められて日本を越え、西欧各地を巡る旅に私も同行させていただき、独特の感慨を覚えたものでした。殊に芭蕉（１６４４〜１６９４）とほぼ同時代を生きたフェルメール（１６３２〜１６７５）の生地であるデルフトを訪ねた時は、折しも町中の教会の鐘が一斉に鳴り響き、私の体は震えたのでした。「参考資料（３）」に記しましたが、小出先生が残された原稿、殊に芭蕉に関する論考は膨大なものです。しかもそれらは先生が二十代から愛読・愛吟された芭蕉の俳句一句一句を、太平洋戦争末期、東京からの疎開を機に改めて哲学的・宗教的・芸術的角度から、また文献学的にも徹底的に分析考察を加えられたもので、芭蕉世界について小器用な言及をするインテリが少なくない中で、恐らく将来日本に於ける芭蕉研究の歴史に於いて画期的な位置を占めることになるでしょう。遺稿はあまりにも多く、出版の日まではまだ遠いと思いますが、若い人たちの助けもあり整理は進みつつあります。

散歩から生まれる作品

散歩の話に戻ります。

散歩に出かけるべく玄関を出ると、先に述べたように、先生はその時の気分や頭にある問題と響き合う芭蕉の俳句を一つ選ばれます。そしてこの句がその日の散歩を貫く一本の縦糸、先生の表現では「旅の杖」となり、散歩中は繰り返しこの句に戻り、私に質問をされたり、ご自分の考えを語ったりされるのです。途中バスから見かけた超巨体のおばさん、昼間から千鳥足でご機嫌に歩く酔っ払い、乳母車の可愛い赤ちゃん、路傍の草花、そして沈黙の内にたっぷり一時間は眺める夕日、夕食の味噌ラーメン――これら全てが会話の話題となり、芭蕉の一句と交差し合い、先生の内に取り込まれてゆきます。最後にお宅に戻っても、もう一つ作業が残っていて、先生は私を相手に、これら散歩の最初から最後までの一部始終を振り返られるのです。最初に選ばれた芭蕉の一句とその日の夕日を中心に、いつの間にかこれら散歩で出会ったことの全てが、先生の思索に組み込まれていて、それらはその夜の内に、或いは翌日には文章として書き留められます。その際先生が自ら俳句を創られることもあり、デッサンを描かれる場合もあり、これらが加えられて全体として新たな一つの「作品《ドラマ》」が現われ出るのです。

それらの文章や俳句を読ませていただき、またデッサンを前にして、私はいつも驚きにとらわれました。つい昨日経験した全てが、芭蕉の一句を導きの糸として先生の精神を通り抜けることで、新たな「詩」となり「芸術作品」となって目の前に出現するのです。哲学・宗教・芸術の難問と取り組み、それらを論じることだけが思索・創作というわけではないこと、我々の日常の生を構成する具体的なもの全て、つまり一切万物に真理と美と聖性が宿り、我々の頽落した精神が勝手に作り上げる厄介な覆いや細工を取り除きさえすれば、そこには真理と美と聖性が見事に顕われ出てくること、そしてそれを虚心に捉え表現することが思索であり創作であること、それをなし得たところに生まれるのが「詩」であり「芸術作品」であること――これらのことを、私は心から納得させられたのでした。

「生活詩」

私の驚きと感想をお聞きになると、先生は言われました。

「自分が七十歳を過ぎてから書くようになったものは皆、自然に「詩」になっているように思う。しかしこれらは、自分が四十代から五十代にかけて書いた「詩」とは違ったもので、「生活詩」とでも呼ぶべきものになっているように思う」

「今ここに、全てがある。それを凝視し、感受・認識し、そして描くのだ」

先生の四十代・五十代の、太平洋戦争という近代日本の終末時の前後に書かれた、切ればそこから血が噴き出るような「詩」や「詩論」、そして哲学や宗教認識に関する「論考」、五十・六十代の「芭蕉論」、そして七十・八十代の「生活詩」と「聖書研究」と「論考」、更には生涯を通じて描き続けられた「絵画」や「俳句」や「短歌」や「書」等々……先生のあとには膨大な作品が残されました。世に認められるよりも、まずは「今ここにある」「良きもの・大切なこと」、その「絶対のリアリティ」の探求が第一だったのです（「絶対のリアリティ」については、次の[2]のテーマとなります）。

破られた「地下室」の壁

この散歩から生まれた「生活詩」について、私自身の意識の目覚めとの関係で、一つお話をしておかねばと思うことがあります。散歩の翌日か翌々日のことです。私がまだ三島にいる時は、先生は私にその「生活詩」を読んでみるようにと手渡して下さいました。そこには、先にもお話をしたように、その日の出発点から最後の三嶋大社で終わる散歩の一切が一連の新たなドラマとなって活写されるのですが、なんとその中にこの私も一人の登場人物として描き込まれているのです。芭蕉の下の句を言えずに苦しんでいる私、海岸で寒さに震えながら夕日を睨んでいる私、暖かい味噌ラーメンの店を見つけに駆け回っている私――先生の目に映った私の姿が、先生の芭蕉と夕日との出会いのドラマの一角に、未熟で滑稽な姿そのままに描き込まれているのです。

私は驚かされ、心を揺り動かされました。私が小出先生の「生活詩」の中に書き込まれたことで光栄に思ったとか、誇らしかったというよりは、先生の意識の中に自分が存在していたということ自体への素朴な驚きであり、それは自分の存在が自分を越えて、更に大きな場の中にいるのだという発見の驚きであり感動だったと思います。それまで私という存在は私だけのものであり、他人の心の内に存在することがあり得るなどとは夢にも思っていなかったのです。ドストエフスキイの言う「地下室」の壁が破られ、私の意識の狭い枠が取り払われ、外の世界の中にも自分が存在することに気づかされたのです。これは自分の意識の自覚史に於いて決定的な一歩となりました。小出先生を介して私は「他人」に目覚め、「社会」に目覚める出発点を与えられたのであり、別の言葉で言えば「世界」に招き入れられたのです。ただの馴れ合いでなく或る厳しさの中で、人間と人間とが互いの存在を認め合い生きること、世界に於ける人間存在の原点を教えられたとも言えるでしょう。

残された原稿

先生は自らの芭蕉論や生活詩やその他の膨大な原稿類について、常々こう語っておいででした。

「これらの扱いは君の判断に任せる。もし僕の仕事が本物ならば、君や若い人たちが受け止め、生かしてくれるだろう。君がまずこれらを読んで駄目だと判断したら、全て焼き捨ててくれ給え」

先生が亡くなられた直後（１９９０）、私はドストエフスキイ研究会の若者たちに手伝ってもらい、先生が残された蔵書や原稿類全てを自分の実家に運び込んだのですが、それら膨大な原稿の山の整理をしつつ（一回目の大まかな整理だけで十年近くかかりました）、早くどこかの出版社に掛け合い、これらを世に出さねばという気持ちに強くとらえられ、少なからず焦りました。しかしこの焦り逸る気持ちの中で思い出されたのは、福音書のことでした。マルコ伝を始めとして、イエスの生と死とその言説について記した福音書。これらが次々と生み出されるようになったのは、イエスが十字架上で磔殺されてから四十年ほどが経ってからのことではないか！——小出先生をイエスと同一視したわけではありません。しかし私は自分の師を一刻も早く世に出そうという逸る気持ちの中に、どこか自然でないものを感じていたのです。やがて先生の原稿自体と向き合う内に、「良きもの・大切なこと」はいつでも「良きもの・大切なこと」であり、マスメディアやアカデミズムの権威に頼ることを始めとして、如何なる拙速も避けるべきだ！まずは自分がこれらと正面から対峙し、先生とその思索・創作世界を十分に理解し、その上でもし可能ならば、これらを理解してくれる人を自分の他に一人でも二人でも見出そうと思うようになったのです。（それから約三十年、この時の思いが少しずつ現実となりつつあることを、「参考資料（3）」の後に記しました）。

小出先生との散歩の思い出は尽きません。機会があれば更に様々なエピソードを交えて記録に残しておきたいと思っています。今回は私の新しい「大学生活」の報告との関係で、芭蕉を携えての「散歩」、そこから生まれた「生活詩」に焦点を絞りました。様々な面をお持ちの先生の、これでその一面でもお伝えが出来たならば嬉しく思います。

[2] 絶対のリアリティ

散歩のもう一つの「関門」

先生との「散歩」について、そしてそれが「生活詩」に昇華されるまでのプロセスについてお話をしました。その際この散歩の始めにあった「関門」、芭蕉俳句の中から一句が選ばれ、その上の句が私に投げて寄こされる辛さについてお話をしました。しかし先生との散歩にはもう一つ、更に厳しく辛い「関門」があったのです。この第6章のタイトルとした問い、「今ここの、絶対のリアリティを摑めているか？」という問いがそれです。

沼津の海岸で日が傾くのを待つ間のことです。夏もそうですが、殊に冬から春先にかけての沼津の海岸は、南アルプス方面からの強い西風が駿河湾を越えて吹き寄せ、立っているのも呼吸をするのもきつくなるほどです。海岸に着いてから日がすっかり沈んで辺りが暗くなるまでの一時間余り、先生は身動き一つもせず西の空をじっと見つめ続けておいでです。私も身を震わせながら駿河湾の向こう、西の空に次第に傾いてゆく夕日を見つめています。すると先生は時折私の方を向いて、ポツリと言われるのです。「君、今ここの、絶対のリアリティを摑めているか？」――この問いに対して、二十歳を過ぎたばかりの青二才が「はい！」と答えたと言えば嘘になるでしょう。

「絶対のリアリティ」、そして「永遠」

また或る時のことです。海岸に沿って歩きながら、いつもの「今ここの、絶対のリアリティは摑めているか？」という問いの後、更に先生は問われました。

「海の前に立って見えるものは何かね？」

またも沈黙です。すると先生は言われました。

恐らく三十代の水彩画。ここには湘南の海に浮かぶ様々な舟がデッサン的に描かれ、本書に紹介した他の重厚で激しい作品とは違い、海と舟と岬の静かで穏やかな佇まいが特徴的です。
このような静謐さの内に小出先生が「永遠」を感じ取っていたと知ることは、その激しい「絶対のリアリティ」探求を理解する上でも大いに参考になるのではないでしょうか。

「永遠だよ！」

「永遠」という言葉が観念性や抽象性や衒学性の殻を纏わず、自然な響きと力をもって発せられることは稀です。私に祖父を焼いた炎を超える「永遠の生命」の探求を指し示して下さった時にも、先生の言葉は自然さと力とに満ちた不思議な響きを持っていたことを覚えています。「永遠だよ！」――この一言は、私に「永遠」のリアリティを理屈抜きに実感させるものでした。更に港に浮かぶ漁船を指さしながら、先生は言われました。

「僕は船が好きだ。船の流線形は永遠を映し取っている」

「今ここの、絶対のリアリティを摑めているか？」。この問いが突きつけられるのは、沼津の海岸で夕日を眺める時に限ったことではありませんでした。三嶋大社の境内にある空を衝く大木を見上げている時も、町外れを流れる川の堤防に咲く小さな花を前にした時も、そして先生のお宅でベートーヴェンを聴かせていただいている時も、これは必ず投げかけられる問いでした。そしてこの問いと共に発せられるのが「永遠」という言葉だったのです。

先生が存命中、私は「絶対のリアリティ」の把握を迫る問いに対しても、「永遠」という言葉に対しても、即座に肯定の言葉をもって反応することは一度も出来ませんでした。沈黙のまま項垂《うなだ》れている私に向かい、先生はよく言われました。

「最初から完成体などはない。基礎作業を重ね、訓練を続けない限り、絶対のリアリティが身近なものとなることはない」
「自分を忘れるまで対象と向き合うのだ。睨めっこを続けるのだ。そうすれば対象の絶対のリアリティがこちらに乗り移って来てくれる」

「今ここに、全てがある」、そしてドストエフスキイ世界

先生が最期の床に就かれるまで常に言われ続けたことは、「今ここに、全てがある」ということでした。遠くに浮かぶ一片の雲、机の上に置かれた一個のリンゴ、花瓶に生けられたバラの花、そして庭の雑草を指しながら、或いは庭で鳴くコオロギの声に聴き入りながら、

「ほら、今ここに、全てがあるじゃないか！
今ここの、絶対のリアリティはいいか？ 摑めているか？」

「今ここの、絶対のリアリティ」——私はドストエフスキイを読み進むにつれて、この言葉が小出先生と芭蕉世界の核であることを超えて、更なる普遍的な広がりを持つ決定的な言葉であることを次第に自覚するようになってゆきました。

ドストエフスキイの『カラマーゾフの兄弟』に於いて、ゾシマ長老の兄マルケルもまたこれとほぼ同じことを言い残して死んでゆきます。奔馬性の結核に罹り、若くして世を去る運命を強いられたマルケルは、突然自らが一切に対して「罪」を犯していたことに目覚めます。その末期の眼に初めて「自分の周りには小鳥や、木々や、草原や、大空など、神の栄光がかくも溢れていた」こと、自分が実は「楽園《ライ》」にいたことに気づかされるのです。そしてマルケルは至る所に存在する「神の栄光」に、自分が今まで目

も心も向けなかったことが「罪」であったことを悟るのです。悲しみに沈む母に彼は語りかけます。

「お母さん、泣かないで下さい。人生は楽園《ライ》です。僕たちは皆、楽園にいるのです。それなのに、そのことを知ろうとしないのです。ところが、知ろうとしさえすれば、もう明日にでも世界中に楽園が現われ出るに違いありません」

「人が幸福を知り尽くすためには、一日で十分です」

（『カラマーゾフの兄弟』六２Ａ）

同じ『カラマーゾフの兄弟』に於いて、ゾシマ長老の亡き後「ゾシマ伝」を編纂した弟子のアリョーシャは、この兄マルケルの言葉を受け継いだゾシマの言葉を採録します。

「神の被造物一切を愛するのだ。その全体も、一つ一つも。木の葉一枚一枚、神の光一筋一筋を愛するのだ。動物を愛し、植物を愛し、一切万物を愛することで、それらの内なる神の秘密を理解することになるであろう」

（同右六３Ｇ）

マルケルからゾシマへ。そしてゾシマからアリョーシャへ。『カラマーゾフの兄弟』を貫く聖なる認識の系譜がここにあります。小出先生との散歩。芭蕉の俳句。沼津の海岸の夕日。そして「生活詩」。更には「今ここにある、絶対のリアリティ」。「永遠」――私はこれら小出先生の世界が、そのまま芭蕉やドストエフスキイの世界と繋がるものであることに気づかされてゆきました。そしてこの延長線上で、今引用したマルケルの言葉にもありましたが、次第次第に私の意識に入ってきたのが「罪」という問題でした。

「絶対のリアリティ」と「罪」

小出先生との散歩が始まって暫くしてからのことです。『カラマーゾフの兄弟』を再読した私は、今も述べたように、ドストエフスキイが描く現実が、そのまま小出先生が示される、また芭蕉が対峙した現実であることを知り、新たな驚きにとらわれました。「今ここに、全てがある」。しかし眼前にあるその「絶対のリアリティ」と「永遠」、更にマルケルが目覚めた「神の栄光」と「楽園」、或いはその弟ゾシマが言う「神の秘密」――それらに自分は未だ一瞬たりとも触れることが出来ないでいる！　それらは「今ここに」あるどころか、自分の感受力・認識力の遥か遠くに存在する現実でしかない！　その「絶対のリアリティ」を摑めない「鈍さ」と「愚かさ」が「罪」であり、またその「罪」ゆえに「絶対のリアリティ」には触れ得ない！ マルケルの言うように、罪と究極の認識とが表裏一体としてあること――まだ漠然としていましたが、私はこの問題の前に立つことになったのです。

この「罪」の問題について、もう少しお話をしておきたいと思います。

『罪と罰』でドストエフスキイがラスコーリニコフの老婆殺しを通して描いたのは、刑法上の「犯罪」のみが「罪」ではないこと。刑法上の「犯罪」に対応するのは「刑罰」であり、人間存在の奥深くには、これとは別の実に厄介で根源的な「罪」が潜んでいるということ、このことでした（「予備校graffiti」⑪⑫も参照）。人間存在が宿すこの「罪」とは、普通神を否定し神に叛逆することが第一のものとされます。しかしドストエフスキイは死を目前にしたマルケルをして、一切万物が宿す「絶対のリアリティ」を認識しないこと、これこそが「神の秘密」に預かろうとしない点で神への叛逆に他ならず、人間の重大な「罪」であることを自覚させたのです。『罪と罰』に加えて『カラマーゾフの兄弟』が提示するこの認識論的な「罪」の問題は、福音書に於けるユダら弟子たちによる師イエス裏切りの問題と相俟って、今に至るまで私にとって思索の根本問題であり続けています。これは私の「罪と罰論」や「カラマーゾフ論」、そして「スメルジャコフ論」の底に通奏低音として流れ続ける問題であり、これからもそうであり続けるでしょう。「今ここにある、絶対のリアリティを摑めているか？」。小出先生から絶えず突きつけられたこの問いは、以上のような形で私の生涯を貫く問題となりました。これは私の問題に留めず、宗教学を学ぶ皆さんにも、是非正面から取り組んでいただきたい問題です。ドストエフスキイと聖書と取り組む際にも、念頭に置いておいて欲しいと思います。

durch《ドゥルヒ》-dringen《ドリンゲン》：「柄《つか》も通れ」と「刺し貫く」

ここで再び小出先生と芭蕉に戻りたいと思います。

「今ここに、全てがある」。「今ここにある、絶対のリアリティを摑めているか？」。そして「永遠」――これらの言葉と密接に関係して、小出先生が常に用いられた表現をもう一つ紹介します。それは「柄も通れ」とばかりに「刺し貫く」、或いは「串刺しにする」という表現であり、更にはdurch《ドゥルヒ》-dringen《ドリンゲン》（貫徹させる、刺し通す、貫き通す、透徹させる）というドイツ語です。「今ここにある」「絶対のリアリティ」と徹底的に向き合うこと、つまり対象を誤魔化しなく凝視し、感受し、認識し切るのだという学びの姿勢です。

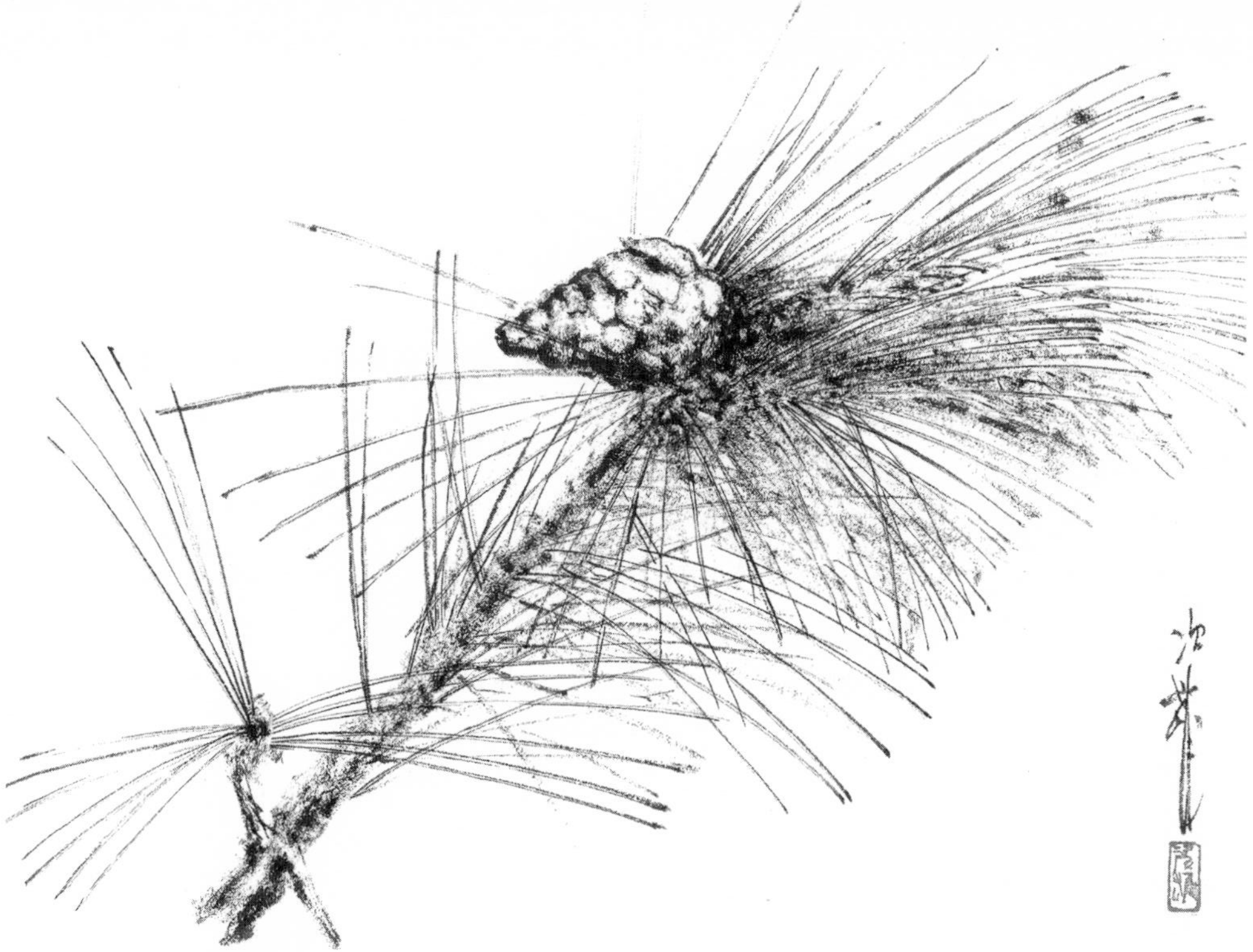

恐らく四十代前半、聖書と絵画に集中的に取り組んでいた頃の作品。見る者の目と心を刺し貫く鋭利そのものの松葉一本一本 —— 本文に記したように、槍で突き刺すが如く、対象・実在の本質を一気に摘み取り表現することが日本文化の特徴であるとする小出先生が、実際に自らの芸術創造の場で表現したものの代表例が、この松笠と松葉であると考えてよいでしょう。

　これと表裏一体で先生が強調されたことは、そのためには「絶対のリアリティ」に対して、こちらが絶対的な受容体にならなければならない、つまり自分がまずは「無」にならなければならないということでした。(「自分を忘れるまで対象と向き合うのだ。睨めっこを続けるのだ。そうすれば対象の絶対のリアリティがこちらに乗り移って来てくれる」)。しかし「我《が》」に執着し続ける我々、そして怠惰で呑気で愚鈍な我々人間にとって、およそ己を「無」にすること、完全なる「自己無化」ということ以上に難しいことがあるでしょうか? ここにあるのは、先の『カラマーゾフの兄弟』に於いて、死によって己の命が「無」とされる時に初めて、この世界が「楽園《ライ》」であることに気づかされたマルケルの「罪」の問題でもあると言えるでしょう。認識の問題が、究極「罪」という宗教の問題となる——宗教学に携わる皆さんにとっても、ここに恐らく宗教的認識に関わる最大の問題・課題の一つがあると思います。

芭蕉の精神

　哲学・宗教が専門の小出先生が、五十代から六十代にかけての約二十年間、芭蕉研究に集中されたことも、以上のことから納得がゆくように思われます。先生にとり、「今ここにある」「絶対のリアリティ」を「柄も通れ」とばかりに、五・七・五の十七文字で「串刺しに」した認識者であり俳諧師・芸術家が芭蕉だったのです。先生にとり日本文化の精髄とは、眼前の「絶対のリアリティ」を槍の一刺しで一気に仕留めるところにあり、この精神を最も見事に体現してみせた人物が利休であり世阿弥であり、そして芭蕉だったのです。

　先にお話をしましたが、散歩に出かける時、先生は芭蕉の俳句を一句選ばれ、上の句を私に示されては下の句を問われ、その日は一日中その一句を散歩で出会った人物や事物や光景と突き合わせて思索をされ、道すがら私と語り合ったのでした。このことで先生は、芭蕉の一句が串刺しにした「今ここにある」「絶対のリアリティ」を、散歩の途上で出会う人々や事物と交錯させて解きほぐし、新たに様々な角度から考察をし、更に深める試みを続けられていたのです。海岸を歩きながら、先生から言われた言葉です。

　「君がこれから取り組んでゆくドストエフスキイの作品は、どれも皆大変な長さだ。それらを芭蕉の一句十七文字と同じ短さに煮詰めるまで透徹させるのだ。逆に芭蕉の一句十七文字に込められたものを、ドストエフスキイの作品の長さにまで論じられるよう、感性と認識力と表現力を鍛え抜くのだ」

ドストエフスキイと芭蕉。これら両者を貫くものを「今ここにある」「絶対のリアリティ」「永遠」、或いは「楽園」「神の秘密」等の言葉と共に追ってきました。小出先生にとって「絶対のリアリティ」という言葉は、「神」であり、「イエス・キリスト」であり、「真理」であり、「永遠」であり、「美」であり、「聖なるもの」であること、このことを私が理解するまでには長い時間が必要でした。この「神」を始めとして、「聖書」とか「イエス」とか「キリスト」、また「十字架」とか「復活」という言葉・概念が、キリスト教の核心をなすものであることを理解するまでにも、私には実に長い時間が必要でした。そしてこの事情は明治以来、日本人が西洋の文化・文明に触れて、それを採り入れるにあたっても同じだったと言えるでしょう。しかし前半で述べた通り（5）、殊にドストエフスキイに於けるキリスト教の理解については、残念ながら我々日本人の殆どがいつまでも呑気さと怠惰さと島国性の内に留まり続け、未だ正面からの対峙が出来ているとは思えません。次にお話をする「馬鹿の日会」では、小出先生の許で学んだ若者たちが、遅々たる歩みながら、この困難な問題と如何に取り組んだかについてお話をしたいと思います。

芭蕉句碑

最後に一つ、小出先生と芭蕉との関係で、皆さんに芭蕉句碑のことを紹介しておきたいと思います。芭蕉が最後の旅の途上に東海道宿・三島で詠んだ俳句を、先生が揮毫された石碑が三嶋大社の境内、本殿東横の森の中、栴檀（せんだん・おうち）の木の根元近くに建てられているのです。四十年近く前のこと、三嶋大社の宮司さんが素晴らしい石の寄贈を受けて、小出先生に芭蕉俳句の揮毫を依頼され建立されたものです。三島に行くことがあったら是非御覧になって下さい。書道芸術家としての小出先生の雄勁かつ繊細な筆致で刻まれた芭蕉俳句の石碑に出会えるはずです。「どむみりと　あふちや雨の　花曇」――芭蕉のこの難解な句について、先生がなさった徹底的な考証は背後にある芭蕉の生のドラマ、殊に妻壽貞への愛を鮮やかに浮き彫りにするもので、句碑の除幕式でも先生ご自身が講演をされ、多くの聴衆に感動を与えました。この考証も入れて、皆さんに先生の「芭蕉論」を読んでいただく日もやがて来るでしょう。しかし皆さんがその考証を手にし、この句が宿す「絶対のリアリティ」と向き合う前に、先生は私に対してなさったように、まずは皆さんに「どむみりと」と上の句を投げかけ、下の句を返すよう求められるかもしれません。その時の先生の目は厳しさと共に童心、悪戯坊主の茶目っ気に輝いていることでしょう。

[3] 馬鹿の日会

若者への教育

小出先生との散歩と、先生が散歩に携える芭蕉俳句のこと、そして「絶対のリアリティ」「永遠」について紹介してきました。眼前の「今ここにある」「絶対のリアリティ」、それを一気に串刺しにする芭蕉の精神こそ、先生が最も重んじられたものでした。そしてそれは一人先生の内に留まるものではなく、若者たちにも常に迫られ、また伝えられた精神でした。先生はこの精神が、我々の感性と知性を倦むことなく鍛えることによって初めて捉えられ、身につくものであることを教えられ続けたのです。今までお話をしてきたエピソードからお分かりのように、先生は私のような呑気で鈍感な田舎少年の目と心を「絶対のリアリティ」に向かわせようと、様々に意を尽くして下さいました。今振り返ってみても先生は、たまたま先生の英語塾に迷い込んだ田舎坊主の、その眠るような未分化な意識の歩みを十二分に承知され、時には猛烈なカミナリも落とされ

三嶋大社・本殿東の森にある芭蕉句碑（1979年建立）。小出先生の書は自らの俳句・短歌を中心とするもので、殆どは即興的に書かれました。しかしこの句碑は句自体の厳密な考証を基に、十七文字の構成や書体も何度か下書きが試みられた点で稀であり、八十歳近く、先生の書の代表作の一つとなりました。是非三島に行って、その雄勁繊細な筆致を御覧になって下さい。

つつ、私の未熟さに一歩一歩合わせて下さり、手作りの教育を施して下さったことが痛いように分かります。このことが東京の大学の「解放空間」を支配する「混沌」に代わり、私にとって真の「大学生活」となってくれたのです。

これは私に対してだけではありませんでした。何かを求める心を持つ限り、先生はどんな若者に対しても同じ期待をかけ、同じ厳しさと厚意を振り向ける方でした。しかし先生の期待を裏切る若者も決して少なくはありませんでした。「僕はよく裏切られる。しかしそれ以上に惚れっぽい」――先生の口癖でした。先にも述べましたが、先生にとり「良きもの・大切なこと」は、誰にとっても「良きもの・大切なこと」だったのです。以下にその具体的な表現の場として、若者たちを相手に四半世紀にわたって続けられた「絶対のリアリティ」探求の道場、「馬鹿の日会」のことを紹介したいと思います。

「町の英語塾」、高校生クラスの復活

私が大学一年目の秋から約六年間、東京と三島の間を行き来し、ドストエフスキイや聖書を始めとして、先生から様々に指導していただいたことは何度もお話をしました。その内にいつの間にか私以外にも、先生のお宅には以前先生の英語塾で学んだ先輩や同僚・後輩も集まるようになり、あの土曜夜の熱気溢れる高校生クラスが新たな「塾大学」の形で再現されることになったのです。

「大学闘争（紛争）」を機に三島に帰っていたA君もその一人でした。小出先生の許に戻ったA君が、私と同じように大学空間の混沌と空虚さに失望し茫然としているのを見て取られた先生は、A君が理科系でしかも職人肌の若者ということもあり、彼に全て手作りのステレオ装置を制作することを提案・依頼されました。A君は設計から始め、半年以上をかけてステレオ作りに没頭することになります。五センチ近くもある分厚い木材の切断から始まり、スピーカー一つが畳一畳近くもある完全に手作りの超大型ステレオが創り上げられました。このステレオにかけられると、その見事な大音響によっていい加減な曲や演奏はその貧困さを曝け出してしまい、聴くに堪えませんでした。私は今に至るまで様々な手作りのステレオに接してきましたが、これほど底力のある見事な響きでベートーヴェンのシンフォニーを聴いたことがありません。

「馬鹿の日会」の開始

毎月一日が定期的な読書会の日と定められました。これは四月一日エイプリルフールの日に始まったことから「馬鹿の日会」と名付けられ、やがて英語塾の同窓生に加え

て、大学に失望した私の同級生たちも加わるようになり、その後1990年に先生がお亡くなりになる直前まで、この会は二十年以上もの間続いたのでした。この大学の同級生が④でお話をした二人で、その内の一人が後に荒井献先生の許で新約聖書学を専攻することになる佐藤研君です。佐藤君は八年ほどのドイツ・スイスへの留学を挟んで約二十年間、もう一人のG君は約十年間、この「馬鹿の日会」の中心メンバーとなって活躍を続けたのでした。我々三人の交流、また他のメンバーについては、別の機会にお話をしたいと思います。

世界の古典との取り組み

「馬鹿の日会」では、シェイクスピア（英）やバルザック（仏）、ゲーテ（独）やトゥエイン（米）、そしてドストエフスキイやトルストイ（露）など、世界文学を代表する作家たちの主要作品がほぼ一年単位で次々と取り上げられて論じられ、小出先生の講義が会の中心となり、また纏めとなりました。日本関係では、単発的でしたが一休や良寛・種田山頭火・夏目漱石・島崎藤村・水上勉・遠藤周作などが取り上げられました。作品の選択は小出先生ご自身がなされたのですが、その際先生は京大時代に西田ゼミで must とされていた作品を数多く取り上げられました。このことで先生は、我々若者に基本的教養を身につけさせ、思索の土台を与えようとされたのですが、同時に師西田幾多郎先生との新たな対話も図られたのだと思います。小出先生のお話では、普段西田先生はカントやヘーゲルなどドイツ哲学の原書を講読・講義されるのですが、その際ゼミ内には言葉にされない「不文律」のようなものが存在していたのだそうです——ここにドストエフスキイもトルストイも、またゲーテも読んでいない者、聖書や基本的仏典を読んでいない者などいないはずだ！ ゼミに参加する学生たちは、これら世界の代表的古典作品を既に読んでいることを当然として講義は進められたのです。そのため学生たちは競ってドイツのレクラム文庫でこれらの作品を読み漁ったのでした。小出先生は「馬鹿の日会」にも、この西田ゼミの厳しい雰囲気をそのままではないにしても、遠く再現しようとなさっていたのだと思います。この辺のことは、私の時間が許せば細かく検討をしてみたいと思っています。

西田先生と小出先生の師弟関係とは如何なるものであったのか、その本質を鮮やかに伝えるエピソードを一つ記しておきます。二十代、私がドストエフスキイと共にベートーヴェンにも夢中になっていた頃のことです。私が新たにヴァイオリンソナタ全十曲と取り組み始めたことを知られた小出先生は、ベートーヴェンのヴァイオリンソナタに

1979年、晩年近くの師との対決。小出先生の蔵書中、西田先生が出版された著作・論考には無数の感想や問いが記されています。京大で学んで以来、西田先生とは常に正面から対峙し、対話を続ける永遠の師だったのです。ここで西田先生は、この絵の基となった有名な写真に現われた思索の重圧から解放され、永遠を見つめる透明な視線と、厳しさの中にも優しい滋味さえ帯びた表情を湛えています。弟子の師に対する最後の讃歌であり鎮魂歌と言えるでしょう。

ついては西田先生との忘れられない思い出があると言われ、次のようなお話をして下さいました――神の「絶対のリアリティ」を求めて静座三昧の日々を送ると共に、バッハやベートーヴェンの音楽にも聴き入っていた小出先生は、或る日ベートーヴェンのヴァイオリンソナタ第九番「クロイツェル」の第一楽章に耳を傾けるうちに、感動で全身が震え出したのでした。これが演奏会でのことなのか、SPレコードを聴かれてのことなのかは定かではありません。外に飛び出した先生が向かったのは西田先生のお宅でした。時は既に真夜中でしたが、玄関の戸を叩き続ける音に西田先生が姿を現わされると、小出先生は「先生、ベートーヴェンのクロイツェルの内に鬼火を見ました！」と言われると、西田先生はただ一言「よし！」とお応えになり、小出先生はそのまま踵を返し西田先生のお宅を辞去されたのだそうです。

　私は西田先生の「純粋経験」も、そして小出先生の「絶対のリアリティ」も、このような「鬼火」体験を核とするものであり、二人の師弟関係の本質は正にこのような魂と魂の激しいぶつかり合いにあったのだと思います。※小出先生が「馬鹿の日会」で若者たちと共に創りたかったのも、このような激しい体験を土台とする「絶対のリアリティ」探求の場だったのだと思います。今では「蛸壺」のようにただ専門化しただけのアカデミズムは、このような探求とは縁遠いペダンチズムの展示場となってしまいました。百年前、西田・小出師弟の間にあったのは、強烈な求道者的情熱と厳しい学問的探求の精神の共存であり、ぶつかり合いだったのです。

※ベートーヴェンのヴァイオリンソナタ第9番「クロイツェル」――この曲が持つ懼ろしさを知るために、トルストイの小説『クロイツェルソナタ』の一読をお勧めします。「絶対のリアリティ」を巡る西田・小出師弟の求道精神のぶつかり合い、その象徴としての「鬼火」とは違い、ここでトルストイが扱うのは男女をとらえる恋愛の情熱という「鬼火」です。しかし我々はこの小説から、人間が本来如何に懼るべきものに接して存在するか、またベートーヴェンはそのリアリティを如何に深々と摑み取り、それを如何に激しく音として表現したかを思い知らされ、魂を震撼させられるでしょう。

「馬鹿の日会」の殆ど全てはテープレコーダーに記録されています。次にお話をする「半馬鹿の日会」のレポートも多くが残されています。この会に参加した各人のメモも加えれば、バブルに至る日本経済の高度成長期と並行して地方の一都市で、西田ゼミの流れを継いで如何なる文化的営為がなされていたかについての、かけがえのない記録になると思います。将来これらの記録を生かしてくれる人たちも現われてくれることでしょう。次世代と言わず、次世代の次の世代でもよいでしょう。「良きもの・大切なこと」は、時と場所に関係なく「良きもの・大切なこと」だというのが先生の信念だったのです。私は、この小出先生の学びの場を長い間「塾大学」と呼んできました。これが日本の伝統を継ぐ正に「塾」であり、欧米の伝統を受けた「大学」であると確信するからです。

「半馬鹿の日会」、有志の勉強会、そして「ドストエフスキイ研究会」

さて東京に住む仲間十人近くは「馬鹿の日会」とは別に、月の半ばに「半馬鹿の日会」を開き、ここで「馬鹿の日会」で次に取り上げられる課題図書を議論し、その議論の内容をテープに録音しておき、それを担当者が文章に起こした上で、「半馬鹿レポート」として予め小出先生にお送りし、当日先生の批評と指導を仰ぐという「東京―三島」二段構えの勉強の態勢も出来上がりました。毎月一冊の読書も二十年近く続くと二百冊以上となり、「馬鹿の日会」と「半馬鹿の日会」それぞれに参加をすれば、名作を毎月最低二回は読んで検討することになり、メンバーの内に蓄えられた知識と先生の講義の記憶は、各自にとってかけがえのない財産になったと思います。今改めて思い起こしても熱気溢れる修業時代で、小出先生の許で若者たちが注いだエネルギーは少なからぬものがありました。

更に東京では有志五～六人が毎週土曜日に大学に集まり、聖書をギリシャ語で、S. モームの『月と六ペンス』も原書で講読し、流暢な英語を操る佐藤研君の司会で議論をし合うという勉強会も数年間続きました。その際聖書学を専攻する佐藤君のギリシャ語分析の厳密さは我々を驚かせると共に、聖書に向かう姿勢に強い刺激を与えてくれたのでした。

その後私は所属する河合文化教育研究所で「ドストエフスキイ研究会」を立ち上げたのですが、ここに集まった大学生たちと三十余年にわたり試みてきたのも、まずはドストエフスキイと聖書テキストをひたすら読み続けるという作業であり、その土台の上に哲学的・宗教的・芸術的体験と思索を積むよう努めることでした。ここに集まった若者は千人ほどに上ります。（この記録が本書第一部の「予備校 graffiti」です）。これら全ては、繰り返しとなりますが、「良きもの・大切なこと」は誰にとっても「良きもの・大切なこと」であるとし、自ら「絶対のリアリティ」を求め、また若者にも求めさせた小出先生の精神を源とするものであり、更にその源には西田幾多郎先生がおいでで、私はこの流れが途切れることなく、新たな「塾大学」の理念として若者たちに受け継がれてゆくことを願わざるを得ません。

[4]「聖髏塾《ゴルゴタ》」・「基督禪堂」・「聖坐徹神道場」

「馬鹿の日会」に遠く先立つ先生の若者教育についてもお話をしておきたいと思います。太平洋戦争末期の1945年、先生ご夫妻はお嬢さんと共に東京を離れ、故郷三島の南方にある伊豆江間村に疎開をされ、そこで十年ほど暮らされました。ここで貧困に苦しみつつ、1946年に詩集・『落葉讃歌』(私家版、1978)、1949年に論文・『基督教的空間論としての ゴルゴタの論理』(驢馬小屋出版、1984)を書き上げられた先生は(奥様は生前、この二作が先生の代表作であり、是非出版してあげたいと願っておいでだったそうです)、芭蕉研究を中心に詩作と論考を進められつつ、自宅に集まる青年たちに聖書の講義をされたのでした。これは東京で疎開前、牧師さんたちにバルトの『教会教義学』を原書で講じられていた延長線上にある聖書講義であり、先生にとって「良きもの・大切なこと」は、牧師さんたちにとっても農村の若者たちにとっても、男性にとっても女性にとっても、戦争前も戦争中も戦後も、「良きもの・大切なこと」として全く変わりはなかったのです。

終戦直後、新時代への熱気は農村にも渦巻き、青年たちはそれまで縁のなかった聖書を手にし、先生の講義に競って集まったといいます。先生はこの集まりを「聖髏塾《ゴルゴタ》」とも「基督禪堂」とも「聖坐徹神道場」とも呼ばれ(以後、「聖髏塾」とのみ記します)、講義には毎回聖書から数節を選ばれ、まずは原典であるギリシャ語・一語一語の解説から始められ、次にその内容が徹底的に解釈されたのでした。誰もが皆先生のギリシャ語の解説と聖書解釈に聞き入ったと言います。それらの記録はガリ版刷りをされ、雑誌『聖髏』の名の下に三号まで発行されています(「参考資料(2)(3)」)。これら聖書講義は、原子爆弾の登場によって世界が新たに踏み込んだ終末論的事態に対する危機感に貫かれたもので、伊豆の江間村という片田舎から全世界に向けて発せられた平和メッセージ、更には第一級の聖書釈義として今も人々の胸を打つものです。

しかしここに、もう一つの事実も付け加えておかねばなりません。先生ご家族の江間村での疎開生活も十年が経つ頃には、戦後日本の混乱も次第に収まり、朝鮮戦争の特需景気を切っ掛けとして日本社会は経済の復興期に向かいま

四十代から五十代にかけて十年近く、伊豆江間村で疎開生活を送られた先生は、この村の自然と人々をこよなく愛し、そこに顕われ出る無限の美と聖性を詩に書き留め、絵画に描き続けたのでした。江間村に於ける「聖髏塾」盛衰の底にあったものが何であったのか？ —— この江間村の澄み切った静かな佇まいそのものの内に見て取れるように思われます。

す。それと呼応するかのように、江間村の青年たちの聖書への関心は薄れ、「聖髏塾」からはかつての熱気が消えていったのです。「天上のパン」に対する「地上のパン」の勝利。貯えも使い果たし、困窮の底に陥った先生ご家族は、江間村から逃げるように故郷三島に戻ります。或る時先生はこの時のことを振り返り、ポツリと語られました――「江間村で、僕は十字架につけられたよ」。しかし続いて言われたのでした。「僕は〝noch《ノッフ》 ein《アイン》 mal《マル》〟という言葉が好きだ。ニーチェから教えられた言葉で、〝よし、もう一度！〟という意味だ」。これは先にお話をした「僕はよく裏切られる。しかしそれ以上に惚れっぽい」という言葉とそのまま繋がり、また次章7とも連なるテーマとして心に留め置いていただきたいと思います。

「馬鹿の日会」と「半馬鹿の日会」、更には「ドストエフスキイ研究会」のルーツが、先生の「町の英語塾」を越えて、伊豆江間村の「聖髏塾」における農村青年への聖書講義、更には疎開前東京でのバルト講義にまで遡ることを確認しました。以下では小出先生の精神、或いは思想についてもう少し説明を加え、この第6章を終えたいと思います。

小出先生の「信」
― 机の堅固さと神の「絶対のリアリティ」 ―

小出先生の若者たちへの教育について、またその土台となった先生のキリスト教信仰について、以下に小出先生から折に触れてお聞きした「信」獲得への足跡、言い換えれば「絶対のリアリティ」獲得のドラマを簡単ですが辿っておきたいと思います。

東京でのバルトの『教会教義学』講義や、続く江間村の「聖髏塾」に於ける聖書講義からも分かるように、先生の生と思索の核となるものは神への信であり、イエス・キリストへの信でした。しかしそれは容易に得られたものではありませんでした。明治初め、宣教師ジェームズ・バラに感動しクリスチャンとなった祖父以来、旧い三島の町でプロテスタント信仰を守る小出家に生まれた先生は、青年時代になると幼少期以来のキリスト教信仰に疑問を感じ始めます。疑う余地などなかったはずの神への信が、果たして本当に自分の内深くに活きて根を張っているのか、確信を持てなくなってしまったのです。果たして自分が信じる神は、目の前にある机の堅固さ以上に確かなものとしてあるのか？――この問題を解くべく、先生は京大の西田幾多郎教授の門を叩きます。一高からそのまま東大の哲学科に進んでも、先生が抱える問いに応えてくれそうな師はいなかったのです。京大の純正哲學科。先生はここが当時求め得る限り最も厳格で誤魔化しの無い思索の場であり、『善の研究』の著者西田幾多郎教授こそ自分が教えを仰ぐべき師だと判断をされたのです。そして西田幾多郎・波多野精一・田邊元の指導の下、カント哲学との格闘の末に先生が選んだのは、『純粋理性批判』を始めとするカントの批判書全てを捨てることでした。参禅体験をその哲学の土台とする西田先生の道と同じく、先生もまた静座三昧に徹し、まずは動かぬ神体験を求めるという道を選ばれたのです。

先生からお聞きした話です。関東大震災の日、夏休みで帰郷していた三島の生家の二階で、ただただ座り続ける先生を激震が襲います。暫くして気づくと先生は階下の庭の楠の大木に手をかけ、「神ありやなしや」と問い続けていたのでした。やがて先生の奥歯は噛み砕かれてしまいます。文字通り「歯を食いしばって」の徹底した静座と思索の結果です。

地元に伝わる「伝説」も一つ紹介します。夏休みが明け、西田先生の許に戻るべく汽車に乗られた先生は座席で背筋を伸ばし、目を閉じ口を固く結んだままの姿勢で三島から京都まで身動きもせずに瞑想に耽り続け、三島から同じ汽車に乗った人を心配させ驚かせたのでした。地元にはこの他、先生に関する逸話が少なからず残っています。

静座三昧の数年。とうとう神の「絶対のリアリティ」が先生を刺し貫きます。二十五歳の時のことでした。この神体験の哲学的論理化を目指し、二年をかけてギリギリ十枚足らずにまで煮詰めた卒業論文「宗教の妥當根據」を書き上げた後、先生は暫く大学で教鞭を執られますが、間もなく大学を辞めて自らを在野に置き、その後は一貫して聖書を土台とする確たるイエス像の構成に努め、哲学・宗教・芸術の分野に於ける様々な先哲との対決と、自らの思索と創作に生涯を捧げられたのでした。

「今ここにある、絶対のリアリティを摑めているか?」

——小出先生が常に私にこの問いをぶつけられ、また先生の許に集まったどの若者に対しても同じことを迫られた背景が、これで或る程度お分かりいただけるかと思います。先生が我々若者たちに「絶対のリアリティ」の探求を迫られた背景には、二十代まずは先生ご自身が確たる神の「絶対のリアリティ」を求め、西田幾多郎先生の許で厳しい修行を続けられ、その後も生涯にわたりイエス像に関わる妥協なき「絶対のリアリティ」探求の苦闘があったのです。

上の二枚が一高時代、下（中央）が師西田先生の許での修行を経て、京都を去る二十六歳頃の写真。神存在の絶対確実な手応えを一途に求めた青年、その精神の軌跡がこれら三枚の写真にはそのまま刻まれています。この静かで毅然とした相貌が、やがて先に紹介した自画像の激しい「絶対のリアリティ」探求の相貌となってゆくドラマに思いを凝らさざるを得ません。

改めて、「絶対のリアリティ」について

小出先生にとり「絶対のリアリティ」とは、まずは神の「絶対のリアリティ」であり、またイエス・キリストとその十字架の「絶対のリアリティ」でした。この点に関して、先生は自らとの妥協は絶対にあり得ませんでした。しかし先生は、まだ「神」とか「聖書」とか「イエス」とか「キリスト」とか「ゴルゴタ」、或いは「十字架」という言葉に馴染みの薄い我々若者に対しては、ただ「絶対のリアリティ」と言われることが多かったように思います。（R.オットーが『聖なるもの』で提示した「ヌミノーゼ」という概念も、先生の空間では常に用いられました。これは宗教学を学ぶ人たちには広く知られる極めて重要な概念ですが、話が多岐にわたるので、ここでは取り上げません）。私は先生が若者との間で主に「絶対のリアリティ」という言葉・概念を用いられたのは、何よりも西田・波多野・田邊先生の許で哲学的・宗教的思索の訓練を積まれた先生が、これがキリスト教世界に限定されない広い普遍性を持つ言葉・概念であることを確信されていたからだろうと思います。またここには対象の本質を串刺しにして摑み、十七文字でズバリ表現する芭蕉精神を受けた言葉の選択ということもあったように思われます。

そして何よりも先生ご自身が我々に、「馬鹿の日会」のテーマとなる作家とその作品は全て、「絶対のリアリティ」探求という角度からアプローチをすべきだと語っておいででした。この点で先生は自らの「絶対のリアリティ」探求の上に立った、そしてこれを唯一至上の方法論とした「教育者」でもあったと言えるでしょう。本来小出先生の人に対する姿勢とは、江間村の青年たちに対する聖書講義からもお分かりのように、自らが「良きもの・大切なこと」と確信するものを、一点の誤魔化しも妥協もなくそのまま「柄も通れ」とばかりに相手にぶつけ、理解を促すというものでした。しかしその「良きもの・大切なこと」とは、先生にとっては神とイエス・キリストの「絶対のリアリティ」に他ならなかったのですが、それを無理に誰にでも押し付けるということはせず、まずはただ「絶対のリアリティ」という言葉を相手にぶつけるだけで十分とされたのです。仏教者にとっては「仏」の「絶対のリアリティ」、広く宗教者にとっては「聖なるもの」の「絶対のリアリティ」、哲学者にとっては「真理」の「絶対のリアリティ」、芸術家にとっては「美」の「絶対のリアリティ」、そして政治家にとっては「正義」の「絶対のリアリティ」であり、各人それぞれが妥協なく「絶対のリアリティ」を求めることで問題はなかったのです。

「絶対のリアリティ」探求が出会う「十字架」

しかし伊豆江間村への疎開時代、小出先生の「聖髏塾」が最後に至った「解体」という現実からも明らかなように、あまりにも純粋でひたむきな「絶対のリアリティ」探求の道を歩む人間が、その「絶対のリアリティ」探求を自らの内に留めず、また「教育者」として身近な人々に限って指導をする段階から、その純粋さとひたむきさを更に多くの人々にぶつけ、相手に「一切か無か」の選択を迫るに至った時、やがて出会うのは忌避と無視という反応であり、これを更に突き詰めれば、追い詰められて牙を剝いた人間から追いやられる「十字架」の運命でしょう。私はこの悲劇、「ゴルゴタへの道」を小出先生の人生の内に少なからず見出さざるを得ませんでした。次章でもこの問題に触れることになります。ここには人間と世界と歴史が抱える実に厄介で重大な問題が存在すると言わざるを得ません。

西田・小林・小出、「絶対のリアリティ」探求の行く先

私は『ゴルゴタへの道』（新教出版社、2011）に於いて、小出先生とその師西田幾多郎、そして先生とほぼ同年齢の評論家小林秀雄の三人が、太平洋戦争末期、それぞれの「絶対のリアリティ」探求に関して、生涯に於ける決定的とも言うべき思索と仕事を成し遂げたことを論じました。小出先生が疎開先の江間村の「聖髏塾」で、青年たちに対して聖書講義をされていたことは決して先生一人の孤独な作業ではなく、「絶対のリアリティ」を求める思想家たちと強く響き合う仕事であり思索の作業であったことを確認しようとしたのです。

西田幾多郎。小出次雄。小林秀雄。これら三人は鋭利この上ない日本的感性の持ち主であると共に、西洋の哲学・宗教・文学・芸術の世界にも正面から身を曝し、そこからそれぞれの「絶対のリアリティ」を求め続けた優れた知の人たちです。注目すべきは、これら三人が旧き日本が正に滅び去ろうとする時、期せずしてドストエフスキイの『カラマーゾフの兄弟』と、そこに記された聖書のイエスと十字架に焦点を絞ったことです。その詳細は拙著に記してあり、ここでは論じませんが、結論のみを言うと、これら三人はそれぞれがドストエフスキイに導かれ、それぞれが厳しい「ゴルゴタへの道」を辿った末に、それぞれが神の「絶対のリアリティ」と、イエスの十字架の「絶対のリアリティ」に行き当たったのです。皆さんもこの事を心に留め、是非今後の思索に於ける課題の一つとして欲しいと思います。

「ゴルゴタへの道」――この問題を巡っては、今回私を招いて下さった宗教学科・院生の飯島君も強い関心を持っておいでで、彼が作成したパンフレットにも「ゴルゴタへの道」というタイトルがつけられています。更に飯島君は人類が陥った終末論的危機への究極の解決策を、ドストエフスキイは「イエスがその命を賭した「ゴルゴタへの道」に見出そうとした」と記しておいでです。その通りだと思います。小出先生の「絶対のリアリティ」探求についての私のお話も、次の社会との対決についてのお話も⑦、ドストエフスキイの『カラマーゾフの兄弟』と、新約聖書から得られた「ゴルゴタへの道」という概念を土台とするものであり、それらは共に太平洋戦争の末期、期せずして西田・小出・小林という先哲が共に焦点を絞るに至ったものです。しかしそれから八十年近くが経った今もなお『カラマーゾフの兄弟』についても、「ゴルゴタへの道」についても、我々日本人は正面から目を向けずにいると言わざるを得ません。我々はこれら三人が辿った道を凝視する必要があり、若い皆さんに託された課題もここにあるのではないでしょうか。次の[7]もこのような視野からお聞きいただければと思います。

[7] 「何が現実を変え得るのか?」
―社会を向こうに置いて―

社会との新たな出会い

小出先生の許での「絶対のリアリティ」の探求、そしてドストエフスキイとの取り組み。これら極めて内面的な「絶対の探求」の開始と並行して、私の前に改めて大きく立ち現われたのは「社会」でした。「東京には何があるのか?」「この混沌とは何か?」――前半でお話をした、これら田舎にいた頃から抱き続けた問いや、東京に出てきてから持つに至った問いの延長線上で、私は改めて社会というものを如何に捉え、それと如何に関わり、そこで如何に生きてゆくべきかという課題を強く意識するようになりました。既に何度か述べましたが、当時米ソの冷戦が激化し、ベトナム戦争も泥沼化し、国内では物質的繁栄の追求の下、公害問題や政治腐敗が進行中でした。これら世界と日本の現実が大学に押し寄せた結果、若者たちの前に「大学闘争(紛争)」という形で社会が姿を現わしたと言ってもよいでしょう。

社会や現実について語る時、我々はともすると抽象的・観念的になりがちです。ここでは二十代から三十代にかけての私が、「大学闘争（紛争）」を契機として社会とどのように対したかについて、出来るだけ具体的に振り返ってみたいと思います。その結論を先に言えば、社会と対峙する中で私の内に新たに生まれてきたのは、「何が現実を変え得るのか?」という問いでした。この問いの背後にあるのは、小出先生とドストエフスキイに背を押されて進める「絶対のリアリティ」探求と、そのような内面の問題とは関係なく進行する社会的現実との葛藤であり、これは今に至るまで私の心と頭を悩まし続ける問題です。

社会への違和感

１９６０年代から１９７０年代にかけてのことです。日本が猛烈な勢いで高度経済成長を推し進めていた頃、私が社会というものを漠然と意識し、そこに必ずしも心地よくない問題が存在することを感じ始めた幾つかのエピソードからお話をしたいと思います。

私の中学校は小高い丘の上にありました。毎朝私はその坂道をお気に入りの先生が自転車でフーフー言いながら登ってゆくのを見かけると、急いで走って行って後ろから押してあげたのでした。ところが間もなく先生はバイクを購入され、私の出番はなくなってしまいました。暫くしてマイカーで登校される先生方が多くなりました。「車社会」が始まったのです。タイヤとチューブの製造をする父の会社も好景気に沸くようになりました。しかし私は先生方の車やバイクから吐き出される排気ガスの臭いと、父が働く工場から漂ってくる生ゴム精製の臭いが苦手で、今も私の鼻腔はこの臭気を受け付けられません。少々大袈裟ですが、この「トラウマ」からか車社会というものに生理的な拒否反応を覚える私は、その後車の免許証を取ることも、車を運転することもなく今に至っています。

後に教壇に立つようになってからのことです。私は講義の合間に「タバコ」と「自動車」と「工場の煙突」、これら三つの共通点は何か? とよく生徒さんたちに質問をしたものでした。私の答えはこうです――タバコを吸った人の鼻や口からは煙が吐き出される。自動車のマフラーからは排気ガスが排出される。工場の煙突からは排煙が立ち昇る。これら三つは全て火を燃やす当人たちが、自分の快楽と便利さと利益を享受しながら、平気で煙を排出させ他人に迷惑をかける点で共通する。「エゴイズム」が具体的に形をとったものだ! しかし私の説明への反応は鈍く、関心を寄せる生徒さんは常にほんの僅かでした。

これらは個人的な好みや主観の上に立つエピソードでしかありません。しかしそれでもここには日本社会の断面がある程度ハッキリと現われ出ているように思われます。既に日本社会は経済中心のいわば「負のスパイラル」に入り、バブルに向かってひたすら疾走をしていたのです。そしてバブルが弾けて数十年が経った今も、嫌煙意識だけはやや進みましたが、逆に車社会は一層進んで自動車製造会社が経済を牽引し、車や工場から出る排気ガス・排煙は地球温暖化の主要原因の一つであり、地球滅亡の危機さえ叫ばれるようになりました。地球温暖化について話し合う会議にも、多くの人々は車でやって来ると言われます。

私は社会を高みから見下ろしているのではありません。economic animal と呼ばれた日本社会に対して半世紀以上前に感じた違和感が基本的には変わらず、むしろ今の方が一層強い違和感として迫ってくるのであり、その「負のアイデンティティ」に強い危機感を覚えざるを得ないのです。この危機感の歴史的背景について、ここでは詳説出来ませんが、私はドストエフスキイと福沢諭吉に即して西洋近代とその歴史、そしてそれを採り入れた明治以降の日本について考察を続けてきました。時間のある時にご参照下さい（『隕《お》ちた「苦艾《にがよもぎ》」の星』（河合文化教育研究所、1997）、「『夏象冬記』との取り組み」（「ドストエフスキイ研究会便り(2)-4」、2016）、「ドストエフスキイと福沢諭吉、二つの旅」（「ドストエフスキイ研究会便り(15)」、2020）等々）。

「まずは親鸞聖人のようになれ！」

さて「大学闘争（紛争）」の混沌と空虚に直面し、私は大学からは遠ざかったものの、社会の不条理と混乱に無関心な「地下室人間」になってしまったわけではありませんでした。ドストエフスキイの作品を読んでは小出先生の許に駆けつける日々にも、東京の神田に本を探しに行くと、そこでは学生たちと機動隊とが激しい衝突を繰り広げていました。自分は今、何をしているのか？　これでいいのか？　自分は今、社会に何が出来るのか？　――私も少なからぬ焦燥感にとらわれる、いわゆる「ノンポリ」学生の一人だったのです。

ある時、私はこの焦りを小出先生に思いきりぶつけてしまいました。自分も外に飛び出したい！　何かしなければ！　と訴えたのです。すると先生のカミナリが炸裂しました。

「社会がこのままでいい――こんなことを若者たちが言っていて良いはずがない！」

「だが君ら若者たちは、ただ闇雲《やみくも》に外に飛び出して一体何が出来るというのだ？」
「社会を変える人間になる前に、まずは死に物狂いで勉強をしろ！」
「まずは親鸞聖人のようになれ！」

先生にとり親鸞聖人とは道元・一休・白隠禅師、更には一遍・良寛と並んで日本仏教の最高峰に位置する名僧・傑僧の一人でした。しかしこの時何故先生が親鸞聖人の名を挙げられたのか、今も私には不明です。第一部でも紹介しましたが（124ページ）、小出先生にとって人間が真に思索を始め得るのは、そしてそれを土台として社会との真の対決を始め得るのは六十歳からなのであり、それまでは修業期なのです。私の逸る気持ちはこのカミナリによって叩き潰され、再びドストエフスキイとの取り組みに戻ったのでした。

ドストエフスキイは二十八歳の時（1849年）、国家転覆に繋がる陰謀に加わった嫌疑で逮捕され、死刑を宣告されてしまいます（ペトラシェフスキイ事件）。しかし皇帝の仕組んだ死刑・恩赦劇により銃殺は免れ、三十代のほぼ全て、十年にわたるシベリア流刑生活を送ります。この十年が彼にとって決定的な意味を持ったことは疑いなく、この間に彼が右方向に「転向」したと見る人も少なくありません。しかし私はシベリアに於けるドストエフスキイの決定的「転向」とは、彼が「聖書熟読といふ體驗」（小林秀雄）によってイエスという存在に正面から焦点を絞るに至り、ここから人間と世界とその歴史について本格的な思索を始めたことだと考えています。シベリアに於ける十年間の「死の家」経験とは、後期ドストエフスキイ文学が生まれるための不可避の修業時代だったと言えるでしょう。

私の二十代から三十代の十余年もまた、社会の混沌と不条理を向こうに置き、小出先生の許で「絶対のリアリティ」探求に懸けた十余年であり、ドストエフスキイと聖書との取り組みを続けた修業時代だったと思っています。だからと言って皆さんが、私の例を唯一絶対の範例として受け取る必要はありません。第一部の「予備校graffiti」でも記したように（(四)-⑳・㉑）、社会との対決と取り組みのために人が持つ修業時代は様々にあり、私のお話を皆さんが「修業」というものについて考える参考にしていただければ十分です。

市民運動への参加、「東レ排水処理反対運動」

小出先生のカミナリの炸裂した後、間もなくのことです。故郷の三島で、それまで燻ぶり続けていた「下水道処理問題」に火がつきました。三島駅のすぐ北にある東洋レーヨンの大工場が富士の雪解け水を吸い上げて製造工程で使っていたのですが、東レはそこから出た大量の排水を三島市が建設予定の下水道処理施設で一緒に処理してくれるよう要請してきたのです。様々な思惑から市当局と議会とは受け入れに傾いたのですが、下水道処理施設の建設予定地の住民は強く反対をしました。

当時経済高度成長の波に乗り、富士山と三島との間には幾つもの大工場が次々に建設され、それら大工場が富士の湧水を汲み上げてしまい、昔から「水の都」と呼ばれた三島の町は水を奪われ、至る所の河川の水量が減って見るも無残なドブ川と化しつつあったのです。日本の各地に見られた光景です。小学生の頃夏になると素っ裸で泳いでいた河川が汚れ、見る見るうちに水量を減じてゆき、多くの市民が心を痛めていました。しかしいざとなると東レ排水の受け入れに反対する市民は、地元民以外には少数の意識の高い人たちを除いて殆どいませんでした。これもまた日本中至る所に見られた現実であり、高度経済成長による国民の、いわゆる「小市民化」現象と呼ぶべきものでしょう。

少数の絶対反対派の一人が小出先生でした。疎開先の江間村で発行した雑誌「聖髏《ゴルゴタ》」(「参考資料(2)(3)」)に満ちる終末論的危機感、殊に原爆への危機感から明らかなように、先生は決して自らを研究生活の内に安住させる「閉じた魂」(ベルクソン)の人ではありませんでした。私は先生から落とされたカミナリの話を再度しましたが、普段はもの静かで優しく悪戯好きでユーモア溢れる先生は、同時に不正・不義に対する激しい「怒りの人」でもあったのです。「東レ排水処理問題」に関しても先生は怒りの塊となって、私に向かい激しい口調で言われました。

「ずかずかと土足で人の町に入り込んできて、町の人が昔から大切にしてきた水を勝手に奪って使っておきながら、さあこの排水はそちらで処理をして下さいとは何だ！　盗人猛々《ぬすっとたけだけ》しいとはこのことだ！　許せない！」

小出先生の号令と指揮の下、反対運動に火がつきました。下水道処理施設の建設予定地の住民の中には、市会議員をしている私の叔父がいて、この叔父と先生との連絡係が私となり、ひと夏激しい反対運動が繰り広げられました。私はバイクで町中を走り回ったのですが、その走行距離は二百キロ近くになりました。最後には市議会の議場に反対派の住民が座り込むことが計画されたため、警官隊の導入と住民の逮捕も噂されるまでとなり、マスコミも注目し、緊張は最高潮に達しました。私も覚悟を決めたのですが、最後の最後となって市当局が東レの申し出を断ることを決定し、運動は処理場建設反対派の勝利に終わったのでした。当時の市長は革新系だったため、警官隊を市議会に導入し市民を逮捕させることまでは出来なかったのです。

市役所前の広場に反対派の住民が集まり、全員で「万歳！」を叫びながら見上げた空はどこまでも真っ青でした。この時私は「社会」というものに対して、そしてそこを貫く「正義」というものに対して、或る確かな手応えを感じたことを忘れません。地方の旧い町の排水処理問題一つとでも真剣に取り組むこと、このような具体的な問題の解決を図ることは、そのまま日本の経済・政治の在り方を考え、また社会を少しでも変えることに繋がり、更にそれは遠いベトナムで繰り広げられつつある戦争とも決して無縁ではない――私はこの時朧気《おぼろげ》ながら、このことを確信したのでした。

小出先生市長計画

この後すぐに私は、再びドストエフスキイの世界に戻りました。しかし東レ排水処理反対運動の勝利は痛快で嬉しく、私を少々調子に乗らせることになってしまいました。私は社会という抽象的で漠然とした対象よりは、また日本の政治との対決や、遠いベトナム戦争に為《な》す術《すべ》もないまま心を痛めるより、まずは東京を離れた「地方」に、他ならぬ故郷の町に目を向けよう、そこに存在する具体的な社会問題を取りあげ、市民運動として取り組んでゆこうと思うに至ったのです。ここまではよかったかと思うのですが、なんと私はその手始めとして、小出先生を三島市の市長に！と思い立ったのです。

プラトンの「哲人政治」もあるではないか！先生の空間こそ「塾大学」であり、正に現代の「アカデミア」ではないか！童話作家として名高い先生のお兄さんも、市長候補として立ったことがあるではないか！この三島の町は夢を実現する可能性を持った格好の場ではないか！――次々と湧き上がるドン・キホーテ的夢想。小出先生は笑いながら言われました。

「君の夢は、それはそれで面白い。どこまで行けるか、やってみ給え。何よりも君の勉強になるだろう。しかし僕の本来の仕事は思索だ。万々が一君の夢が実現したとしても、僕が市役所に行くのは週に一度か二度だけだ」

人々が示したのは全くの無視か嘲笑でしかありませんで

した。私に話をさせるだけさせておいて、最後に満足げにニヤリと笑った町の有力者の表情を今も忘れません。革新系の組合指導者の一人は真顔で話を聞いてくれましたが、その内に返事をと言ったまま、その後の連絡はありませんでした。小出先生を尊敬する一匹狼の市会議員の方は言われました。「面白い。しかし実現は困難です」。

この夢・夢想が如何に儚く潰えたかについては、皆さんも容易に想像がつくでしょう。一ヵ月ほどで消えてしまったこの夢想の顚末について、これ以上お話をすることもないと思います。しかし社会を向こうに置いたこの夢想は、苦い思い出としてですが、なお私の内で鮮やかに生き続けていることも事実です。日本の政治が長期政権や官僚支配や世襲化等によって質の大巾な低下を招いてしまった現実を前にする時、本質的思索を貫いた哲人が政治の世界にも関わる必要性と可能性を、私は以前にも増して強く感じています。

もう一つの市民運動へ

社会との直接的対峙ということでは、続いて私が三島で関わったもう一つの市民運動について報告をしておきたいと思います。１９７０年代の末から１９８０年代の初めにかけて、数年間にわたって繰り広げられた三島の市街地を貫く幹線道路「東本町―大久保・幸原線」建設反対の市民運動です。これもまた小出先生の指導の下に取り組んだものですが、先にお話をした友人の佐藤研君や、小出先生の英語塾の後輩である塩谷晃一君も加わってくれ、相当の時間とエネルギーを費やした末に、遂に敗北に終わってしまいました。この運動についてはあまりにも多く語るべきことがあるのですが、そして資料も少なくはないのですが、ここでは本章のテーマ、「何が現実を変え得るのか？」という問いに焦点を絞り、お話をしたいと思います。

「東本町―大久保・幸原線」道路建設反対運動

太平洋戦争中、隣接する沼津とは違い、アメリカ軍の空襲を受けなかったため、数多くの清流と共に旧く閑静な町並みが残された三島の町。その中心部を貫く幹線道路の建設計画――これについて、現実には圧倒的に多数の市民が無関心だったのですが、関係する人たちの多くは計画を熱烈に歓迎していました。殊に商店街の人たちの大部分は、これによって遠隔地からも三島の町に車で買い物に来る客が増えることを期待していました。建設関係者は、大掛かりな道路建設によって仕事の増大が見込めました。市役所は、この道路によって車がスムーズに流れて慢性的な渋滞が解消され、市役所へのアプローチも容易になることを強調していました。計画を立案した県当局は、伊豆の観光地と新幹線の三島駅、更には東名高速道路とを直結させる通過道路の建設が第一の目的でした。様々な思惑が一つになって、また車社会の進展もあって、建設推進の方向に事態は進んでいたのです。

これに対して、道路建設反対派の中心にいたのは小出先生でした。そもそも先生のお宅もこの道路予定地に組み込まれていたのです。旧東海道から逸れて、桜川という名の清流に沿った竹林路と呼ばれる小径に先生のお宅はあり、この静かな空間で先生の英語塾の熱い授業が展開したのでした。竹林路に入り桜川の畔に立つと、塾にやって来た生徒たちばかりか、東京から来た若者たちもホッとしました。この桜川の下流に私の家もあり、私は子供の頃いつもここで泳いでいたのでした。計画では桜川は蓋をされ、数メートル幅の竹林路は幅員数十メートルの大道路となるというのです。先生も我々も道路建設反対の立場に立ち、人間が車から解放されて人間らしい環境の下で生きることが出来る町、母親が安心して子供を育てられる町、未来を孕む子供たちが自由に駆け回って学び成長してゆく町づくりを提唱したのです。

仲間の佐藤研君は間もなく留学することになるドイツに準備のために出かけた際、ボンの町の写真を数多く撮ってきてくれました。この町では、当然のこと、人が安全に安心して歩くことが原則とされ、車は郊外のアウトバーンを通し、町の中心部の道路には小川を配置した町づくりを進めていたのです。我々はこれらの写真を多数掲載し、我々の理想を記したパンフレットを作り、そのコピーを町や市役所に配って歩きました。反対のための反対ではなく、具体的で建設的な理想の提示を目指したのです。その原点としてあったのは、小出先生の許で学ばせていただいている「馬鹿の日会」の自由で厳しい雰囲気であり、その「絶対のリアリティ」探求の熱気が、この道路反対の動きを契機として三島の町に、更には日本中に広がることへの期待と夢でした。この期待と夢を我々は恥じませんでした。

道路建設反対派の人たちは皆、三島の旧く美しい町並みが失われることを嫌う点では共通していました。しかし具体的には、小出先生のように人間と世界とその歴史を踏まえ、未来を見据えた理想主義的立場からの絶対反対派もいれば、市長のことが嫌いだから反対だと言う人、県や市の一方的で高圧的な姿勢に反発をする人、お隣さんが反対だから反対だと言う人もいました。その他商店街の中には、この道路で町の中に客が来るどころか郊外の大型店に吸い取られてしまうことを危惧する人たちも少数いるなど、その動機は様々でした。圧倒的多数を占める建設促進派にせよ、少数の反対派にせよ、この時私は社会を構成する人間の価値観と行動の動機が実に多様であることに驚かされました。市民運動というものは、良かれ悪しかれ、様々な意見・利害の「調整」ということが大きな課題になるという現実に触れたのです。このような中から、私の内には「何が現実を変え得るのか?」という問いが生まれ、自分自身は小出先生の理想主義の立場に立ちつつも、実際には反対運動派の中で絶えず迫られる「調整」に駆けずり回りつつ、真に「何が現実を変え得るのか?」という問いを中心として、様々に思いを巡らせることになったのでした。一軒の反対派のお宅の「揺れ」が報告されると、そのお宅のご主人の真意を伺うために、半日で東京と三島の間を往復したこともありました。「調整」とは大部分が、その日その日で変わる人々の心を宥《なだ》めたり賺《すか》したりする作業であることも知りました。

小出先生の反対陳述

　市役所では地元民への説明会が繰り返し開かれました。実質的には反対派への説得の試み、いわゆる「切り崩し」です。その説明会の一つに小出先生が乗り込み、二時間にわたって繰り広げられた反対陳述は正に圧巻でした。それは何度も私に落とされたカミナリを遥かに凌ぐ力と懼ろしさで出席者を圧倒し、場内は静まり返りました。かろうじて保たれてきた三島の旧く美しい町並みを大道路の建設で失ってはならない！　平和で静かで健康な空間を保ち、未来のため若い人たちのために命と魂とを深く養うのだという先生の訴えは力に溢れ、深い愛情に満ちたものであり、人々の胸を強く打つものだったのです。

　しかしこの感動もその場だけのことでした。反対派の人々は先生を「風変りな学者さん」「世間知らずのクリスチャン先生」として片づけ、棚上げしてしまうのです。先生の許で学ぶ我々若者が市役所の市長室や建設課を訪れ、また地元を一軒一軒訪問し、自ら作ったパンフレットを渡して新しい町づくりを説いても、「変わり者先生が遣わした学生たち」「理想ばかり説く世間知らず」として片づけられてしまいました。市役所の上層部の中には、東京から学生運動の「過激派崩れ」がやって来たと噂を流す人たちもいました。静岡市にある県庁を訪れても、沼津市の県東部事務所を訪れても、ただ警戒をされるだけでした。先の東レ排水処理問題では激しく反対した人たちも、この道路問題は自分たちには関係がないものとして、関心を寄せてはくれません。私の父は会社で、お前のところの息子はタイヤ工場で働く親父を持ちながら、車反対・道路建設反対の運動をするのかと皮肉を投げつけられたそうです。

反対運動の敗北

詳細は省略しますが、数年にわたる激しい反対運動も結局は完全な敗北に終わりました。運動が始まって間もなくして、佐藤君は聖書学の研究のためにドイツに発ち、私と後輩の塩谷君とは、東京で新しく開いた学習塾（後述）の経営と自らの勉強を抱えつつ（それぞれがこの時、家庭も持つに至っていました）、二年間ほぼ毎週三島に帰って反対運動を続けたのですが、様々な点で無理がありました。バブルに至る経済の高度成長と車社会の到来という時代の流れの中で、道路建設に反対をする人たちは「時流に逆らう変わり者の少数派」でしかなかったのです。

「オミャーら、先生も学生も、夢ミテャーなことバッカ言いヤガッテ、現実はそうアミャーもんじゃニャーぞ！」

運動の末期、ある説明会からの帰りがけ、我々に投げつけられた三島弁です。私も塩谷君も名古屋弁の流れを汲む三島弁をこよなく愛していて、二人でいる時はよくこの三島弁で会話もするのですが、この時後ろから飛んできた三島弁は石の礫よりも痛く、どの方言よりも汚い言葉としてしか響きませんでした。

あれから四十年近くが経ちます。今やかつての桜川の清流と静かな竹林路の面影はなく、辺り一帯は車が激しく往来し、交通渋滞が日常の町となり、先生の旧い住まいも消えて高層マンションと回転寿司屋が取って代わり、客を郊外の大型店に奪われた商店街は日本のどこでも見かける無味乾燥な田舎町になってしまいました。「何が現実を変え得るのか？」――この道路建設反対運動に関して、私は今、結局は車と車社会による経済的繁栄を望んだ多数の人々の意思が現実を動かしたのであり、我々はその現実を変える力とはなり得なかったのだと答えるしかありません。

故郷に戻ると、私は多数の車が行き交う「東本町―大久保・幸原線」を前にして、三島の町の四十年の歴史と日本の四十年の歴史とを重ね、この町に生きる人々と広く日本人の生について思いを致さざるを得ません。そのような時、正直なところ私の内からは強い怒りと悲しみが込み上げてくると共に、自らの無力さについても絶望的になり遣り切れなくなります――この町に生きる人たちは、結局は目先の利害にとらわれて小出先生の警告に耳を貸さず、先生の愛情と洞察を無視して葬ってしまったのだ、「良きもの・大切なこと」がそのまま現実の中で具体化することは至難のことであり、そう言う自分自身もまた先生の愛情と洞察と期待に十分に応えることが出来なかった……

江間村への疎開生活、そこでの「聖髏塾」の破綻について「十字架につけられた」と語られた先生は、帰り着いた故郷でまたも「十字架につけられた」のです。

「驢馬小屋塾」の立ち上げ

最後に、道路建設への反対運動と並行して、もう一つ別の「建設運動」が進行していたこともお話したいと思います。友人の佐藤研君と後輩の塩谷晃一君と私の妻と私との四人が、東京郊外の或る町で英語塾を立ち上げたのです。先生から「驢馬小屋塾」という名もつけていただき、この小さな塾が我々の生活の場となり、また「半馬鹿の日会」の会場となり、更には中学校や高校を始めとした当時の荒廃する教育に対する、また遠く「塾大学」の実現に向けた一つの新しい実験場ともなりました。

但し「実験」と言っても、それは闇雲に自分たちの教育理念を生徒さんたちに、更にはその背後にある社会にぶつけようというものではありませんでした。三島で進行中の道路建設反対運動の苦戦に対して、東京では小出先生の理想主義を是が非でも貫徹するのだという気負いもなく、むしろ我々が立ったのは幼い生徒さんたちに対する緩い理想主義の姿勢だったように思います。私の念頭にあったのは、私が以前小出先生の「町の英語塾」で味わった自由で楽しい雰囲気を、まずはこの驢馬小屋塾で再現したいという願望でした。これに加えて我々が持ったのは、三島の小出先生の許でなお進行中の「馬鹿の日会」と「半馬鹿の日会」という学びの場、修業の場を東京の郊外の町でも序々に育てて行こうとの願望でした。つまり自らは「絶対のリアリティ」を探求する修業者としての姿勢を忘れず、その姿勢を土台として、むしろ隠し味として、生徒さんたちに接することを目指したのです。そのため私は、具体的に二つのことを心掛けました。

一つは、我々が小出先生のお宅にお伺いすると、先生は必ず「よおっ！」と言って迎えて下さったこと、これにあたることを驢馬小屋塾でも実行することでした。先生から「よおっ！」と声をかけていただいた時、小学生でも高校生でも、我々は自分の小さな存在が全面的に迎え入れられたことを感じたのです。１９８０年代、日本がバブル経済に浮足立っていた頃、我々の塾の近くにある中学校でもオートバイに乗った卒業生たちが奇声を上げて校舎の廊下を走り抜けるなど、教育の現場は崩壊の度を強めていました。塾に来る子供たちもその大部分は親に強いられて来たのであり、当初は決して自主的な嬉々とした塾通いではなかったのです。この子たちが冴えない顔をして教室に入って来た時、或いは逆にご機嫌そうに入って来た時、「どうしたの？　冴えない顔をして！」、「どうしたの？　嬉しそうだね！」——このようなひと声をかけてあげること、子供たちが一時間教室にいる間に必ず一度は声をかけてあげること、つまり彼らがここを自分の「行き場」だと感じてくれることを、小学生に対しても高校生に対しても心掛けました。

殊に小学生クラスに於いては、小出先生が我々にさせて下さった「英語カルタ」ゲームを授業の最初に試みました。私の頃は先生が二枚のカードに「万年筆」・「pen」、或いは「〜の中に」・「in」というように日本語か英語かを書かれ、先生が日本語のカードを手にされて、例えば「万年筆」と読み上げられると、二組に分かれた我々生徒たちが「pen、ペン！」と叫んで、畳の上に広げられた英語カードを奪い合うという具合にゲームが展開したのでした。私たちは毎回このゲームに命懸けで臨み、週二回の塾通いが楽しみでなりませんでした。驢馬小屋塾では生徒さんに絵を描いてもらったカードを用いたのですが、このことで生徒さんたちは自分が絵を描いたカードは死守しようと必死になり、毎回のカルタ取りによって塾には歓声が響き渡ったのでした。このゲームは私にとっても楽しく、生徒さんたちと一緒に歓声を上げながら、私は小出先生もこのゲームを心から楽しまれていたことを思い出しました。ゲームの後には英語の歌も数多く歌いました。「童心」とか「幼《おさな》心《ごころ》」、更には「悪戯《いたずら》精神」という言葉が、「絶対のリアリティ」と共に、小出先生の最も好まれる言葉であることも驢馬小屋塾で改めて思い起こされたのでした。

もう一つ私が心掛けたことは、小出先生が「町の英語塾」で高校生クラスに求められた、そして「馬鹿の日会」で我々に求められたテキストの厳密な読みを、驢馬小屋塾に集まった高校生の生徒さんたちに対しても強く求めることでした。具体的には大学院で佐藤君が聖書研究に於いて、私がドストエフスキイ研究で試みているテキストを誤魔化さずに読むという作業を、入試英文の解釈に適用しようと試みたのです。

私は生徒さんたちに繰り返し言いました。

「与えられた英文を、自分が初めて出会った他人だと考えよう。その人を直ちに直感やその時の気分で判断していいだろうか？　我々がまずすべきことは、自分を消して、相手の語る言葉を冷静かつ正確に受け止めるということだ。この作業を全力でした後で初めて、その人の言葉や考えに賛成、或いは反対を表明すべきだ。英文解釈は人間や世界と正しく向き合う基本的な姿勢を身につける訓練の場だと考えよう」

後に私が予備校で英語を教えるようになった際も、ドストエフスキイ研究会を開催するようになっても、これは生徒さんたちに一貫して求めた姿勢であり、それなりの説得力を持つものだったように思います。

三十年前驢馬小屋塾で学んだ生徒さんが、当日この会場に二人来てくれていました。その一人は第一部の「予備校graffiti⑮」で紹介した「てっちゃん」です。二人と私との間には今もユニークな交流が続いているのです。

三島での道路建設反対運動の苦戦とは対照的に、驢馬小屋塾は様々な点で予想以上に順調な歩みを続けました。ここで私たちは「教育」という角度から社会が持つ様々な相に触れ、プラスの面でもマイナスの面でも、実に貴重な体験を数多く積ませてもらったのでした。この驢馬小屋塾に於ける教育の延長線上で、私は予備校の世界に入ることになったのですが、予備校の大教室で五百人もの生徒さんたちを相手とする授業も、それまでの十数人の生徒さんたちとの経験がそのまま生きることを実感したのでした。人間の魂と魂の真摯なぶつかり合いという点で、両者に違いはないのです。更に私は河合文化教育研究所で「ドストエフスキイ研究会」を立ち上げさせていただき、更には「塾大学」も視野に置きつつ今に至っているのですが、今改めて振り返っても、これらの基には「驢馬小屋塾」の経験があり、「半馬鹿の日会」と「馬鹿の日会」があり、更に遡れば小出先生の「町の英語塾」の経験があったこと、つまりは小出先生の許での「絶対のリアリティ」探求の修業経験、人間の魂の土台を追求するという基礎作業があったことをハッキリと感じます。そしてこの流れは、更にあの「鬼火」を巡る小出先生と西田先生師弟の厳しい求道と修業の場にも深い所で繋がっていることを感じざるを得ません。

以上、小出先生の許で「絶対のリアリティ」を求める修業と共に、私が社会と向き合うようになった経緯を駆け足で辿ってきました。最後にこれらを土台として、社会と向き合う私の心を常に占めてきた問い――「何が現実を変え得るのか？」という問いについて、これに究極の答えを見出すのは至難なことなのですが、もう少しお話をさせていただき、私の話の終わりとしたいと思います。

おわりに

―「何が現実を変え得るのか?」―

「大学闘争（紛争）」と向き合い、外に飛び出そうとした私に小出先生が言われたのは、「社会を変える人間になる前に、まずは死に物狂いで勉強をしろ！まずは親鸞聖人のようになれ！」ということでした。それ以来私にとり現実を変えるための絶対条件とは、親鸞聖人のようにはなれなくとも、ドストエフスキイとの取り組みを通して自分自身が確たるものを内に宿すこと、即ち「絶対のリアリティ」を把握することだと思い定めたのでした。

その一方で小出先生の許での修業中、社会問題との幾つかの取り組みから痛感させられたことは、社会に於いて「絶対のリアリティ」を求めることの困難さ、言い換えればそれを他人に理解してもらうこと、この価値観を共有し合うことの困難さでした。社会を構成する一人ひとりの人間は、当然のことですが、それぞれの出自や帰属先を持ち、それぞれの判断基準や価値観や好みや夢を持って生きています。先にお話をした道路建設問題一つを取っても、その計画に賛成するにせよ反対するにせよ、人々はそれぞれの価値観や利害関係や気分の上に立って言葉を発し、行動をしているのです。そしてその人たちの殆どは、小出先生が至上とする「絶対のリアリティ」というような概念・価値観とは無縁に生きているのが現実と言わざるを得ません。町というものは、命と健康を車や排気ガスに脅かされることなく、住民が家族と日々落ち着いて暮らし、母親が安心して子供を産んで育て、皆が人間や世界や歴史について考え、未来に備える空間であるべきだ――我々には当然と思われるこのような「理想」を、町づくりと道路造りのプランと共に何度説いても、正面から耳を傾けてくれる人はまずいませんでした。賛成派の人たちからも、同じ反対派の人たちからも、先生のことは「風変りな学者さん」「世間知らずのクリスチャン先生」、そして東京から駆けつける我々のこともまた「変わり者先生が遣わした学生たち」、或いは「過激派崩れの学生たち」とレッテルを貼られ、冷たく距離を置かれてしまうのです。この運動の期間中私が常に感じていたのは、一歩間違えば、賛成派からも反対派からも、我々は異質な存在として遠ざけられ、憎悪の対象とさえなり、締め出され追い出される瀬戸際の所にいるという違和感と危機感でした。事実、道路建設反対運動は「敗北」という形で、先生の洞察も愛情も我々の少なからぬ努力も、完全に「無」とされて終わったのです。

「何が現実を変え得るのか?」――この問いは、考えれば考えるほど、また歳を重ねれば重ねるほど、ますます私の中で答えの出し難い問いとなってゆきます。今も私は、様々な価値観や利害関係や日々変わる気分が入り交じるこの社会の中で、なお「良きもの・大切なこと」は誰にとっても、またいつでも「良きもの・大切なこと」であるという小出先生の信念を自分の信念とし、誰もが「絶対のリアリティ」を求め、それを自らの土台として生きるべきだと思っています。しかしそもそも「良きもの・大切なこと」とは何か？「絶対のリアリティ」とは何か？――あらゆる価値が相対化された現代社会で、このこと自体に絶対的で統一的な基準も認識も存在を許されません。第二次大戦後に永久平和への高らかな理想をもって創設された国連が、今は国家間の調整機能を殆ど失ってしまっていることからも分かるように、様々な価値観・立場間の「調整」はなお遠い先の夢物語でしかないのです。

　煩わしく抽象的な表現が続きますが、様々な相容れぬ価値観と利害関係が併存し、しかも複雑に絡み合うことが我々人間社会の動かぬ現実である以上、今の私は、それぞれがこの相違・断絶を深く自覚した上で、妥協なくそれぞれが信じる道を歩み通し、互いの相違とそれが生む矛盾・分裂を極限化させ、その先に互いの理解を深め、新たな展望を探る以外に現実が変わる可能性は少ないのではないかと思っています。しかしここには自分と異質な思想と立場を暴力によって押さえ込み、排除し、抹殺さえしようとする危険が潜むことは、歴史が我々に嫌というほど示し続ける事実です。

　この認識は、小出先生が「絶対のリアリティ」探求の過程で何度も辿らされた「ゴルゴタへの道」から与えられた認識であり、またドストエフスキイが西洋近代文明の最先端を行くロンドンとパリの街で目撃した絶望的な終末論的現実から与えられた認識であり、更には神への信と愛を貫いて生きたイエスが十字架上に追いやられ、絶望の絶叫と共に息絶えた事件から与えられた認識でもあり、一見否定的で悲観的で投げ遣りな認識のように響くかも知れません。

　しかしそうでしょうか？先にお話をしたように、疎開先の江間村に於ける「聖髏塾」挫折の後、小出先生は「江間村で、僕は十字架につけられたよ」と語られ、続いて言われたのでした。「僕は“noch《ノッフ》 ein《アイン》 mal《マル》”という言葉が好きだ。ニーチェから教えられた言葉で、〝よし、もう一度！〟という意味だ」。また先生は様々な人間関係の破綻の後でも、殊に若者たちに裏切られた後でも言われたのでした。「僕はよく裏切られる。しかしそれ以上に惚れっぽい」。これらは小出先生が「絶対のリアリティ」探求の道を妥協なく歩み通されたからこそ、その挫折と破綻の底で与えられた言葉以外の何物でもなく、私はこれらの言葉とそれらが孕む力こそ、我々が拠って立つことの出来る究極の言葉であり力だと思っています。この力を前に、価値の相対は決して動かし得ぬ壁ではないと思います。

「鬼火」を巡る西田・小出師弟のやり取りから発して「聖髑髏塾」へ、そして「町の英語塾」から「馬鹿の日会」「半馬鹿の日会」を経て「驢馬小屋塾」へ——道路建設反対運動の苦戦の一方で、図らずも我々が立ち上げたこの「驢馬小屋塾」も、更にはその延長線上にある河合文化教育研究所の「ドストエフスキイ研究会」もまた、小出先生の「絶対のリアリティ」探求と、イエスの十字架への凝視と結びついた人間愛、そして“noch《ノッフ》 ein《アイン》 mal《マル》”（〝よし、もう一度！〟）の精神——これらを受け継ぎ、また究極の根拠・力とする試みであり、様々な価値観が相対化された現在、現実を変えるべく我々が立ち得る確かな一つの道であると私は信じています。

最後に、小出先生が残された言葉、第一部「予備校graffiti」の冒頭で紹介した言葉をもう一度挙げて、本論の終わりとしたいと思います。

「若者よ、人生に惚れ抜け。
人生はやはり素晴らしかった」

（第二部、了）

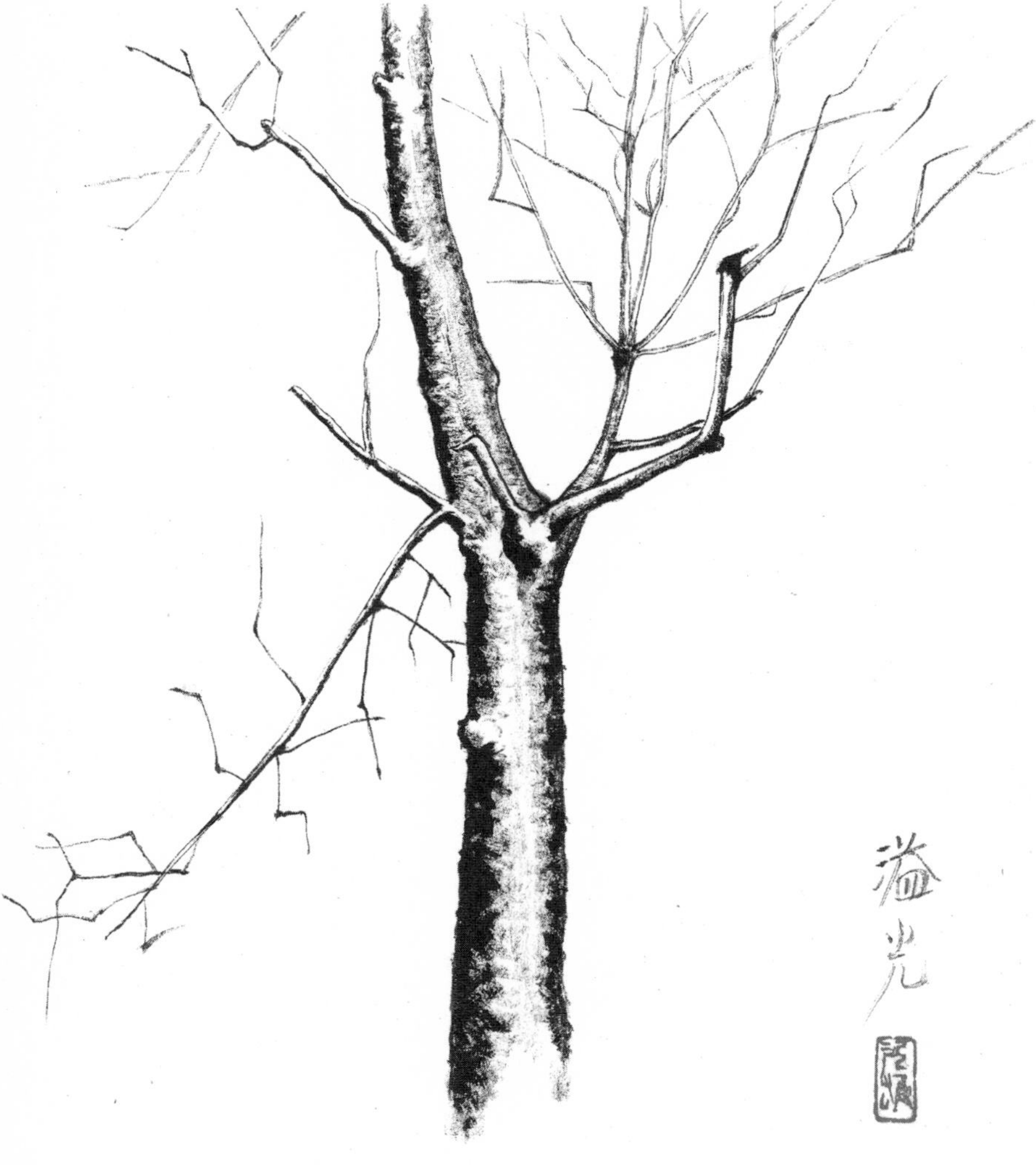

一緒に置かれた他の作品から推測して、これも四十代前半の作品と考えられます。葉が全て削ぎ落とされた冬。ただ幹と枝だけとなって立つ一本の裸の木。ここに描き取られたものはただ木ではなく、我々人間そのものであり、存在の本質が顕現した原姿だと言うべきでしょう。しかし小出先生が提示される存在の本質を、我々は何と取るのか？——「問い」で始まった一部と二部を、新たに先生から投げかけられた「問い」として受け止め、本書を閉じたいと思います。

あとがき

繰り返し記したように、私はドストエフスキイ文学の核心が「神と不死」の探求にあると考え、その十全な理解のためには、ドストエフスキイが「命」としたイエス・キリストを理解することが不可欠であると考えている。それゆえ本書はドストエフスキイ研究会が、若者たちと『夏象冬記』や『罪と罰』や『カラマーゾフの兄弟』等の主要作品を講読することに加え、新旧約聖書とも一貫して取り組み続けてきたことを報告し、これが私の恩師小出次雄先生や、その師西田幾多郎先生の思索の原型であり現場に他ならなかったことも説明してきた。だがドストエフスキイに向かうこのような姿勢が、残念ながら日本のドストエフスキイ愛読者や研究家の間では一般的でないこと、キリスト教を始めとする異国の宗教に対する偏見・アレルギーが強く存在し、これは我々日本人の精神の島国的狭小性であることも、何度か指摘してきた。

ところが私が属する河合文化教育研究所では、世が斥けて受け入れることのない立場にこそ目を向けること、むしろ一般的ではない視点に立って思索を試みること、そしてその姿勢を未来を宿す若者たちに身をもって示すこと——これらこそ第一だとする雰囲気が支配的であった。殊に丹羽健夫理事は、愛知県に於ける寺子屋の歴史に関する著作も残されたことで分かるように、公教育の場からは離れた自由で創造的な教育空間としての予備校を創り上げることに生涯情熱を燃やし続けたのであった。この丹羽理事と河合斌人理事長を中心とする経営陣に、社会と大学に対する強い危機意識と批判・反骨精神を持つ講師や職員が加わり、つまり世に言う「労使」双方が協力をし、若者たちが学ぶ予備校という場を舞台に、新たな「文化」と「教育」を生み出そうと立ち上げたのが河合文化教育研究所であった。母胎の河合塾と共に、この研究所が1980年代中頃から四十年近くにわたり、世の権威や虚名にとらわれず、自由闊達な創造の〝炎〟を燃やす場となったこと、少子化の進む我が国では将来まず理解されないであろう「予備校空間」とか「予備校文化」という言葉さえ生むほどの熱気溢れる学びと創造の場となったことは、ここから次々と世に送り出された著作や、ここで開催された講演やシンポジウム、エンリッチ講座や研究会の驚くべき程の数の多さと多様性、そして質の高さからも明らかである。ここには確かに、高きを目指す〝炎〟が燃えていたのである。
日本の歴史に於いて、河合文化教育研究所以外にも、このような〝炎〟を燃やし、厳しくも活きた学びの場を保持する人間の集まりは決して少なくはなかった。私の知る限りでも、中世の連歌世界から芭蕉に至る「座」の世界があり、茶の湯や文人画の「社中」があり、禅の「修行」道場があり、更には様々な「私塾」があった。江戸時代の「藩校」や「寺子屋」もまた、この伝統に連なる場であったと言えるであろう。勿論、これら全てが現代にそのまま生きて存在しているわけではない。またこれらの場に於いて、ドストエフスキイの世界と同じ問題が取り扱われるわけでもない。だがこれら学びの場が、そこに集まった人々に人間と世界と歴史の意味について深く思索する機会を与えたこと、そして今後形を変えつつもそのような創造的な場であり続けることは疑いないであろう。本書が紹介した「鬼火」を巡る西田・小出師弟の求道精神のぶつかり合いも(第二部・後半)、「絶対のリアリティ」を巡ってなされた小出先生の私に対する厳しい指導も(同・前半)、そして私の許で展開した若者たちのドストエフスキイとの出会いのドラマもまた(第一部)、このような文化的伝統の下に眺めることが可能であり、また不可欠であると思われる。ドストエフスキイが提示する、人間にとって喫緊の本質的問題を正面から取り上げ、それらについて学び考える場は決してこの世界から消え去ってしまったのではなく、むしろ公教育とは遠く離れた場に根を張り、その〝炎〟を燃やし続けるのだと私は信じている。
自分の属する研究所と研究会について、「手前味噌」な賛辞が呈されたと思われる方もいるであろう。しかし私は三十余年の間、河合文化教育研究所とドストエフスキイ研究会に燃える〝炎〟の内に生き、そこで学び教え、更にはその記録を残すことが出来たことを誇りに思う。

《付記》

本書の出版にあたっては、河合文化教育研究所・東京事務局の相京範昭氏の大きな協力があった。相京氏は上記の丹羽理事の許にあって、三十余年にわたり私のドストエフスキイ研究会の活動を陰で支えて下さった経験から、本書の編集・出版にあたっても、友人の野田さん・中島さんと共に様々に有益なアドバイスを与えて下さった。また名古屋事務局の加藤さんを始め、多賀さんと南さんにも長い間ご理解とご協力をいただいた。全て感謝である。

２０２２年 夏

芦川進一

著者略歴

芦川　進一（あしかわ　しんいち）

1947年、静岡県に生まれる。

東京外国語大学フランス語学科卒業。東京大学大学院人文科学研究科比較文学比較文化学科博士課程修了。津田塾大学講師を経て、河合塾英語科講師・河合文化教育研究所研究員。

専門はドストエフスキイに於けるキリスト教思想。

翻訳に『イエス・キリスト』（共訳、小学館、1983）

著書に『隕《お》ちた「苦艾《にがよもぎ》」の星』（河合文化教育研究所、1997）、『「罪と罰」における復活』（河合文化教育研究所、2007）、『ゴルゴタへの道』（新教出版社、2011）、『カラマーゾフの兄弟論』（河合文化教育研究所、2016）。他論文多数。

『カラマーゾフの兄弟論』の出版以降は、河合文化教育研究所のHP内にあるサイト「ドストエフスキイ研究会便り」に、ドストエフスキイ論や聖書論や講演記録等を掲載している。

http://bunkyoken.kawai-juku.ac.jp/

予備校空間のドストエフスキイ
—学びと創造の場、その伝達のドラマ—

2022年11月17日　第1刷発行

著者　芦川　進一 ©
発行　河合文化教育研究所
〒464-8610　名古屋市千種区今池2-1-10
TEL(052)735-1706㈹　FAX(052)735-4032
発売　㈱河合出版
〒151-0053　東京都渋谷区代々木1-21-10
TEL(03)5354-8241㈹
印刷製本　㈱博文社

ISBN978-4-7772-0439-7　C1037

河合おんぱろす 特別号

隕《お》ちた「苦艾《にがよもぎ》」の星

ドストエフスキイと福沢諭吉

芦川進一

ベルリンの壁の崩壊に象徴される世界史的な激動の一年となった1989年。その世界の現実を向こうにバブルに明け暮れた日本社会で「受験戦争」を強いられた浪人生たちに向けてなされた予備校空間におけるドストエフスキイ研究講座。その講座からドストエフスキイと福沢諭吉という十九世紀近代の巨人を扱った回を取り上げ、予備校生たちに語りかけ、かれらの魂と出会った講座を記録する。　●一六〇〇円

『罪と罰』における復活

ドストエフスキイと聖書

芦川進一

ドストエフスキイ文学の根底を貫く新約聖書の意味とは何か。主人公の老婆殺しから始まる表の物語と、その下を流れる「ラザロの復活」をめぐる深層の物語の二重構造に着目し、『罪と罰』に構造的に織り込まれた聖書の意味を開示することを通して、ドストエフスキイ文学の最深部の謎に光をあてる。　●四五〇〇円

カラマーゾフの兄弟論

砕かれし魂の記録

芦川進一

「死と再生」の究極のドラマに光をあてる

生涯をかけて新約聖書のイエスと向き合い続けてきたドストエフスキイという作家の思想の独自性に着目した著者が、彼の作品がもつ「聖と俗」の二重構造を鮮やかに開きながら、満を持して著わした画期的な『カラマーゾフの兄弟』論。ゾシマ長老と兄弟の父フョードルの二つの死を軸に展開される人間の愛と葛藤、罪と裁き、そして没落と甦りを、新約聖書の「一粒の麦」と「ゲラサの豚群」の二つに焦点を絞りつつ考察し、自らの内面に思考の錘鉛を下ろしながら、作品の底を流れる「死と再生」の物語を浮き彫りにしていった希有な作品論。　●四五〇〇円